THOMAS BASCHAB
PABLOS TRAUM

THOMAS BASCHAB

PABLOS TRAUM

Roman

KNAUR

Besuchen Sie uns im Internet:
www.knaur.de

Die Folie des Schutzumschlags sowie die Einschweißfolie sind
PE-Folien und biologisch abbaubar.
Dieses Buch wurde auf chlor- und säurefreiem Papier gedruckt.

Umschlaggestaltung: ZERO Werbeagentur, München
Umschlagabbildung: Corbis
Satz: Ventura Publisher im Verlag
Druck und Bindung: GGP Media GmbH, Pößneck
Printed in Germany
ISBN-13: 978-3-426-66197-0
ISBN-10: 3-426-66197-7

2 4 5 3 1

Für meine Eltern,
Rita und Arthur Baschab

1

An diesem Morgen blieb der junge Fischer einfach auf der Bank vor dem Ofen sitzen. Sein Vater stand schon in der Tür ihrer kleinen Fischerhütte und sah ihn auffordernd an. Aber der junge Fischer verschränkte die Arme vor der Brust und wich seinem Blick aus.

»Was ist mit dir, Pablo?«, fragte seine Mutter.

»Ich weiß auch nicht«, sagte Pablo mit matter Stimme. »Ich fühle mich wie jemand, der sich im Nebel verirrt hat.«

»Aber Junge!«, rief die Mutter und sah ihn erschrocken an. »Du wirst doch nicht etwa krank – drei Tage vor deiner Vermählung?«

»Krank, ach was«, sagte der Vater. »Angst hat der junge Kerl – wie jeder Mann, wenn er seine Hochzeitsglocken läuten hört!« Er lachte so heiser, dass es wie Husten klang. »Aber das geht vorbei. Außerdem ist ja alles längst beschlossen – und ein besseres Weib als die Wirtstochter findest du im ganzen Dorf nicht.«

Pablo legte die Arme auf den Tisch und ließ den Kopf hängen. »Du hast ja Recht, Vater«, sagte er leise. »Olivia ist ein nettes Mädchen, und ich sollte glücklich sein, dass ich sie zur Frau bekommen soll. Aber …« Er sah seine Mutter an, sein Mund zuckte. »Ich wollte übers Meer fahren und neue Länder entdecken, wisst ihr nicht mehr?« Pablo sprang plötzlich von der Bank auf und begann in der engen Hütte auf und ab zu gehen. »Mit einem Schiff übers weite Meer fahren wollte ich, bis an ferne Küsten, die vor mir noch niemand gesehen hat.«

»Flausen«, knurrte der Vater. »Komm jetzt endlich. Die anderen sind schon auf dem Wasser. Oder willst du vielleicht, dass unsere Netze heute leer bleiben?«

Pablo schüttelte den Kopf. »Nein, Vater, verzeih mir. Komm, wir müssen uns beeilen.« Und er umarmte seine Mutter und trat mit seinem Vater nach draußen auf den Dorfplatz.

Eben ging die Sonne auf, der Strand glitzerte von Kieseln und Fischschuppen. Aus dem kleinen Hafen fuhren tatsächlich schon die ersten Ruderboote aus. Pablo lief den Kai entlang, sprang in sein Boot und löste das Seil. Erst vor wenigen Monaten hatte sein Vater ihm das Boot geschenkt, einen behäbigen Ruderkahn mit einem schweren Anker. Wie stolz war Pablo gewesen, als er zum ersten Mal allein hinausgefahren war, mit seinem eigenen Boot. Und als er mittags wieder in den Hafen eingelaufen war, hatten in seinem Netz kaum weniger Fische gezappelt als in den Netzen der erfahrensten Fischer des Dorfes.

Mein Vater hat Recht, dachte Pablo wieder. Alles ist längst beschlossen, ich werde die Wirtstochter heiraten und mein Leben an diesem Ort verbringen. Jeden Morgen werde ich hinaus aufs Meer fahren, doch meine Augen werden niemals eine andere Küste sehen als die Mole und den Strand meines Dorfes.

Unter solchen Gedanken ruderte er hinaus, ohne sonderlich auf die Richtung zu achten. Als er sich nun umsah, war weit und breit keines der anderen Boote mehr zu sehen. So weit war er noch niemals hinausgefahren. Um ihn herum war nur noch das endlose, in der Morgensonne funkelnde Meer.

Pablo warf sein Netz aus, dann nahm er vier der kleinen Lederbälle, ohne die er niemals hinausfuhr, und begann zu jonglieren. Wenn er seine Bälle in die Luft warf und wieder auffing, konnte er am besten nachdenken. Vor langer Zeit, als kleiner Junge von elf Jahren, hatte er diese Kunst von dem alten Pepe gelernt, einem Gaukler und Zauberer, der jeden Herbst mit seinem Eselskarren zu ihnen ins Dorf kam. Pablo hatte sich sofort zu ihm hingezogen gefühlt, und seit damals jonglierte er bei jeder Gelegenheit mit allem, was ihm in die Finger kam – mit Bällen, Stöcken und, wenn er sich unbeobachtet glaubte, sogar mit Fischen.

Olivia, die Wirtstochter, war wirklich ein nettes Mädchen, dachte Pablo. Hübsch und schlank, von ruhiger und zufriedener Wesensart. Durch List und Schmeicheleien hatte sein Vater den Wirt im Lauf der Zeit für den Plan gewonnen, ihre Kinder miteinander zu vermählen. Und lange Zeit hatte ja auch er selbst sich dieses künftige Leben gerne ausgemalt: an der Seite Olivias, als Schwiegersohn des wohlhabenden und von allen geachteten Wirtes. Viele Männer im Dorf lebten vom Fischfang, aber die meisten eher schlecht als recht. Nur der Wirt zahlte gutes Geld für frische Fische, und als Schwiegersohn würde Pablo allen anderen Fischern vorgezogen werden. Also, was ist denn los mit mir, fragte er sich nun selbst, warum bin ich nicht glücklich? Durch die Heirat mit Olivia werde ich über Nacht zum wohlhabenden Mann.

Plötzlich wurde sein Boot von einem heftigen Ruck erschüttert. Beinahe wäre Pablo über Bord geschleudert worden, im letzten Moment gelang es ihm, sich am Bootsrand festzuklammern. Die Bälle prasselten auf ihn herab, aber glücklicherweise fiel keiner von ihnen ins Wasser. Da muss mir ein gewaltiger Fisch ins Netz gegangen sein, dachte

Pablo und warf gleich den Anker aus, um den Fang zu untersuchen.

Doch als er das Netz emporgezogen hatte, war er über die Maßen enttäuscht. Nur ein paar Dutzend kleine Fische hatten sich zwischen den Maschen verfangen. Eben wollte er das Netz aufs Neue in die Fluten werfen, da bemerkte er die Kugel. Sie lag am Grund des Netzes und war fast gänzlich von schimmernden Fischleibern bedeckt. Pablo zog sie heraus und drehte sie in der Hand hin und her. Eine seltsame Erregung ergriff ihn, dabei sah die Kugel auf den ersten Blick eher unscheinbar aus. Ein silbern glitzernder Ball, nicht größer als eine Kinderfaust. Wozu immer sie einmal gedient haben mochte, jetzt war sie offenbar zu nichts mehr nutze, jedenfalls nicht für einen jungen Fischer, der aufs Meer hinausgefahren war, um Fische zu fangen. Metallkugeln konnte man schließlich nicht essen. Der Wirt würde ihn verspotten, wenn er ihm dieses Beutestück zeigte, und auch Olivia würde ihn auslachen, wenn er ihr mit einem solchen Hochzeitsgeschenk käme.

Nein, mit dieser Kugel ist nichts anzufangen, dachte Pablo und wunderte sich, dass sein Herz immer aufgeregter klopfte. Sein Boot schaukelte auf den Wellen, und im gleichen Rhythmus schien sich etwas im Innern der Kugel zu bewegen. So, als ob dort drinnen Nebelschwaden umherwaberten. Wie gebannt starrte Pablo auf die Kugel. Er rieb sie sogar an seinem Hemdsärmel blank, als wäre sie aus beschlagenem Fensterglas. Die Nebelfetzen schienen sich zu einem Gesicht zu formen, den zerfurchten Zügen eines alten Mannes mit langem weißem Bart. Unter buschigen Brauen glühten Pablo zwei kohlschwarze Augen entgegen. »Was machst du hier?«, fragte der Alte in der Kugel.

»Was – ich –?«, stotterte Pablo und biss sich auf die Zunge.

Das hatte er sich doch nur eingebildet! Das konnte doch überhaupt nicht sein: dass in dieser seltsamen Kugel ein alter Mann hauste, der ihn auf einmal anredete? Und dazu noch mit einer Stimme, die wie das Rauschen des Meeres klang! »Unsinn!«, rief Pablo aus und wollte die Kugel jetzt wirklich zurück ins Wasser werfen. Aber da ergriff der Alte abermals das Wort.

»Was machst du hier in diesem Boot?«

Pablo riss die Augen auf. »Ich – ich bin ja Fischer«, stammelte er. »Wie jeden Morgen bin ich mit meinem Boot aufs Meer gefahren, um Fische zu fangen.«

»Und warum machst du das?«, wollte der Alte in der Kugel wissen.

»Na, warum schon«, sagte Pablo. »Es ist eben meine Arbeit.«

»Und deshalb fährst du jeden Morgen hier heraus?«

Ohne es recht zu bemerken, hatte Pablo sich wieder auf die Ruderbank gesetzt, die Kugel in der Hand. Unverwandt schien ihn der bärtige Alte aus dem Innern der Kugel anzusehen, und Pablo schaute ebenso starr zurück. Er konnte einfach nicht anders. Es war wie in einem Traum, und doch spürte er zur gleichen Zeit, dass der Alte und die Kugel weitaus mehr waren als bloße Traumgebilde.

»Na, wenn ich die Wahl hätte«, sagte er, »würde ich sicher nicht den ganzen Tag hier draußen im Boot sitzen und darauf warten, dass mir ein paar Fische ins Netz gehen.«

»Was würdest du denn sonst machen, wenn du die Wahl hättest?«

Pablo seufzte. »Mein Traum wäre es, weit wegzufahren, über das große Meer bis zum fernsten Horizont. Ich würde die Welt erforschen und Abenteuer erleben.«

»Und warum fährst du nicht einfach los?«, fragte das bärtige

Gesicht in der Kugel. »Was hindert dich daran, deinen Traum zu verwirklichen?«

»Flausen« hatte sein Vater heute früh diese Träume genannt. Pablo ließ den Kopf hängen. »Alles hindert mich daran«, fing er an zu erklären. Aber noch während er nach den passenden Worten suchte, begann das Gesicht in der Kugel wieder zu verschwimmen. Pablo drehte sie in der Hand hin und her. Jetzt waren im spiegelnden Metall nur noch seine eigenen Züge zu sehen, mit Wolkenspiegelungen vermischt und so verschwommen, dass man es gut für das Gesicht eines alten Mannes halten konnte. Hatte er sich alles nur eingebildet?

Pablo sah sich um. Sein Boot schaukelte auf den Wellen, die Sonne brannte vom Himmel, Möwen schossen wie gefiederte Pfeile ins blaue Wasser hinab. Irgendwo hinter ihm, keine fünf Meilen entfernt, drängten sich die kümmerlichen Hütten seines Dorfes am Rand der engen Bucht. Alles war wie immer. Nur dass in seinem Kopf immer noch die Frage rumorte, die der Alte ihm eben gestellt hatte.

Ja, was hindert mich denn eigentlich daran, in die weite Welt hinauszuziehen?, dachte Pablo. In müßigen Stunden malte er sich immer noch gerne aus, wie er als kühner Entdecker durch die Welt zog. Auf einem großen Schiff kreuzte er dann über die Meere, mit dem Kamel durchquerte er menschenfeindliche Wüsten, zu Pferd bezwang er die unwegsamsten Berge.

Aber glaubte er denn selbst überhaupt noch an diesen Traum? Pablo drehte die Kugel abermals in seiner Hand, doch das bärtige Gesicht des Alten wollte nicht wieder erscheinen. Er warf den silbernen Ball in die Luft und fing ihn wieder auf. Was der alte Pepe zu dieser Kugel gesagt hätte? Zum Jonglieren war sie allerdings reichlich hart und schwer, außerdem konnte man mit einer einzigen Kugel sowieso keine Kunststücke machen. Und doch hatte auch sie seine Gedanken ins Rollen gebracht, so gut, wie das sonst nur den kleinen Lederbällen gelang.

Für seinen Vater, dachte Pablo, war es ganz selbstverständlich, dass sein Sohn Fischer wurde, so, wie er selbst sein ganzes Leben lang als Fischer aufs Meer hinausgefahren war. Und dieses Leben hatte ja auch seine behaglichen Seiten – es war ein wenig eintönig, aber dafür blieb man vor Gefahren und unliebsamen Überraschungen verschont. Ein Tag glich dem anderen, am Abend war man rechtschaffen müde, doch zumindest gab es stets genug zu essen und ein Dach über dem Kopf, wenn draußen Sturm und Regen tobten. Und dann war da schließlich auch noch Olivia, bei deren liebem Lächeln ihm immer ganz warm ums Herz wurde. In drei Tagen wollten sie heiraten! Wie könnte er das alles so einfach aufgeben, um allein hinaus in die Welt zu ziehen? Und selbst wenn ich es wagen würde, sagte sich Pablo, ich würde ja nicht weit kommen. Wie denn auch – mit meinem Ruderboot über das endlos große Meer?

Er beschirmte die Augen mit der flachen Hand und sah auf den Ozean hinaus. Bei dem Gedanken, dort hinauszufahren, wurde ihm auf einmal ganz sonderbar zumute. Verzagt fühlte er sich, aber da war noch ein anderes Gefühl tief in seinem Innern: ein kühnes, abenteuerlustiges Kribbeln.

Ob er es doch noch wagen sollte – einfach so?

Ach was, ganz unmöglich, sagte sich Pablo dann wieder, ließ die Hand sinken und wandte dem weiten Meer seinen Rücken zu. Der Vater würde mich verfluchen, der Mutter würde ich das Herz brechen – und Olivia? Sie wird einen anderen finden, flüsterte ihm eine Stimme zu, die aus der Kugel zu dringen schien. Aber wenn er das Fundstück genauer ansah, erblickte er nur noch sein eigenes Gesicht in dem silbernen Spiegel. Einen jungen Fischer, flüsterte die Stimme, der sich nichts anderes wünscht, als sein Leben hier im Dorf und in der kleinen Bucht zu verbringen. Wird Olivia mit ihm nicht viel glücklicher werden, als sie es bei dir jemals sein könnte?

Pablo überlegte hin und her. Noch ist es nicht zu spät, dachte er. Noch bin ich jung und kann mein Glück in die eigenen Hände nehmen. Ich muss mich nur trauen und mir einen Ruck geben, der mich aus allem, was mich hier festhalten will, herauszieht.

Wieder nahm er die Kugel und drehte sie zwischen den Händen. Der bärtige Alte ließ sich nicht noch einmal blicken, den hatte er sich wohl wirklich nur eingebildet. Aber plötzlich erschien vor Pablos geistigem Auge ein anderes, ebenso zerfurchtes Gesicht, das gütige Antlitz seines Großvaters. An einem milden Herbsttag vor zwei Jahren hatte er den alten Mann in seinem Garten am Rand des Dorfes besucht. Damals hatte der Großvater ihm einige Lebensweisheiten mit auf den Weg gegeben, deren tieferer Sinn sich Pablo erst heute so richtig erschloss.

»Du wirst in deinem Leben immer wieder Entscheidungen treffen müssen«, hatte der Großvater gesagt, »und es ist unvermeidlich, dass du dich manchmal auch falsch entscheidest. Aber aus Fehlern kann man für sein Leben schließlich noch etwas lernen.« Der Großvater hatte einen Moment lang geschwiegen und ihn aus seinen wasserhellen Augen liebevoll angesehen. »Viel gefährlicher als falsche Entscheidungen, mein Junge, sind die, vor denen man sich gedrückt hat. Wer zwischen zwei Wegen wählen müsste und sich für keinen von beiden entscheiden kann, engt sich selbst schrecklich ein. Seine Welt wird klein und starr. Ich könnte dir von vielen Menschen erzählen, die letztlich nur aus diesem Grund verbittert oder krank geworden sind: weil sie einer lebenswichtigen Entscheidung ausgewichen sind.«

Pablo rieb sich über die Schläfen und starrte gedankenvoll vor sich hin. Das soll mir nicht passieren, dachte er und fasste auch gleich einen Entschluss: Zumindest heute würde er sein Netz nicht noch einmal auswerfen.

Ihm war schon ganz schwindlig von dem Durcheinander in seinem Kopf. Wie gern wäre er jetzt wieder zum Großvater gegangen, um mit ihm über seine Träume und Sorgen zu sprechen. Aber der alte Mann war letztes Jahr gestorben. Jetzt erst spürte Pablo, wie sehr der Großvater ihm fehlte.

Während er langsam zum Dorf zurückruderte, antwortete er in Gedanken: Aber wie könnte ich mich denn für ein anderes Leben entscheiden? Ich habe doch gar keine Wahl. Die berühmten Abenteurer, das waren ja bestimmt reiche, gebildete Männer. Was soll ein armer Fischerjunge wie ich schon entdecken? Meine Welt ist nicht größer als das Dorf, in dem ich geboren wurde und aufgewachsen bin. Hier werde ich leben, und hier werde ich auch begraben werden.

Endlich erreichte er wieder die kleine Bucht, sprang an Land und machte sein Boot an der Mole fest. Einige alte Frauen und Männer, die unter den Bäumen im Schatten saßen, starrten ihn verwundert an. Niemals war es vorgekommen, sagten ihre Blicke, dass ein Fischer des Dorfes um diese Stunde vom Meer zurückgekehrt war – und dazu mit fast leerem Netz! Aber Pablo kümmerte sich nicht um sie. Die Silberkugel hatte er in seine Hosentasche gesteckt, im Gehen warf er seine Lederbälle in die Luft und fing sie wieder auf. So lief er an den alten Leuten vorbei, die Mole entlang. Was hätte der Großvater ihm jetzt wohl geraten?

Natürlich war er weder reich noch gebildet, und von der

Welt hatte er noch nicht mehr als diese kleine Bucht gesehen. Aber wichtiger als alles andere war doch, dass man ein Ziel für sein Leben hatte, oder etwa nicht? Ein Ziel, um das zu kämpfen sich lohnte, war das nicht mehr wert als ein voller Magen und ein weiches Bett für die Nacht? Und waren nicht gerade Habenichtse wie er die geborenen Eroberer? Wer nichts besaß, hatte auch nichts zu verlieren, dafür aber alles zu gewinnen. O ja, dachte Pablo und straffte seine Schultern, ich bin der geborene Weltentdecker. Und plötzlich spürte er in sich die gebieterische Kraft, alles hinter sich zu lassen und in die Fremde hinauszuziehen.

Doch im gleichen Moment fiel ihm ein, was seine Eltern und Olivias Vater beschlossen hatten. Unmöglich, dachte er nun wieder, das konnte er doch seinen Eltern nicht antun. Und seiner Verlobten schon gar nicht. Was würde die denn wohl sagen, wenn er einfach auf und davon ginge?

Aber bin ich denn auf der Welt, um die Hoffnungen meiner Eltern zu erfüllen?, fragte sich Pablo dann. Will ich denn das Leben führen, das mein Vater sich für mich ausgedacht hat – oder mein eigenes Leben? Lange Zeit waren es ja auch seine eigenen Pläne gewesen, oder zumindest hatte er sich das eingeredet. Er blieb stehen und wandte sich um. Das Dorf war so klein und eng, hier kannte er jeden Strauch und jeden Stein. Und kann denn der Wirt wirklich von mir verlangen, überlegte er weiter, dass ich meine Träume verrate, nur weil er sich darauf eingerichtet hat, mein Schwiegervater zu werden?

Mittlerweile fühlte er sich wie ein Boot im heulenden Sturm, so schwindelerregend schwankte er zwischen Hoffen und Bangen hin und her. Mit seinen vier Bällen jonglierend, ging er weiter die Mole entlang. Olivia, sagte er sich, würde nicht ein Wort verstehen, wenn er ihr von seinen Träumen erzählte. Sie würde glauben, dass er sie zum Besten hielte, denn so etwas konnte die stets zufriedene Olivia sich überhaupt nicht vorstellen: dass jemand fast verrückt wurde bei dem Gedanken, sein Leben lang an ein und demselben Fleck festgenagelt zu sein. Bei dir würde Olivia nicht glücklich werden, flüsterte Pablos innere Stimme, sowenig wie du bei ihr. Denn du liebst sie nicht so, wie man die Frau lieben sollte, mit der man sein ganzes Leben verbringen will.

Er sprang von der niedrigen Hafenmauer zum Strand hinunter, ließ die Bälle in den warmen Sand fallen und hockte sich daneben. Beinahe hätte er sich auf die Silberkugel gesetzt. Jetzt holte er sie aus seiner Hosentasche und hielt sie gegen die Sonne. Aber sie sah einfach nur aus wie eine gewöhnliche Kugel aus silbrig spiegelndem Metall. Pablo schüttelte den Kopf. Er verstand überhaupt nicht, was da mit ihm vorging. Doch eines war ihm nun jedenfalls klar geworden: Er musste sich entscheiden. Der Großvater hatte Recht. Schlimmer als eine falsche Wahl war, sich überhaupt nicht zu entscheiden.

Das Schiff war größer als ihr ganzes Dorf, ein riesiger, glänzender Leib, der durch den Ozean stampfte. In einem prächtigen Gewand stand Pablo hoch droben auf der Offiziersbrücke. Ein Matrose reichte ihm ein Fernrohr, er führte es vor sein Auge und erblickte einen Landstrich, der sich weit vor ihnen aus den Fluten erhob. Eben ging dort drüben die Sonne auf, und in ihrem Schein funkelte die ganze Bucht, als ob sie aus purem Gold wäre. Eine gewaltige Stadt erhob sich dort, mit phantastischen Türmen und Zinnen. Pablo stieß einen Jauchzer aus, so laut, dass er davon erwachte.

Es war stockdunkle Nacht. Er lag auf seinem Lager in der Hütte der Eltern. Es war alles nur ein Traum, sagte er sich und spürte eine schreckliche Enttäuschung. Doch sein Herz klopfte immer noch stark und schnell von der Freude, die er eben empfunden hatte.

Leise richtete er sich in seinem Bett auf und lauschte. Von draußen drang das Murmeln der Meereswellen herein. Hinter der dünnen Wand ihrer Schlafkammer seufzte seine Mutter im Schlaf, und der Vater begann plötzlich zu schnarchen, dass die Hütte bebte.

Sie sind beide schon alt und brauchen mich, dachte Pablo. Ich darf sie nicht im Stich lassen. Sie rechnen ja fest damit, dass ich mich um sie kümmere, wenn ihre Haare weiß geworden sind. Die Kehle zog sich ihm zusammen. Aber ich kann hier nicht bleiben! Das kann doch niemand von mir verlangen, auch meine eigenen Eltern nicht: dass ich mein Leben in diesem Dorf vergeude, mit der Fischerei, die ich nun einmal nicht aus ganzem Herzen lieben kann!

Der Mond kam hinter einer Wolke hervor und schien durch Fenster- und Türritzen in die Hütte. Mitten in der Stube auf dem Tisch lag die Kugel, die im Mondschein geheimnisvoll schimmerte. Pablo saß auf seinem Strohlager, im Nachthemd, die Hände zu Fäusten geballt. Aber der einzige Gegner, mit dem er sich hätte prügeln können, war sein eigener Schatten, der neben ihm über die Wand geisterte.

Gestern Abend, dachte Pablo, hatte der Vater ihn nur zornig angesehen, als er erfahren hatte, dass sein Sohn schon zur Mittagsstunde ins Dorf zurückgekehrt war, in seinem Netz bloß ein paar magere Fische und eine wertlose Kugel. Nur weil die Mutter ihn bittend angesehen und ihm eine Hand auf den Arm gelegt hatte, war es nicht zum offenen Streit gekommen. Aber natürlich spürten auch seine Eltern, dass es in Pablo gärte.

Er legte sich wieder hin und schloss die Augen. Aber wie er

sich auch hin und her wälzte, in dieser Nacht fand er keinen Schlaf mehr. Wieder und wieder sah er das wunderschöne Schiff vor sich, auf dessen höchster Brücke er gestanden hatte, von Glück und Stolz erfüllt. Dann wieder erblickte er sich selbst, wie er in seinem plumpen kleinen Ruderboot saß, das Netz auswarf und sehnsüchtig auf das Meer hinaussah. Aber die märchenhafte Bucht mit der goldenen Stadt, dachte Pablo, würde er mit seinem Fischerkahn niemals erreichen.

Am nächsten Morgen war Pablo wie zerschlagen. Sein Kopf brummte, und sein ganzer Körper fühlte sich schwer und hölzern an, als er bei Sonnenaufgang hinter dem Vater aus der Hütte stolperte. Die Bucht war schon übersät mit den Booten aus ihrem Dorf. Wie an jedem Morgen stemmten sich die Männer in die Riemen und riefen einander die immer gleichen Gruß- und Scherzworte zu. Lustlos ruderte Pablo mit ihnen aus der Bucht hinaus und hoffte nur, dass keiner der anderen Fischer ihn ansprechen würde. Nicht selten machten sie sich über ihn lustig, wenn er wieder mal mit offenen Augen träumte oder wenn er mit seinen Bällen, mit Stöcken oder Kieselsteinen jonglierte, anstatt sich wie die anderen um nützliche Dinge zu kümmern. Und gerade heute, das spürte Pablo genau, würde er ihren Spott nicht ertragen.

Ich muss mit dem Vater und der Mutter reden, dachte er, und mit Olivia. Aber er wusste ja überhaupt nicht, was er ihnen sagen sollte. Immer wieder musste er an die goldene Stadt aus seinem Traum denken und an das majestätische Ozeanschiff. Dann begann sein Herz jedes Mal stark und schnell zu klopfen, und in diesen Momenten wusste Pablo ganz genau, wie er sich entscheiden musste. Ich will hinaus in die Welt, dachte er, das ist mein Schicksal, nichts anderes.

Aber dann verblasste das Bild wieder, und mit ihm schwand auch die Gewissheit, die er eben noch so mächtig in seinem Innern gespürt hatte.

Flausen, dachte er dann wieder, mein Vater hat ja Recht. Ich bin ein Fischer wie er, wie alle Männer in unserem Dorf. Wieso sollte ich etwas Besseres sein? Ich bin ja nicht stärker und nicht klüger als die anderen jungen Fischer. Wie sollte da gerade ich auserwählt sein, die Welt zu entdecken?

An diesem Tag kehrte Pablo nicht früher als die anderen Fischer ins Dorf zurück. Sein Netz war wohlgefüllt, als er an der Mole anlegte, und der Vater schlug ihm auf die Schulter und sah ihn voller Stolz an. Aber Pablo ließ den Kopf hängen. Sein Herz war schwer, und hinter seiner Stirn jagten sich die Gedankenfetzen wie Wolken bei Sturmwind.

In der Nacht hatte Pablo wieder einen Traum. In seinem Ruderboot fuhr er mit den anderen Männern aus dem Dorf aufs Meer hinaus. An einer ruhigen Stelle weit draußen warf er sein Netz aus. Scheinbar war alles wie immer, aber Pablo hatte sich kaum auf die harte Ruderbank gesetzt, als sein Kahn einen furchtbaren Stoß erhielt. Beinahe wäre er über Bord gefallen, so gewaltig war die Erschütterung. Vorsichtig zog er sein Netz aus dem Wasser und staunte nicht schlecht, als er in den Maschen einen riesigen Fisch zappeln sah.

Obwohl er niemanden gerufen hatte, kamen die anderen Fischer gleich von allen Seiten herbeigerudert. Noch im Näherkommen riefen sie einander mit aufgeregten Stimmen die Neuigkeit zu: »Pablo hat einen Riesenfisch gefangen!«

»Der größte Fisch aller Zeiten!«

»Pablo ist der beste Fischer im Dorf!«

Unterdessen hatte Pablo den riesigen Fisch mitsamt dem Netz schon halbwegs an Bord gezogen. Als er aber hörte, was die anderen Fischer einander zuriefen, da bekam er auf einmal einen gewaltigen Schreck. Was mache ich eigentlich hier?, dachte er. Ich will diesen Fisch doch gar nicht fangen! Und er zog sein Messer aus dem Gürtel und schnitt das Seil, an dem sein Netz hing, gedankenschnell entzwei.

Mit einem Satz verschwand der riesige Fisch in der Tiefe des Meeres. Ein lautes Platschen ertönte, aber noch viel lauter waren die Seufzer und Flüche der anderen Fischer. Mit weit aufgerissenen Augen sahen sie von Pablo zu der Stelle, wo der größte Fisch aller Zeiten in der Meeresflut verschwunden war.

Pablo aber fühlte sich so erleichtert, als ob er selbst gerade aus seinem eigenen Netz entkommen wäre. Er lachte im Traum, und als er erwachte, spürte er immer noch das Lächeln in seinem Gesicht.

Wieder war es dunkle Nacht, die Silberkugel schimmerte auf dem Tisch. Jetzt ist es entschieden, dachte Pablo, ich kann nicht bleiben. Ich muss in die Welt hinausgehen, wie es mir bestimmt ist. Das majestätische Schiff aus meinem ersten Traum weist mir den Weg: Es ist mein Schicksal, die Welt zu entdecken. Und der riesige Fisch aus meinem zweiten Traum hat meine letzten Zweifel beseitigt: Ich will und kann nicht als Fischer leben.

Er fühlte sich immer noch ganz leicht und frei, als er am Morgen mit seinen Eltern am Frühstückstisch saß. Wie Recht der Großvater doch hatte, dachte er. Man muss sich entscheiden, auch auf die Gefahr hin, die falsche Wahl zu treffen. Aber Pablo wusste ganz genau, dass er sich richtig entschieden hatte. Eine Zentnerlast war von ihm abgefallen, wenngleich er das Gespräch mit den Eltern erst noch durchstehen musste und auch der schwere Gang zu Olivia ihm noch bevorstand.

»Liebe Eltern, ich muss euch etwas sagen«, begann er ganz

ruhig und sah von der Mutter zum Vater. »Ich kann nicht länger bei euch bleiben. Es ist mir nicht bestimmt, als Fischer zu leben. Ich muss in die Welt hinaus.«

»In die Welt?«, rief der Vater aus. »Ja, in was für eine Welt denn, um Himmels willen? Geht das schon wieder los mit diesen Flausen?«

»Es sind keine Flausen«, sagte Pablo leise. »Ich habe lange und gründlich nachgedacht.«

Unter zusammengezogenen Augenbrauen sah ihn der Vater zornig an. »Geträumt hast du, Junge, geträumt und nicht nachgedacht! Ja glaubst du denn, ich hätte mir in meiner Jugend nicht auch die prächtigsten Luftschlösser in die Wolken gemalt? Aber jetzt ist es Zeit, erwachsen zu werden, Pablo. Natürlich ist es dir bestimmt, dein Leben als Fischer zu verbringen, als was denn sonst? Dein Vater ist ein Fischer, und dein Großvater hat sein Leben ebenfalls als redlicher Fischer verbracht. Und auch du selbst bist ja längst ein Fischer, da hilft kein Sträuben mehr.«

Ein Schauder lief Pablo zwischen den Schulterblättern hinab. »Nein, Vater«, sagte er mit fester Stimme. »Ich bin kein Fischer, und ich werde auch niemals einer sein. Es tut mir Leid.«

Der Vater schien jetzt eher bestürzt als zornig. Hilfesuchend sah er zur Mutter hinüber. Die aber schüttelte nur ganz leicht den Kopf, in ihren Augen schimmerten Tränen.

»Aber wie stellst du dir das denn vor, Junge!«, fing der Vater wieder an. »Am Sonntag sollst du vor den Traualtar treten. Alles ist ja bis ins Kleinste besprochen – mit deiner Verlobten, deinen Schwiegereltern. Du kannst doch Olivia nicht einfach sitzen lassen, um einem kindischen Traum nachzujagen!«

Pablo stieß einen leisen Seufzer aus. Allerdings, mit Olivia würde er noch sprechen müssen. Sie würde nicht verstehen, was ihn so gebieterisch hinaus in die Welt zog, aber er hoffte, dass sie zumindest nicht im Streit auseinander gehen würden.

Währenddessen redete der Vater weiter auf ihn ein. »Hier ist deine Zukunft, Junge, hier in unserem Dorf!«, rief er aus, mit dröhnender Stimme, als ob er im Wirtshaus eine Rede hielte. »Hier wartet ehrliche Arbeit auf dich, die dir zeitlebens ein gutes Auskommen sichern wird. Da draußen aber« – er deutete mit dem rechten Arm zur Fensterluke, vor der eben rot glühend die Sonnenkugel emporstieg –, »da draußen warten Hunger und Gefahren auf dich, Armut und Einsamkeit!«

»Und mein Glück«, sagte Pablo einfach und lächelte seine Eltern an. »Vater, Mutter, ich bitte euch, lasst uns nicht im Zorn voneinander scheiden. Es tut mir Leid, wenn ich euch Kummer mache, aber ich kann eben nicht anders: Mein Traum lässt mich nicht los. Ich glaube fest, dass es mir bestimmt ist, die Welt zu entdecken, und wenn ich diesem inneren Ruf nicht folge, werde ich unglücklich werden. Und das kann doch nicht euer Wunsch sein: dass euer Sohn unglücklich wird.«

»Das Glück ist ein launisches Ding.« Der Vater schien immer noch zu grollen. »Wer ihm nachjagt, fällt auf die Nase, das ist nun einmal so. Zufriedenheit sollte dein höchstes Lebensziel sein – nicht Glück und andere bunte Seifenblasen.«

Pablo sah zur Mutter hin, die bisher geschwiegen hatte. Ihre Augen glänzten immer noch feucht, aber ihr Gesicht wirkte jetzt beinahe heiter. »Zufriedenheit ist nicht zu verachten«, sagte sie. »Aber das Höchste, was wir in diesem Leben erreichen können, ist Glück.« Sie lächelte Pablo an.

Schon öffnete der Vater wieder den Mund, um abermals seine Sicht der Dinge darzulegen. Doch Pablo wollte sich auf keine weiteren Wortwechsel mehr einlassen. Stumm reichte er seinen Eltern über den Tisch hinweg die Hände. Die Mutter ergriff gleich seine Linke mit beiden Händen. Der Vater zögerte einen Moment, dann gab er sich einen Ruck, packte Pablos Rechte und drückte sie kräftig.

»Mögest du vom Schlimmsten verschont bleiben, Pablo«, sagte er.

»Viel Glück, mein Junge«, sagte die Mutter, und da sprang Pablo auf und umarmte abwechselnd Mutter und Vater. Er fühlte sich wie berauscht vor Erleichterung, ja wie vom Bann der Schwerkraft befreit.

An diesem Tag blieb Pablos Boot an der Mole liegen. Die anderen Männer des Dorfes fuhren allesamt aufs Meer hinaus, doch Pablo wanderte einsam den Strand entlang. Du musst mich freigeben, Olivia, dachte er beschwörend, um deinet- und um meinetwillen.

Am Ende der Bucht lag das Wirtshaus, ein stolzes, ganz aus Stein errichtetes Bauwerk, das prächtigste Haus im Dorf. Olivia schläft bestimmt noch, dachte Pablo und war froh über den kleinen Aufschub. Ihre Eltern machten sich wahrscheinlich schon in der Gaststube zu schaffen, aber zuerst wollte er mit seiner Verlobten sprechen.

Wie oft hatte er früher über den langen Weg bis zum Wirtshaus geflucht. Heute dagegen kam er ihm furchtbar kurz vor. Schon stand er vor der mit Schnitzereien kunstvoll verzierten Gasthaustür, schon hörte er von drinnen das dröhnende Lachen des Wirts, der jederzeit zum Scherzen aufgelegt war. Pablo hatte die Hand bereits zur Klinke erhoben, doch nun ließ er sie wieder sinken und schlich um das Haus herum.

Der Kettenhund knurrte, als Pablo auf Zehenspitzen in den

Hinterhof trat. Aber dann erkannte er den Eindringling und sprang mit freudigem Winseln auf. »Psst, leise«, flüsterte Pablo und legte einen Finger auf die Lippen. Der große Hund blieb stehen und sah ihn mit schief gelegtem Kopf an. »Pass auf sie auf, versprich es mir«, murmelte Pablo.

Unweit der Hundehütte lag eine Holzleiter zwischen Rechen und Besen am Boden. Pablo hob sie auf und lehnte sie unter dem Fenster des Mädchens leise an die Hauswand. Wie oft war er auf diese Weise bei ihr eingestiegen, und wie wild hatte sein Herz geklopft, als sie ihn zum ersten Mal heimlich empfangen hatte. Heute aber fühlte er nur ein wenig Wehmut und vor allem den Wunsch, in Frieden von ihr zu scheiden. Gib mich frei, Olivia, dachte er wieder, während er die Leiter erklomm und oben das leise knarrende Fenster aufdrückte.

Kaum stand er in ihrer Kammer, da öffnete Olivia die Augen. Sie lag tatsächlich noch im Bett, das lange Haar auf dem Kissen ausgebreitet wie funkelnd schwarzes Geschmeide. Verschlafen lächelte sie ihren Liebsten an und streckte die Hände nach ihm aus. »Bald, Pablo«, murmelte sie, »bald erwachen wir jeden Morgen Arm in Arm.«

Wie erstarrt blieb Pablo vor ihrem Bett stehen. Ihre Kammer war so eng, dass er sich kaum bewegen konnte, ohne sie zu berühren, ohne gegen irgendetwas zu stoßen, das zu ihr gehörte. Ihre Truhe, ihr Waschtisch, der Schemel, auf dem ihre Kleider sorgsam übereinander lagen, alles war ihm seit Jahr und Tag vertraut. Von überallher schien ihm Olivia entgegenzulächeln, zärtlich und selbstgewiss. Pablo brach der Schweiß aus. Er fühlte sich wie im Innern einer Muschel, so geborgen, aber auch so furchtbar beengt.

»Ich muss mit dir reden, Olivia«, sagte er und musste sich zwingen, ihr in die Augen zu sehen.

Das Mädchen schien zu spüren, dass etwas Ernstes geschehen war. Sie hörte auf zu lächeln und richtete sich auf ihrem Lager auf, die Bettdecke bis zu den Schultern emporgezogen. Fragend sah sie Pablo an.

»Ich – ich kann dich nicht heiraten, Olivia«, sagte er leise und musste schlucken. »Ich gehe weg, für immer, es tut mir schrecklich Leid. Ich wünsche mir so sehr, dass du bald darüber hinwegkommst und einen anderen findest, der dich glücklich macht. Glücklicher, als ich es jemals könnte«, fügte er hinzu, da Olivia immer noch schwieg und ihn nur unverwandt ansah.

Wie schön sie ist, dachte Pablo, ihre großen braunen Augen, ihr schlanker Körper, den er so gern in seinen Armen gehalten hatte, ihr Lächeln, das er nie wiedersehen würde.

»Du verlässt mich, Pablo«, sagte sie endlich. »Das macht mich sehr traurig, aber es überrascht mich weniger, als du anzunehmen scheinst. Komm her zu mir«, fügte sie hinzu und streckte abermals die Hand nach ihm aus. »Setz dich zu mir, wie so viele Male zuvor.«

Pablo gehorchte zögernd. Er setzte sich auf die äußerste Bettkante und fürchtete schon, dass Olivia sich ihm an die Brust werfen und ihn unter Tränen beschwören würde, sie nicht zu verlassen. Aber sie ergriff nur seine Hand und streichelte sie ein wenig.

»Ich habe es seit langem geahnt«, sagte sie. »Wie oft haben wir so wie jetzt beisammengesessen – dein Lächeln und dein Körper ganz nah bei mir, und doch warst du in deinen Gedanken und Träumen weit von mir entfernt.«

Pablo spürte, wie er errötete. »Nein – nein, Olivia, so war das nicht«, stammelte er und machte sich schon darauf gefasst, dass ihn das Mädchen mit Vorwürfen überschütten würde.

»Lass gut sein, Lieber«, sagte sie aber nur. »Keine Bange, ich werde dich nicht beschimpfen und dich auch nicht anflehen, bei mir zu bleiben. Du hast mir ja ein paarmal von deinen Träumen erzählt. Niemals habe ich deine Augen heller leuchten, niemals das Glück stärker aus dir hervorstrahlen sehen, als wenn du von deinen Träumen und Hoffnungen geredet hast, hinaus in die Welt zu gehen und Länder zu erforschen, die noch nie ein menschlicher Fuß betreten hat.« Sie fasste seine Hand fester und drückte sie wie zum Abschied. »Warum es dich dort hinauszieht, kann ich nicht begreifen«, sagte Olivia. »Unser kleines Dorf, die Bucht und ab und zu ein paar Verwandte aus den Bergen, die zu Besuch kommen – mehr an Welt brauche ich nicht und könnte ich gar nicht ertragen. Aber gerade deshalb wärst du mit mir nicht glücklich geworden, und ich wohl genauso wenig mit dir.« Nachdenklich sah sie ihn an. »Das alles spüre ich seit langem und wollte es nur nicht wahrhaben, bis heute nicht. Aber als du eben vor mir standest, kamst du mir fast schon wie ein Fremder vor, Pablo, und da ahnte ich mit einem Mal, dass du gekommen warst, um Abschied zu nehmen.«

Pablo senkte den Kopf. In seinen Augen begann es verdächtig zu brennen. Noch ein wenig länger, dachte er, dann werde ich derjenige sein, der hier in Tränen ausbricht.

Aber Olivia schien zu spüren, wie ihm zumute war. »Gib mir einen letzten Kuss, Pablo«, sagte sie, »auf die Wange, wie ein Bruder seine Schwester küsst.«

Pablo beugte sich zur Seite und hauchte einen Kuss auf ihre Wange, die sich kühl anfühlte, während er selbst vor Aufregung glühte.

»Geh jetzt«, sagte sie. »Ich bin dir nicht böse. Geh in Frieden, Pablo, ich gebe dich frei.«

2

Als Pablo in See stach, war das halbe Dorf an der Mole versammelt. Noch am Vortag, gleich nach seinem Abschied von Olivia, hatte er einen kleinen Baum gefällt und ein Leintuch mit Ösen und Seilen versehen. Heiße Aufregung hatte ihn befallen, während er den Baumstamm zurechtgesägt und den Tuchfetzen daran befestigt hatte. Stolz musterte er jetzt das Segel und den schlanken Mast, die seinem Ruderkahn ein abenteuerliches Aussehen verliehen.

Pablo umarmte seine Mutter und schüttelte seinem Vater die Hand. Dann sprang er an Bord seines Schiffleins und löste zum letzten Mal das Halteseil. Er hisste das Segel, und der Wind blies in das Leintuch und riss ihn hinaus aufs offene Meer.

Die Stunden vergingen, die Sonne stieg höher und höher. Längst war die heimatliche Mole hinter ihm im Meer versunken. Pablo saß unter dem geblähten Segel und freute sich am frischen Fahrtwind, der ihm um die Nase wehte. Wieder und wieder überdachte er, was in den letzten Tagen geschehen war, und jedes Mal kam er aufs Neue zu dem Schluss, dass er richtig gehandelt hatte.

Die Nacht sank herab. Der Wind war abgeflaut, und Pablos Boot trieb nur noch langsam auf den murmelnden Fluten dahin. Er wickelte sich in seine Decke und sah zum Sternenhimmel empor. Ich habe mich auf den Weg gemacht, dachte er. Er war müde, aber er fühlte sich so glücklich wie kaum jemals vorher in seinem Leben. Auch Pepe kam ihm wieder in den Sinn. Der alte Gaukler hatte gleich bei ihrer ersten Begegnung erkannt, dass Pablo ein gutes Gespür für die Lederkugeln hatte. Pepe hatte ihm beigebracht, erst mit zwei und drei, schließlich mit vier Bällen zu jonglieren, sie hinter seinem Rücken aufzufangen, sich blitzschnell zu drehen, während alle vier Bälle in der Luft waren, oder Keulen anstelle von Bällen zu werfen. Aber Pepe war nicht nur einer der ganz wenigen Jongleure, die mit fünf Bällen oder Keulen jonglieren konnten, er war auch ein großartiger Magier. Bunte Tücher vor aller Augen verschwinden und unter den Hüten weit entfernter Zuschauer wieder auftauchen zu lassen war eines seiner einfachsten Zauberkunststücke. Pepe konnte mit dem Strahl seines Augenlichts Fackeln entzünden und die Gedanken jeder Person lesen, die er mit seinem durchdringenden Blick fixierte. Obwohl er so gebrechlich aussah wie die anderen alten Männer in ihrem Dorf, vermochte er zur allgemeinen Verblüffung seinen schweren Eselskarren mit einer Hand die Mole entlangzuziehen. Hierbei kam es allerdings weder auf besondere Körperkraft noch auf magische Macht an, wie er Pablo eines Tages erklärte. Man musste nur sämtliche Kräfte auf den allerersten Moment konzentrieren, in dem man den Karren anzog, und wenn der Wagen erst einmal rollte, genügte es, ihn mit leichter Hand am Laufen zu halten. »Wenn du willst, dass dieses Zunderholz anfängt zu brennen«, hatte Pepe ihm erklärt und ein Holzstück vom Boden aufgeklaubt, »dann legst du es ja auch nicht einfach in die Sonne, sondern bündelst die Sonnenstrahlen mit einer Lupe.« Aus dem Hemd des verdutzten Pablo hatte er eine große Lupe hervorgezogen und das Glas über das Holzstück gehalten, das binnen weniger Augenblicke tatsächlich anfing zu kokeln.

Doch Pepe war nicht nur ein herausragender Gaukler und Zauberer, sondern überdies ein Weissager, vor dessen Karren die Leute in langen Schlangen anstanden, um seinen Rat zu erbitten. Die genaue Botschaft seiner Orakelsprüche war nicht immer leicht zu ergründen. Aber wie der Großvater Pablo einmal erklärt hatte, fanden viele Männer und Frauen, die Pepes Rat gesucht hatten, gerade dadurch zu einer Lösung ihrer Probleme, dass sie über die dunkle Bedeutung des Seherspruchs nachgrübelten.

»Manche Pinienzapfen rollen ins Meer, andere bleiben neben dem Stamm liegen – zu welchen gehörst du?« Diesen Orakelspruch hatte einst der Großvater von Pepe erhalten, als er ihn vor vielen Jahren einmal gefragt hatte, ob er das Dorf verlassen sollte. Denn auch der Großvater war als junger Mann ein unruhiger Geist gewesen, den es in die weite Welt hinauszog. Aber je länger er über Pepes Sinnspruch nachdachte, desto klarer war dem Großvater geworden, dass er zu denjenigen Zapfen gehörte, die lieber dicht neben dem elterlichen Stamm Wurzeln schlugen, als ihr Schicksal der schwankenden Gunst des Meeres anzuvertrauen.

Jedes Jahr im Herbst war Pepe für einige Tage in ihr Dorf gekommen und hatte Jung und Alt durch seine Vorführungen verzaubert. Doch in dem Herbst, als er fünfzehn geworden war, hatte Pablo vergeblich auf den alten Magier gewartet. Pepe war ausgeblieben, in diesem und allen folgenden Jahren. Pablo hatte niemals erfahren, was mit ihm geschehen war, ob er gestorben war oder beschlossen hatte, einen geruhsamen Lebensabend in seinem Heimatdorf irgendwo in den Bergen zu verbringen, von dem er mehr als einmal erzählt hatte. Jedenfalls hatte der Gaukler das Versprechen bis heute nicht eingelöst, mit dem er sich von seinem damals vierzehnjährigen Schüler verabschiedet hatte: Bei ihrer nächsten Begegnung würde er Pablo beibringen, wie man fünf Bälle gleichzeitig in der Luft hielt. Das Jonglieren mit vier Bällen war eine Kunst, wie er Pablo ein ums andere Mal erklärt hatte, mit fünf Bällen aber grenzte es an Zauberei. »Um mit einer Kugel zu spielen«, hatte Pepe immer gesagt, »brauchst du nicht mehr Geist als eine Katze, die ein Wollknäuel umherrollt – dafür genügt ein wenig körperliche Geschicklichkeit. Wenn du mit zwei Bällen jonglierst, spürst du selbst, dass dir viel mehr als diese kleine Übung möglich wäre – das ist, als ob du auf dem Bauch kriechen würdest, während du gleichzeitig weißt, dass du auf zwei Beinen so schnell wie der Wind laufen könntest. Wenn du drei Bälle in der Luft hältst, erprobst du zumindest ein wenig von den Kräften, die in dir stecken, aber es ist so wenig, dass weder du selbst noch deine Zuschauer besonders beeindruckt sind. Es ist, als hätte jemand beschlossen, immerhin auf Händen und Füßen zu laufen – auf dem Bauch zu kriechen genügt ihm nicht mehr, aber aufrecht zu gehen käme ihm zu mühsam und gefahrvoll vor. Und mit vier Bällen zu jonglieren, das ist schon eine sehr beachtliche Leistung – es ist, als ob du schnell wie der Wind laufen könntest. Aber wenn du fünf Bälle in der Luft halten kannst, das ist, als ob du selbst fliegen würdest.«

Die Sterne funkelten über Pablo am Himmel, und auf einmal kam es ihm vor, als ob der alte Zauberer von da oben zu ihm herunterlächeln würde. »Übe nur immer weiter, mein Junge«, hatte Pepe ihm vor langer Zeit eingeschärft. »Ein so talentierter Schüler wie du ist mir seit vielen Jahren nicht untergekommen. Wenn du weiter solche Fortschritte machst, bist du im nächsten Sommer so weit, dass ich dir das Geheimnis der fünften Kugel offenbaren kann.«

Das Geheimnis der fünften Kugel, dachte Pablo, was mochte es damit nur auf sich haben? So oft hatte er schon darüber nachgegrübelt, aber er war niemals auch nur einen Schritt weitergekommen. Oder etwa doch? Bedeutete die Kugel, die er aus dem Meer gefischt hatte, vielleicht, dass er dem Geheimnis doch noch auf die Spur kommen würde? Aber es war nur eine einzige Kugel, dachte er dann wieder, was konnte die ihm denn beim Geheimnis der fünften Kugel weiterhelfen? Eine Weile dachte Pablo in seinem schaukelnden Boot noch darüber nach. Dann wickelte er sich fester in seine Decke, und irgendwann schlief er ein.

Als er zu sich kam, dämmerte schon der Morgen, und ein Unwetter zog herauf. So gewaltig blies der Sturm, dass Pablo seine liebe Mühe hatte, das Boot vor dem Kentern zu bewahren. Das Segel knatterte, der Mast ächzte. Wohin seine Fahrt ging, nach Nord oder Süd, nach West oder Ost, er wusste es selbst nicht mehr. Dichte Wolken bedeckten den Himmel. Der Wind heulte. Ungemütlich kalt war es mit einem Mal, und Pablo duckte sich auf seiner Ruderbank und zog den Kopf ein. Ganz bang wurde ihm ums Herz.

Seit er vorgestern begonnen hatte, seinen Kahn in ein stolzes Segelboot zu verwandeln, war er in einem Zustand fiebriger Erregung gewesen, die jetzt jedoch der Ernüchterung wich. So rau hatte er sich die Fahrt übers Meer nicht vorgestellt. Ja, eigentlich hatte er kaum an die bevorstehende Reise gedacht, während er den Mast eingepasst und aufgerichtet, das Segel genäht und mit Seilen versehen hatte.

Schwarz wie Tinte war jetzt schon der Himmel, dabei musste es längst wieder Tag sein. Immer wilder brüllte der Sturm, und turmhoch stiegen die Wellen empor. Das Boot sauste in die Höhe und fiel im nächsten Moment hinab wie ein Stein. Pablo wollte sein Segel einholen, aber er wagte nicht, den Bootsrand loszulassen. Im nächsten Moment pflückte der Sturm das schöne Leintuch vom Mast und wirbelte es davon.

Pablo drückte sich flach auf den Boden seines Bootes. Er zitterte und seufzte. Was für ein Narr ich doch war, dachte er. Die liebe Olivia sitzen zu lassen, Wohlstand und Ansehen auszuschlagen – und das alles für einen kindischen Traum! Meine Bestimmung wollte ich finden? Das Einzige, was ich hier draußen finden werde, ist der Tod!

Unter der Ruderbank erspähte er das Bündel, in das die Silberkugel eingewickelt war. Hatte der Alte aus der Kugel ihm das alles eingebrockt? Doch da fiel ihm ein weiterer Spruch seines Großvaters ein: »Hinfallen ist erlaubt, Pablo – nur liegen bleiben nicht! Was auch passiert, du musst immer wieder aufstehen.«

Und wenn ich jetzt untergehe?, dachte Pablo. Wenn ich unten auf dem Grund des Meeres liege und keine Luft bekomme, wie soll ich da denn wieder aufstehen? Mit aller Kraft klammerte er sich am Bootsrand fest. Und doch ist es besser so, sagte er sich, als wenn ich im Dorf geblieben wäre. Als Fischer wäre ich schließlich auch gestorben – bei lebendigem Leib und jeden Tag ein bisschen mehr! Lieber untergehen bei dem Versuch, den eigenen Traum zu verwirklichen, als aus Feigheit im Voraus aufzugeben!

Pablo hatte es kaum gedacht, da packte der Sturm sein Boot wie mit riesiger Faust und warf es so wüst aufs Wasser, dass er durch das Heulen und Gurgeln hindurch das Holz bersten hörte. Im nächsten Moment fand er sich im eiskalten Wasser wieder. Ein Brett wurde gegen seinen Kopf geschmettert, unwillkürlich griff er nach der rettenden Planke, dann wurde es schwarz um ihn.

Als Pablo zu sich kam, lag er im flachen Wasser vor einem menschenleeren Strand. Mit seinem rechten Arm umklammerte er immer noch das zersplitterte Brett, das Einzige, was ihm von seinem Boot geblieben war. Er tastete sich durchs Haar und stöhnte auf, als er die Beule an seinem Hinterkopf berührte. Er hatte sein nacktes Leben gerettet, aber das war auch schon alles. Außer den paar Fetzen, die er am Leib trug, besaß er nichts mehr. Ächzend rappelte Pablo sich auf und kroch auf allen vieren weiter, bis unter ihm nur noch trockener Sand war. Dann ließ er sich fallen und schlief aufs Neue ein.

Als er wieder erwachte, lag er mit der Wange im warmen Sand. Er öffnete die Augen, und sein erster Blick traf auf die silbrig schimmernde Kugel, die neben ihm in einer kleinen Mulde lag. Jetzt bin ich also wirklich aufgebrochen, dachte er, aber sehr viel schlechter hätte meine Reise kaum beginnen können. Er tastete nach der Kugel und schüttelte sie, doch auch diesmal wollte der Alte nicht wieder erscheinen. Dabei habe ich Rat und Hilfe niemals so sehr gebraucht wie gerade jetzt, dachte Pablo.

Mühsam setzte er sich auf, die Kugel in der Hand, und sah aufs Meer hinaus. Irgendwo dort hinter dem schwankenden Horizont musste sein Dorf liegen, doch er hätte nicht einmal sagen können, ob im Norden oder Süden. Da habe ich ja eine tolle Entscheidung getroffen, sagte sich Pablo. Ob es auch anderen Entdeckern in ihrem Leben so ergangen war? Ob auch ihr erster Aufbruch gleich mit einem kläglichen Schiffbruch geendet hatte?

Sein Kopf dröhnte. Vorsichtig betastete er seine Gliedmaßen. Auf dem rechten Arm hatte er eine blutige Schramme, aber zumindest seine Knochen schienen glücklicherweise noch heil.

Also hätte dieses erste Abenteuer doch auch viel ärger enden können, sagte er sich und spürte, wie ihn plötzlich eine Welle der Zuversicht ergriff. Er hatte sich dafür entschieden, sein Dorf zu verlassen, um die Welt zu erforschen, und nun war er eben unterwegs! O nein, er würde sich nicht so leicht entmutigen lassen – nicht durch so einen prahlerisch heulenden Sturm und nicht durch den Verlust seines plumpen Ruderbootes, das er ja sowieso nie hatte leiden können. Schließlich war es nur ein Fischerboot gewesen, für flache und ruhige Gewässer bestimmt. Dieses Boot musste ich eben auch hinter mir lassen, dachte Pablo, damit das neue Leben tatsächlich beginnen kann. »Kein schlechter Wind, der nicht auch etwas Gutes mit sich bringt« – eine weitere Spruchweisheit seines Großvaters, die ihm auf einmal in den Sinn kam. Und plötzlich spürte Pablo, dass die überstandene Gefahr ihn gekräftigt hatte, nicht geschwächt und entmutigt. So klar wie noch nie zuvor fühlte er jetzt, dass er die richtige Entscheidung getroffen hatte. Ich bin unterwegs, dachte er wieder und stand auf.

Zu seinem Erstaunen bemerkte er nun einige Meilen westwärts eine große Stadt. Pablo unterschied stolze Türme und Kuppeldächer, die in der Sonne blinkten. Große und kleine Schiffe liefen dort drüben im Hafen ein und aus. Wenn er nur immer am Strand entlangging, würde er die Stadt über kurz oder lang erreichen. Und war es nicht genau das, wovon er seit vielen Jahren geträumt hatte? Die enge, kleine Welt seines Heimatdorfs zu verlassen und fremde Länder zu bereisen. Durch das bunte, brodelnde Durcheinander großer Städte zu gehen. Leute in kostbaren Gewändern zu sehen, ihre seltsamen Gebräuche zu beobachten.

Warum sehe ich diese Stadt erst jetzt?, dachte er. Warum ist sie mir nicht gleich aufgefallen, als ich vorhin zu mir gekommen bin? Nun, die Antwort lag auf der Hand: Solange er am Boden hockte und sein Schicksal bejammerte, hatte er nichts anderes wahrnehmen können. Doch dann hatte er sich aufgerichtet und seine Umgebung entschlossen gemustert. Und schon zeigte sich, dass er seinem Ziel viel näher war als erahnt.

Pablo schob die Kugel in sein Gewand, das vor Sand und Salzwasser starrte. Die prächtige Siedlung dort drüben ähnelte tatsächlich der Stadt aus seinem Traum. Aber diesmal war er leibhaftig hier, und niemand konnte ihn hindern, auf seinen eigenen Füßen zu den Toren der Stadt zu wandern.

Als Pablo die Stadt erreichte, stand schon die Nachmittagssonne über der weiten Bucht. Er hatte Hunger und Durst, seine Beine zitterten vor Erschöpfung nach dem langen Marsch. Aber während er das bunte Treiben im Hafen beobachtete, vergaß er bald schon Hunger und Müdigkeit. Neben einem Lagerschuppen blieb er stehen und sah mal ins Hafenbecken hinaus, mal die Kaimauer entlang, wo hunderterlei zur gleichen Zeit geschah.

Große Schiffe fuhren in den Hafen ein, Dutzende kleiner Boote folgten ihnen wie Mückenschwärme. Die Männer an Bord, bärtig und sonnenverbrannt, standen in königlicher Haltung auf den Decks und schienen verachtungsvoll auf die Landbewohner hinabzusehen. Auf dem gepflasterten Hafenweg fuhren Kutschen und Karren in wirrem Durcheinander hin und her. Kommandos wurden gerufen, Pferde wieherten, Seilwinden ächzten. Keine zehn Schritte vor Pablo legte eben ein majestätisches Segelschiff an. Seine Masten schienen bis in die Wolken emporzureichen. Seile so dick wie Baumstämme wurden herabgeworfen, um den Meeresriesen zu vertäuen. Schon senkten sich Stege und Leitern von den verschiedenen Decks in die Tiefe. Scharen braungebrannter Matrosen liefen herbei, schleppten Kisten und Bündel voll unbekannter Kostbarkeiten an Land.

Mit großen Augen sah Pablo ihnen zu. Wie gern würde er zu diesen starken und tollkühnen Seefahrern gehören. Die muskelbepackten Körper bis zum Gürtel entblößt, trugen sie gewaltige Lasten von Bord, ohne dabei ihre munteren Gespräche zu unterbrechen. Am Hafenweg warteten schon weitere Männer mit Eselskarren. Sie nahmen die Schätze vom Schiff in Empfang und ließen ihre Peitschen knallen, bis die Esel sich widerwillig in Bewegung setzten. In trägem Trott ging es auf eine der Lagerhallen zu, die bis unters Dach mit Kostbarkeiten aus allen Ländern voll gestopft schienen. Jedenfalls war die Luft voll von Gerüchen, die Pablo niemals vorher wahrgenommen hatte. In seinem Dorf hatte er Olivias Vater ab und zu von märchenhaften Genüssen und Gewürzen schwärmen gehört, die Namen wie »Kaffee«, »Kakao« oder »Safran« trugen. Jetzt kitzelten ihn die Düfte in seiner eigenen Nase, und Pablo malte sich aus, in welchen fernen Ländern die Matrosen diese Schätze geladen haben mochten.

»He du, Bursche!« Hoch über Pablo, auf einem Deck des Riesenschiffes, beugte sich ein grauhaariger Mann über die Reling. »Willst du gaffen oder mithelfen?«

»Wer – ich?« Pablo legte den Kopf in den Nacken und sah ungläubig zu dem Mann hinauf.

»Natürlich du, wer denn sonst! Du siehst aus, als ob du eine ordentliche Last tragen könntest.« Der grauhaarige Mann kniff die Augen zusammen. »Rasch herauf mit dir – ich zahle drei Heller den Tag.«

Pablo wurden die Knie weich. In seinem Innern kämpfte Neugier mit Schwäche und Angst. Hatte er sich nicht eben noch vorgestellt, wie herrlich es wäre, dort oben auf dem riesigen Schiff zu sein? Aber er war nicht kräftig genug, um solche gewaltigen Lasten zu schleppen! Und wer war denn überhaupt dieser grauhaarige Mann, der ihn so herrisch angesprochen hatte? Das war doch bestimmt der Kapitän des stolzen Segelschiffs! Dieser Gedanke gab den Ausschlag, Pablo trat aus dem Schatten des Schuppens und ging zum Schiff hinüber. Riesenhaft ragte es vor der Kaimauer auf. Mit klopfendem Herzen kletterte er eine Leiter empor und stand wenig später auf dem untersten Deck.

Es war das erste Mal, dass er ein Schiff betrat, und es berührte ihn sehr viel mehr, als er erwartet hatte. Überwältigt sah er sich nach allen Seiten um. Die Planken und Spanten knarrten leise, es roch nach Holz und Teer, unter seinen Fußsohlen spürte er, wie sich der gewaltige Schiffsleib in der Dünung wiegte.

Der grauhaarige Mann erwartete Pablo schon. Aus der Nähe sah er sehr viel weniger eindrucksvoll aus. »Alles muss bis Ende der Woche entladen und dort drüben verstaut sein.« Er deutete auf den Lagerschuppen, auf den die beladenen Eselskarren in langem Zug zurollten. »Dann sticht das Schiff wieder in See, mit Kurs auf Neu-Indien. Wenn du fleißig bist und dich geschickt anstellst, kannst du auch weiterhin in meinen Diensten bleiben.«

»Nichts lieber als das!« Pablo ergriff die Hand des Mannes und schüttelte sie kräftig. »Davon träume ich ja schon seit langem: mit einem stolzen Schiff wie diesem über die Meere zu fahren.«

Da verzog sich das Gesicht des grauhaarigen Mannes zu einer griesgrämigen Grimasse. »Wo denkst du hin«, sagte er und spuckte aus. »Ich bin der Aufseher des Lagers dort drüben.« Er deutete mit dem Kopf zu dem Schuppen, vor dem sich die Eselskarren stauten. »Eben bist du in meine Dienste getreten, also marsch an die Arbeit!« Und er führte Pablo in den Schiffsbauch hinab, wo sich Säcke und Kisten stapelten.

Unter dem wachsamen Blick des Aufsehers packte Pablo den erstbesten Sack und stemmte ihn auf seine Schulter. Die gewaltige Last zwang ihn fast in die Knie. Gebückt wankte er auf den Ausgang zu, quälte sich die Leiter hinauf und trottete über das Deck. Die anderen Arbeiter liefen alle viel schneller als er. Einige überholten ihn, andere schubsten ihn von hinten an und lachten ihn aus.

Pablo biss die Zähne zusammen. Ich werde es euch schon zeigen, dachte er. Mit dem furchtbar schweren Sack, dem ein betäubender Geruch entströmte, balancierte er vorsichtig das Fallreep hinab und warf seine Last auf den Eselskarren. Na also, das ging doch, spornte er sich schnaufend an. Aller Anfang ist schwer. Mit ein bisschen Übung werde ich die Säcke genauso schnell die Stufen hinauf- und das Fallreep hinunterwuchten wie die anderen Männer.

Nach zwei Stunden hatte er ein Dutzend Säcke aus dem Schiffsbauch geschleppt. Sein Rücken schmerzte, als ob er auf einem Bett aus spitzen Steinen geschlafen hätte, und seine Schultern fühlten sich wie gehäutet an. Doch die anderen Arbeiter lachten längst schon nicht mehr über ihn. Jeder schuftete stumpf und stumm vor sich hin, geduckt unter den furchtbaren Lasten und den bösen Blicken des Aufsehers. Der begann sofort zu zetern und zu fluchen, wenn einer der Träger innehielt, um sich die Stirn zu trocknen und auch nur einen Moment zu verschnaufen.

Am Abend seines ersten Tages als Lastenträger war Pablo so müde und ausgelaugt, dass er über dem kargen Nachtmahl beinahe einschlief. Die anderen Arbeiter hatten ihn in den Schuppen mitgenommen, wo sie alle auf einem einzigen, ziemlich unreinlichen Strohlager zusammengedrängt schliefen.

»Warum macht ihr das nur mit?«, fragte Pablo. »Das ist doch eine schreckliche Sklavenarbeit.«

»Aber sie bringt drei Heller am Tag«, erwiderte einer seiner Leidensgenossen. Im Schein der Öllampe zeigte er Pablo seine schwieligen Hände. »Und ehrliche Arbeit schändet nicht.«

»Außerdem gewöhnt man sich schnell daran«, tröstete ihn ein anderer Arbeiter. »Anfangs überlegst du noch ununterbrochen, wie du aus diesem Albtraum entkommen könntest. Aber bald schon bist du so erschöpft und abgestumpft, dass du einfach wie ein Lastesel Stunde um Stunde alles schleppst, was der Aufseher dir befiehlt.«

»Aber das ist doch kein Leben!«, begehrte Pablo auf. Was habe ich diesen Männern doch voraus, dachte er. Ich werde meinem Traum folgen, was auch geschieht, und bald schon weitergehen auf meinem Weg.

Die Antwort seines Nachbarn auf dem Strohlager hörte er schon nicht mehr, da er im selben Moment in tiefen Schlaf fiel.

Am Ende der Woche hatten sie tatsächlich das gesamte riesige Schiff entleert. Jeder von ihnen hatte Hunderte von Säcken aus dem Bauch des Meeresriesen emporgeschleppt und auf die Eselskarren gewuchtet. Und drüben im Lager hatte die Arbeit jedes Mal von vorne begonnen: Sack um Sack mit Kakao- oder Kaffeebohnen auf die Schulter stemmen und in den Lagerschuppen tragen, wo der Aufseher schon mit bösem Blick wartete. »Na mach schon, oder willst du im Laufen einschlafen?«

Bereits am Vortag hatte neben dem Schiff ein zweites,

kleineres angelegt, eine heruntergekommene Schaluppe, deren Last sie als Nächstes löschen sollten. Am Abend auf dem Strohlager sprachen die Arbeiter noch eine Weile über das neue Schiff und versuchten zu erraten, worin die Ladung diesmal bestehen mochte.

»Teppiche aus Indien«, behauptete einer, »ich war zufällig in der Nähe, als unser Aufseher mit dem Kapitän gesprochen hat.«

Aber sein Nachbar auf dem Strohlager hatte etwas ganz anderes aufgeschnappt. »Käfige mit Tigern!«, rief er, und seine Augen glühten im Halbdunkel.

Die Männer lachten leise, mit schläfrigen Stimmen. Weitere Überlegungen wurden angestellt, eine abenteuerlicher als die andere. Plötzlich fragte jemand: »Und was sagst du dazu, Pablo?«

Alle lauschten in Pablos Richtung. »Er schläft schon«, hieß es schließlich, als sie keine Antwort bekamen. Jemand zündete eine Kerze an und leuchtete in den Winkel, in dem Pablo sich gewöhnlich für die Nacht niederlegte.

»Teppiche oder Tiger, Pfeffersäcke oder Seidenballen, das ist doch völlig egal.« Pablo saß aufrecht in seiner Ecke, sein Blick ging über die Köpfe der Anwesenden hinweg. Einige schauten unwillkürlich hinter sich, aber da war überhaupt nichts, nur die Dunkelheit des nächtlichen Schuppens. »Ihr scheint zu glauben«, fuhr Pablo fort, »dass durch die Schiffe aus fernen Ländern ein wenig Glanz auch auf euer Leben fällt. Aber seht euch doch mal um, wir hausen hier wie die Tiere im Stall.« Während er sprach, warf Pablo mit gleichmäßigen Bewegungen kleine Bälle empor, die er sich aus Lumpen und Lederresten genäht hatte. Jonglieren konnte er in der Dunkelheit genauso gut wie im Tageslicht, es kam nur auf die Gleichmäßigkeit der Bewegungen an, nicht darauf, dass man den Flug der Bälle mit dem Auge verfolgte. Und genauso gleichmäßig, wie er die Lederkugeln in die Luft warf und wieder auffing, fielen auch seine Worte in den leeren Raum zwischen ihm und den anderen Arbeitern. »Den lieben langen Tag«, sagte er, »schleppen wir mit den Eseln um die Wette Lasten, und abends sperrt uns der Aufseher in diesen Schuppen. Ob das Schiff aus Indien oder China herbeigesegelt kommt, ihr werdet euer Lebtag hier im Hafen schuften. Selbst wenn es Gold und Edelsteine geladen hätte, würdet ihr doch arm wie die Kirchenmäuse bleiben.«

»Und du?«, wollten die anderen nun wissen. »Was ist mit dir, Pablo – glaubst du etwa, dir wäre ein besseres Schicksal bestimmt?«

Im matten Licht der Kerze ließ Pablo seine Bälle neben sich ins Stroh fallen. »Ich weiß nicht«, sagte er leise. Er hob mehrmals die Schultern und ließ sie wieder sinken. »Diese Arbeit hier ist schrecklich, es ist wirklich ein Leben wie für Sträflinge, auch wenn ihr es kaum mehr zu empfinden scheint. Ich dagegen bin aus meinem Dorf aufgebrochen, um die Welt kennen zu lernen. Ich hatte einen Traum. Und doch sitze auch ich jetzt hier bei euch im Schuppen und spüre jeden Tag ein bisschen mehr, wie diese Arbeit mich abstumpft und allen Mut aus mir heraussaugt.« Er ließ den Kopf hängen.

Die anderen Arbeiter murmelten ihm noch ein paar aufmunternde Worte zu, dann rollte sich einer nach dem anderen für die Nacht zusammen. Schließlich hatte jeder mal solche trüben Gedanken, vor allem abends, wenn man erschöpft im Stroh lag. Ein Gefährte kam sogar zu Pablo herangekrochen, um ihm tröstend den Arm zu tätscheln. »Habenichtse wie wir können nur zwischen ehrlicher Plackerei und einem Gaunerleben wählen«, sagte er. »Jonglieren kannst du ja wirklich gut, aber mit Bällen zu werfen ist nur Spielerei und keine Arbeit.« Sein Atem fuhr über Pablos Gesicht, so nah hockte der Gefährte nun neben ihm. »Lass dich nicht vom rechten Weg abbringen, mein Junge«, schloss er mit rauer Stimme. »Als Dieb oder Räuber endest du früher oder später am Strang.«

»Ich weiß ja«, antwortete Pablo und seufzte leise. Aber ich weiß auch, fügte er im Stillen hinzu, dass ich mich aus diesem Leben als menschlicher Lastesel befreien muss, solange ich noch die Kraft dafür aufbringen kann.

In dieser Nacht lag Pablo wieder einmal wach und fand keinen Schlaf. An die Plackerei mit den schweren Lasten hatte er sich ja rasch gewöhnt, seine Muskeln waren gewachsen, und Gewichte, unter denen er vor fünf Tagen noch fast zusammengebrochen war, trug er nun mühelos Treppen hinauf und Leitern wieder hinab. Desto unerträglicher schien ihm jetzt jedoch das öde Einerlei dieser Arbeit. Aber wenn er in die müden, leeren Gesichter seiner Kameraden blickte, fürchtete er, dass er sich bald schon wie sie in sein Schicksal ergeben und sein restliches Leben lang wie die Esel zwischen Schiffen und Schuppen hin und her trotten würde.

Die silbrig schimmernde Metallkugel, die er vor seinem Heimatdorf aus dem Meer gefischt hatte, besaß er immer noch und verwahrte sie wie einen Schatz. Wie an jedem Abend tastete er nach ihr, um sich zu vergewissern, dass er sie nicht verloren hatte. Aber als er sie jetzt aus seiner Tasche nahm und im Dunkeln befühlte, da schien ihm der kalte Eisenball einfach eine Sträflingskugel zu sein, die ihn an sein elendes Leben als Lastenschlepper kettete.

Die Schaluppe hatte weder Tiger noch Schlangen geladen und natürlich auch keine Haremsdamen, von denen einer der Arbeiter beim Aufstehen phantasiert hatte. Als Pablo und die anderen bei dem neuen Schiff ankamen, stellte sich vielmehr heraus, dass es mit Kisten voll chinesischem Porzellan gefüllt war.

Diese Kisten waren so schwer, als ob sie aus Eisen geschmiedet worden wären. Gleichwohl galt es, sie so behutsam zu tragen wie einen Korb voll roher Eier, denn chinesisches Porzellan war so hauchfein, dass es bei der geringsten Erschütterung zerbrach. Das versicherte ihnen jedenfalls der Lageraufseher, dessen Miene noch mürrischer und angespannter war als sonst.

Eine der Porzellankisten stand geöffnet an Deck. Der Aufseher und zwei Uniformierte von der Zollbehörde beugten sich gerade darüber, als Pablo mit den anderen Arbeitern in den Schiffsbauch hinabstieg. Als er wieder ans Deck emporgeschnauft kam, auf dem Rücken einen gewaltigen Kasten, der bei jedem Schritt leise erklirrte, da stand die geöffnete Kiste immer noch an ihrem Ort. Eben machte der Aufseher in Richtung der Zolloffiziere eine Gebärde, in der sich Zorn und Unterwürfigkeit die Waage hielten. Offenbar gab es Schwierigkeiten, vielleicht enthielten die Kisten andere Waren, als in den Frachtpapieren verzeichnet stand. Pablo schleppte seine Last zum Eselswagen hinab und ließ sie so vorsichtig wie nur möglich auf den Karren gleiten. Wieder klirrte es im Innern der Kiste so fein, dass es fast wie ein Kichern junger Mädchen klang.

Als Pablo das Fallreep abermals hochgelaufen war, stand die aufgestemmte Kiste immer noch da. Der Deckel lehnte daneben an der Reling, doch vom Aufseher und von den Zollbeamten war weit und breit nichts mehr zu sehen. Anscheinend waren sie zusammen in den Frachtraum hinuntergegangen, um weitere Kisten zu überprüfen.

Die offene Kiste zog Pablo unwiderstehlich an. Chinesisches Porzellan hatte er in seinem ganzen Leben noch nie gesehen, doch das leise Klirren in den Kästen und die besorgte Miene des Aufsehers hatten in ihm Vorstellungen von feenhafter Feinheit und Zierlichkeit erweckt. Kurz entschlossen trat er neben den Behälter und beugte sich darüber.

Die Teller und Tassen waren allesamt in Holzwolle gelagert und einzeln in dicke Schichten Seidenpapier gewickelt, so dass nur ihre Umrisse zu erahnen waren. Es gab Teller in unterschiedlichen Größen, doch selbst die größten schienen Pablo unwirklich klein, so, als ob Kinder oder Zwerge davon essen sollten. Ohne recht darauf zu achten, was er da anstellte oder ob ihm vielleicht jemand bei seinem Treiben zusah, nahm er einen Teller heraus, wickelte ihn aus dem Seidenpapier und drehte ihn in den Händen hin und her.

Etwas Wundervolleres hatte er niemals vorher gesehen. Das Porzellan war tatsächlich so dünn, dass man das Sonnenlicht hindurchschimmern sah. Mit einem Pinsel von unglaublicher Feinheit hatte der Künstler in zartblauen Schattierungen eine fremde Welt auf das Porzellanrund gemalt, die Pablo immer mehr bezauberte, je mehr köstliche Einzelheiten er entdeckte. Dargestellt wurde offenbar ein chinesischer Hafen, in dem Schiffe mit wunderlich gebogenem Bug und viereckigen Segeln aus und ein fuhren. Am Kai standen winzige Chinesinnen und winkten ihren Liebsten, die gerade in die weite Welt hinausfuhren, mit seidenen Tüchlein hinterher.

Erfüllt von dem Wunsch, weitere Szenen aus dieser fremden Welt zu sehen, nahm Pablo einen zweiten Teller heraus und dann noch einen und schließlich einen vierten. Bezaubert wendete er sie hin und her, und da seine Finger vor Erregung ein wenig zitterten, glitt ihm plötzlich eines der unschätzbar kostbaren Stücke aus der Hand. Doch als geübter Jongleur griff Pablo gedankenschnell zu, fing den Teller im Flug auf und warf ihn ebenso unwillkürlich wieder empor. Er wusste selbst nicht so recht, wie es zugegangen war, aber auf einmal hatte er begonnen, mit den chinesischen Tellern zu jonglieren.

Langsam drehte er sich um sich selbst, um in eine günstigere Position zu gelangen, in der er nicht von der Sonne geblendet wurde. Mit gleichmäßigen Bewegungen warf er die Teller empor und fing sie wieder auf, sie eigneten sich wundervoll zum Jonglieren und drehten sich in der Luft, so dass die herrlichen Szenen aus chinesischen Dörfern und Häfen wie Traumgebilde vor seinen Augen kreisten.

»Aufhören, sofort!« Das war zweifellos die Stimme des Aufsehers, aber sie klang so gepresst, dass Pablo sie gar nicht gleich erkannte. »Runter mit den Tellern, aber vorsichtig, Bursche, sonst ...«

Pablo senkte seinen Blick von den Tellern zu den mindestens fünfzehn Gesichtern, die ihm in atemloser Stille beim Jonglieren zusahen, der Himmel mochte wissen, wie lange schon. Seine sämtlichen Arbeitsgefährten standen im Halbkreis um ihn herum, die Münder halb offen, die Augen noch viel weiter aufgerissen, und in ihren Mienen mischte sich Verblüffung mit Entsetzen. Einige Schritte hinter ihnen, bei der Luke, die in die Frachträume hinabführte, stand der Aufseher, offenbar vor Schreck gelähmt. Die Arme hatte er seitlich erhoben, als ob er die beiden Zolloffiziere, die hinter ihm aus der Luke getreten waren, daran hindern wollte, sich auf den Missetäter zu stürzen und ihn auf der Stelle zu verhaften.

Dabei war doch überhaupt nichts Arges passiert. »Ich höre ja schon auf«, sagte Pablo. Behutsam fing er die Teller auf, so dass sie nicht einmal mit dem leisesten Klirren aneinander stießen. Ehe der Aufseher aus seiner Starre erwacht war, hatte er sie schon wieder in die Seidenpapiere gewickelt und ging auf die Luke zu, als ob nichts weiter geschehen wäre.

»Du treuloser, ehrvergessener Schurke!« Die Stimme des Aufsehers überschlug sich. Er packte Pablo bei den Schultern und schüttelte ihn wie einen Kartoffelsack. »Wie kannst du es wagen, mit diesen Schätzen deine Späße zu treiben! Keine Stunde länger bleibst du in meinen Diensten – geh schon, verschwinde! Wenn du mir noch einmal unter die Augen kommst, lasse ich dich in den Kerker werfen!« Und er stieß ihn mit aller Kraft von sich, so dass Pablo über das Deck torkelte und an der Reling Halt suchen musste.

Wortlos, wie betäubt durch die Ereignisse, nickte Pablo seinen Gefährten zu, die ihm mit stumpfen Mienen hinterhersahen. Dann stieg er zum letzten Mal das Fallreep hinunter und sprang auf die Hafenmauer. Wie viele hundert Male war er diesen Weg gegangen, unter Lasten gebückt oder mit leeren Händen wieder emporeilend, um den nächsten Sack, die nächste Kiste ins Freie zu schleppen. Und nun sollte auf einmal alles vorbei sein, von einem Augenblick zum nächsten – nur weil er mit vier Tellern jongliert hatte?

Aber es ist ja überhaupt nichts Arges passiert, dachte er wieder. Und während er langsam davonging, mit hängendem Kopf, die Hände in den Taschen, die Blicke des Aufsehers in seinem Rücken, gewannen diese Worte in seinem Innern allmählich einen anderen Sinn: Er war schmählich aus den Diensten des Lageraufsehers entlassen worden, und doch war ihm nichts Arges passiert. Im Gegenteil, dachte Pablo, der Aufseher hat mir geholfen, mich aus diesem elenden Sklavenleben herauszureißen, aus dem ich mit eigener Kraft vielleicht gar nicht mehr freigekommen wäre.

Den ganzen restlichen Tag über streunte Pablo durch die Stadt. Die Sonne brannte vom Himmel, die Straßen und Gassen waren erfüllt mit geräuschvollem Leben. Kutschen dröhnten, Pferde klapperten vorüber, hinter offenen Türen wurde gehämmert und geklopft, gekocht und geflucht, gesungen und gesägt.

Er war es gar nicht mehr gewöhnt, dachte Pablo, so in ziellloser Freiheit herumzulaufen, tatsächlich war er schon drauf und dran gewesen, sich an das Leben eines Kettensträflings zu gewöhnen. Aber nicht nur die ungewohnte Freiheit und das ihm ebenso fremde städtische Treiben verwirrten ihn, er war immer noch aufgewühlt durch den neuerlichen Umsturz in seinem Leben. Im Laufen zog er die silberfarbene Kugel aus seiner Hosentasche und besah sie von allen Seiten. Der bärtige Alte, den er damals meinte in der Kugel gesehen zu haben, hatte sich nie wieder blicken lassen, und auch diesmal schaute ihm aus dem silbrigen Spiegel nur sein eigenes Gesicht entgegen. Aber der kleine Eisenball kam ihm nun überhaupt nicht mehr wie eine Sträflingskugel vor, sondern wie die schimmernde Verheißung, dass er sein Glück doch noch finden werde.

Ich habe mein Leben wieder in die eigenen Hände genommen, dachte Pablo, wie damals, als ich von zu Hause aufgebrochen bin. »Es kommt darauf an, sein Ziel zu kennen und nicht aus dem Auge zu verlieren, auch wenn man zwischendurch mal ein tiefes Tal durchwandern muss.« Auch diesen Satz hatte er vom Großvater früher mehr als einmal gehört.

Pablo blieb stehen, als sich vor ihm die Gasse auf einen weiten Platz öffnete. Stundenlang war er einfach kreuz und quer durch die Stadt gegangen, mehr mit seinen Gedanken als mit seiner Umgebung beschäftigt. Jetzt dämmerte schon der Abend, er fühlte sich erschöpft und hungrig. Doch außer der Kugel und den paar Lumpen, die er am Leib trug, besaß er wieder einmal nichts auf der Welt. Seine wenigen Habseligkeiten waren im Schuppen zurückgeblieben, ein Kanten Brot, die aus Fetzen gefertigten Lederbälle und eine Hand voll Münzen, die er sich von seinem Lohn abgespart hatte. Doch nach den Drohungen des Aufsehers schien es ihm nicht ratsam, dorthin zurückzugehen.

Müde trottete er weiter und sah sich jetzt aufmerksamer um. Es war ein riesiger Platz, gesäumt von hohen, prachtvollen Häusern. In der Mitte plätscherte Wasser aus einem Brunnen, dessen Umfassung gemauert und mit steinernen Fratzen verziert war. Vergeblich versuchte Pablo zu erraten, wozu dieser gewaltige leere Platz dienen sollte, mitten in der Stadt, wo sonst alles dicht an dicht zusammengedrängt war.

Er beugte sich über den Brunnenrand und trank von dem köstlichen, kühlen Wasser, bis zusammen mit seinem Durst auch sein Hungergefühl fürs Erste gestillt schien. Dann legte er sich unter einen der Bäume, die das Brunnenrund beschatteten, schloss die Augen und schlief ein.

3

Manche Buden waren groß und prächtig, andere bestanden nur aus ein paar krumm zusammengenagelten Brettern, aber selbst vor den ärmlicheren Ständen drängten sich die Käufer. Pablo hockte neben dem Baum, unter dem er gestern Abend eingeschlafen war, und rieb sich die Augen. Der riesige Platz hatte sich über Nacht mit einem bunten Durcheinander aus Verkaufsbuden und Karren, Last- und Schlachttieren gefüllt. Offenbar war Pablo so erschöpft gewesen, dass er nicht ein einziges Mal aufgewacht war, als die Buden zusammengenagelt, Fische und Fleischstücke, Brot- und Käselaibe, Obst und Gemüse hinter, auf und unter den Theken aufgestapelt worden waren. Nicht einmal die Schritte und Stimmen der zahllosen Händler und Käufer, Träger und Müßiggänger, die sich zu dieser Morgenstunde schon durch die Gassen zwischen den Buden schoben, hatten ihm den Schlaf geraubt. Aber im Traum hatte er immer deutlicher die Gerüche wahrgenommen, die von den Herdstellen und Backöfen ringsum aufstiegen, und schließlich war er vom Knurren seines eigenen Magens aufgewacht.

Pablo erhob sich, ging zum Brunnen und hielt seinen Kopf unter den Wasserstrahl. Er hatte schrecklichen Hunger und nach wie vor nicht die kleinste Kupfermünze in der Tasche. Und doch fühlte er in sich eine starke Zuversicht. Ich bin auf dem richtigen Weg, dachte er, schüttelte sich das Wasser aus den Haaren und kämmte sich mit gespreizten Fingern. Zwei junge Mägde beobachteten ihn verstohlen und kicherten, als sie seinen Blick bemerkten. Pablo lächelte ihnen freundlich zu. Er hatte nicht die geringste Ahnung, was er nun als Nächstes anstellen sollte, aber er spürte ganz deutlich, dass er bald schon Klarheit gewinnen würde. Er hatte seine Freiheit zurückgewonnen, alles andere würde sich auch noch finden.

Eine Weile lang lief er nun auf dem Markt hin und her und beobachtete das Treiben an den Verkaufsständen. Seine Beine fühlten sich schon ganz zittrig an, so ausgehungert war er, aber es widerstrebte ihm, um einen Happen Brot, ein Stück Fisch oder einen Kanten Käse zu betteln. Lieber wollte er einen Händler fragen, ob er nicht einen tüchtigen Gehilfen brauchen konnte, aber vor allen Buden im Zentrum des Marktes drängten sich so viele Leute, dass er keine Gelegenheit fand, seine Frage zu stellen. Er konnte den Fischhändlern oder Brotverkäufern doch nicht über die Köpfe der anderen hinweg zuschreien, dass er Arbeit suchte! Aber während er von einer Gasse zur anderen lief, fühlte er sich immer schwächer vor Hunger, und überall herrschte das gleiche Gedränge.

Endlich gelangte Pablo zu einer Gasse am Rand des Marktes. Direkt hinter der äußersten Budenreihe strömte ein kleiner Fluss, dahinter ragten schon wieder die Häuser und Türme der Stadt auf. Hier war so gut wie niemand unterwegs, weder Käufer noch Müßiggänger. Kaum hatte Pablo ihre Gasse betreten, da beugten sich die Händler weit aus ihren Buden heraus, um den möglichen Kunden in Augenschein zu nehmen. Was sie zu sehen bekamen, schien sie jedoch nicht sehr zu ermutigen, die Köpfe wurden gleich wieder zurückgezogen. Niemand sprach Pablo an, niemand versuchte ihn durch Scherzworte anzulocken, während er zwischen den Verkaufsständen entlangging und seine Blicke nach links und rechts schweifen ließ.

Bei einem Verkaufsstand blieb er schließlich stehen, mehr aus Schwäche als aus Überzeugung. Hinter einem Tisch voll schimmernder Fische standen ein älterer Mann mit grauen Haaren und Schnauzbart und eine hübsche junge Frau, die ihre schwarzen Haare zu einer Schnecke geflochten trug. Anscheinend waren es Vater und Tochter, und es war nur allzu offensichtlich, dass sie keinen weiteren Verkäufer für ihren Fischstand benötigten. Sie hatten ja selbst nichts zu tun, denn in ihre Gasse schienen sich nur wenige Marktbesucher zu verirren.

»Guten Morgen«, sagte Pablo trotzdem und musste sich an ihrer Bude festhalten, so schwindlig war ihm mit einem Mal.

Die beiden sahen ihn mit hoffnungslosen Blicken an, dann nickte ihm der alte Fischhändler zu und grüßte mit müder Stimme zurück. »Was kann ich für dich tun?«

»Habt Ihr vielleicht Arbeit für mich?« Pablo fragte es nur, weil er nichts anderes zu sagen wusste. Kaufen konnte er nichts, betteln wollte er immer noch nicht, und einfach so schwankend am Holzpfahl der Bude stehen bleiben und die beiden mit vor Hunger glänzenden Augen anstarren konnte er ja schließlich auch nicht.

»Arbeit?« Der Händler winkte ab. »Arbeit haben wir keine – für uns selbst nicht und für dich schon gar nicht. Aber hier hast du einen Bissen Fisch.« Er schob ein Stück Bratfisch über die Theke, und Pablo griff mit zitternder Hand danach und schlang es herunter. Niemals hatte ihm eine Speise köstlicher geschmeckt als dieser aus Mitleid ihm zugeschobene Happen.

»Ich danke Euch von Herzen«, sagte er. »Aber ich will nicht betteln. Ihr habt mir zu essen gegeben, und nun gebt mir bitte auch Gelegenheit, es Euch durch Arbeit zu vergelten.«

Der alte Händler strich sich über den eisgrauen Schnauzbart. »Du siehst ja, wie es um uns bestellt ist. Was könntest du denn arbeiten, das für uns nützlich wäre?«

Pablo blickte vom Vater zur Tochter, von den silbrigen Barschen zu den rosaroten Lachsen. Ja, was kann ich eigentlich?, fragte er sich selbst. »Ich kann Fische fangen«, sagte er schließlich. »Früher bin ich jeden Morgen mit dem Boot hinaus aufs Meer gefahren. Aber diese Arbeit hat mir nicht gefallen, deshalb bin ich von zu Hause weggegangen.«

»Und was kannst du sonst noch?«, fragte der Händler.

Pablo dachte wieder einen Moment lang nach. »Sonst kann ich leider gar nichts«, sagte er dann. Er wollte sich schon abwenden, aber das freundliche Lächeln der Händlerstochter ermutigte ihn weiterzusprechen. »Oder doch, eines kann ich«, sagte er, »ich kann ziemlich gut jonglieren. Mit Bällen, Stöcken, Tellern, womit Ihr wollt – sogar mit Fischen.« Aber das, fügte er in Gedanken hinzu, hatte ihm in seinem Leben mehr Ärger als alles andere eingebracht. Der Vater hatte ihn immer ausgeschimpft, wenn er ihn beim Jonglieren mit Fischen erwischte, und die anderen Fischer im Dorf hatten ihn als Träumer verspottet, der Fische lieber in die Luft warf, als sie im Wasser zu fangen.

Doch die Händlerstochter lächelte ihn immer noch an, und auch ihren Vater schien das seltsame Talent des jungen Bettlers zu erheitern. »Jongleure hab ich schon gesehen«, sagte er mit einem Grinsen, das seinen Schnauzbart zucken ließ. »Aber dass jemand mit Fischen jongliert? Also lass sehen, Bursche – da anscheinend auch heute niemand unsere Fische kaufen will, kannst du sie genauso gut in die Luft werfen.«

Unterdessen hatte es gleich mehrere Marktbesucher in ihre

Gasse verschlagen. Während der Händler Pablo einige Fische zum Jonglieren hinschob, spähte er zugleich auf die Gasse hinaus, den Oberkörper weit vorgebeugt. Auch aus den anderen Buden sah man wieder die Köpfe der Betreiber und Verkäufer mehr oder minder verstohlen hervorlugen.

Pablo aber hatte keinen Blick mehr für seine Umgebung. Er wog die Fische in den Händen, wählte vier Heringe von ungefähr gleicher Größe und begann zu jonglieren. Erst warf er zwei Fische in die Luft, dann nahm er einen dritten hinzu, schließlich auch den vierten. Die Schuppen schimmerten im Sonnenlicht, es sah großartig aus, ein wenig unwirklich, wie in Träumen, in denen ja vielerlei möglich schien. Warum also nicht auch, dass an einem gewöhnlichen Mittag in einer abgelegenen Marktgasse vier Heringe durch die Luft flogen, mit den Köpfen voran und in allen Regenbogenfarben schillernd? Mit einem satten Klatschen fielen die Fische in seine Hände zurück, mit gleichmäßigen, fast unmerklichen Bewegungen ließ Pablo sie wieder in die Höhe schnellen. Dabei lächelte er der Händlerstochter zu, drehte sich blitzschnell um sich selbst, um die Fische hinter seinem Rücken aufzufangen, und gab ihnen schließlich einen leichten Drall, so dass sie wie Keulen um ihre eigene Achse rotierten. Endlich fing er die Heringe alle vier wieder auf und überreichte sie mit einer Verbeugung der jungen Frau, die sie mit geröteten Wangen und blitzenden Augen entgegennahm.

Erst als um ihn herum heftig in die Hände geklatscht wurde, bemerkte Pablo, dass nicht nur der Händler und seine Tochter ihm bei seinen Kunststücken zugesehen hatten. Mehr als ein Dutzend Leute hatte sich um die Bude versammelt, sie applaudierten ihm immer noch, und ihre Gesichter strahlten Freude, ja Begeisterung aus. Benommen sah Pablo von einem zum anderen, vornehm gekleidete Herren waren darunter, Dienstmädchen in gestärkten Blusen und Handwerker in bunter Tracht. Plötzlich hatte Pablo eine Idee.

»Hohe Herrschaften«, rief er aus, »gerade eben habe ich selbst Fisch von diesem Stand gegessen. Ich versichere Euch, man kann mit diesen Fischen nicht nur vorzüglich jonglieren, sie schmecken auch ausnehmend gut.«

Als hätten die Leute nur auf diese Aufforderung gewartet, drängten sich gleich alle näher zur Bude des schnauzbärtigen Händlers und seiner Tochter. Deren Wangen färbten sich jetzt noch röter, denn nun bekam sie kräftig zu tun. Auf einen Wink des Händlers hin hatte Pablo wieder zu jonglieren begonnen, und bald schon drängte sich eine große Menschenmenge um ihren Stand. Die Leute rissen sich die Fische aus den Händen, so schnell konnte die Tochter gar nicht einpacken und der Vater nicht die Münzen einstreichen. Pablo führte seine besten Kunststücke vor, er wurde immer kühner und warf die Fische so hoch, dass die Zuschauer die Köpfe in den Nacken legen mussten, um dem Flug der schimmernden Pfeile zu folgen.

»Genug«, sagte der Händler endlich, »hör auf, Bursche – wir haben keinen einzigen Fisch mehr.«

Da fing Pablo seine Heringe auf und überreichte sie abermals der Händlerstochter, die ihm mit einem innigen Leuchten in den Augen dankte. Wieder applaudierten die Leute, doch diesmal prasselte der Beifall, wie wenn zu Hause in Pablos Dorf heftiger Sturzregen auf die Reihe der umgestülpten Boote an der Mole geklatscht war.

»Morgen wieder«, rief der Händler den Leuten zu, die mit leeren Händen abziehen mussten, denn er hatte wirklich bis zum allerletzten Fischkopf für die Katze der Frau Bürgermeister alles ausverkauft. »Du kommst doch morgen wieder?«, fragte er Pablo. »Zuerst habe ich ja geglaubt, dass dein

Jonglieren eine nutzlose Spielerei wäre, aber du hast mich wahrhaftig eines Besseren belehrt.«

»Nichts lieber als das«, sagte Pablo und sah vom Händler zu dessen Tochter. Das alles war ja wie im Märchen. Er selbst hatte doch auch immer geglaubt, was ihm von seinem Vater bis zum Aufseher des Lagers ständig alle eingetrichtert hatten: dass das Jonglieren nur eine nutzlose und letzten Endes sogar schädliche Spielerei sei. Gut genug für kleine Kinder und für Herumtreiber wie den alten Gaukler Pepe, die jahraus jahrein in ihren Schaustellerwagen durchs Land rumpelten und den Leuten mit ihren Zauberkunststücken die Köpfe verdrehten.

»Ich bin Miguel«, sagte der alte Händler und reichte Pablo die Hand. »Und das ist meine Tochter Juanita.« Pablo ergriff die dargebotene Rechte des Händlers und schüttelte sie kräftig. Dann reichte er auch Juanita die Hand, und diesmal erröteten sie beide. »Ich biete dir einen halben Taler für jeden Vormittag«, fuhr Miguel fort, »an dem du vor unserem Stand mit Heringen jonglierst.«

Einen halben Taler? Pablo konnte sein Glück kaum fassen. Da hatte er Tag um Tag für den Lageraufseher seinen Rücken krumm gemacht, von morgens bis abends die schrecklichsten Lasten geschleppt und war über dem stumpfsinnigen Einerlei dieser Arbeit fast zugrunde gegangen – für drei Heller den Tag! Und jetzt sollte er nur morgens ein paar Stunden lang das vorführen, was er sowieso immer machte, wenn er nichts Besseres zu tun hatte – und für diese Spielerei bot ihm Miguel gleich einen halben Taler? »Ihr könnt auf mich zählen«, sagte Pablo und verbeugte sich vor Miguel. »Ich muss mir eine Unterkunft besorgen – wisst Ihr nicht eine gute Herberge, wo man für ein paar Heller unterkommen kann?«

»Herberge? Wer redet denn von Herberge?«, rief der alte

Fischhändler aus. »Du wohnst natürlich bei uns, Pablo! Nicht wahr, Juanita?«

Noch am selben Tag zog Pablo in das Haus von Miguel und Juanita ein.

Jeden Morgen stand Pablo nun vor der Fischbude am Rand des Marktes, und in dem ungeheuren Gedränge musste er aufpassen, damit ihn die Leute nicht einfach umrannten. Er warf seine Heringe in die Luft, drehte sich um die eigene Achse, fing sie hinter seinem Rücken auf und rief dabei immer wieder: »Fliegende Fische! Fliegende Fische!« Die Leute rissen Miguel und Juanita die Fische nur so aus den Händen, dabei war es ganz genau der gleiche Fang wie auf den anderen Ständen. Aber nur vor Miguels Bude wurde mit Fischen jongliert.

Jeden Mittag strich Pablo seinen halben Taler ein, dann schlenderte er davon, spazierte durch die Stadt oder kehrte in einem Kaffeehaus ein. Nun konnte er es sich leisten, das köstliche schwarze Gebräu selbst zu trinken, während er noch vor kurzem gerade gut genug dafür gewesen war, Säcke mit Kaffee- und Kakaobohnen zu schleppen. Er hatte sich neue Kleidung schneidern lassen, und wenn seine Gefährten aus dem Lagerschuppen ihm in der Stadt begegnet wären, sie hätten ihn nicht wiedererkannt. Aber sie mussten ja sowieso von früh bis spät im Hafen schuften und hatten den Markt oder irgendeines der inneren Stadtviertel wahrscheinlich noch nie mit eigenen Augen gesehen.

Noch immer konnte Pablo sein Glück kaum fassen. Hatten sein Vater, der Aufseher oder seine Gefährten im Lagerschuppen ihm nicht immer wieder versichert, dass Spaß und Arbeit nun einmal nicht zusammenpassten? Er aber machte einfach das, was ihm am meisten Spaß bereitete, und verdiente in einer Woche mehr Geld, als sein Vater in einem ganzen Jahr zusammenscharren konnte. Ich hätte mich mein Lebtag im Handwerk des Fischens oder im Säckeschleppen üben können, dachte er, und hätte es doch höchstens zu einem mittelmäßigen Fischer oder Träger gebracht. Als Jongleur aber war er wirklich gut, das zeigte schon der Andrang vor Miguels Bude, der mit jedem Tag größer wurde. Auch die Händler in den benachbarten Buden hatten ihren Vorteil von dieser Entwicklung, denn wer bei Miguel leer ausging oder in der Menschenmenge einfach nicht bis zu den »Fliegenden Fischen« vordringen konnte, hielt sich bei den Händlern im Umkreis schadlos. Und so kam es, dass die Stände in der Budengasse des Fischjongleurs schon nach kurzer Zeit begehrter waren als die Buden im Zentrum des Marktes. Beinahe täglich hörte Pablo, wie Miguel und Juanita aufgeregt die unglaublichsten Neuigkeiten austauschten: Wie bitte – sogar der mächtige Don León, der reichste Fischhändler der ganzen Stadt, bemühte sich, einen Standplatz in ihrer Budengasse zu ergattern? Das war ja unglaublich, riefen Vater und Tochter und fielen sich jubelnd in die Arme. Pablo aber beteiligte sich nur selten an diesen Gesprächen. Aus irgendeinem Grund war ihm sein eigener Erfolg als Fischjongleur nicht recht geheuer.

Aber ich kann nun mal nichts besser, sagte er sich, als mit Fischen zu jonglieren. Und warum ist das so? Warum kann ich mit Fischen besser jonglieren, als sie haufenweise in Netzen aus dem Wasser ziehen? Und warum kann ich besser Teller in die Luft werfen und wieder auffangen, als Kisten voller Geschirr auf meinen Schultern schleppen? Weil das Jonglieren mir Spaß macht und die anderen Arbeiten eben nicht!

Warum also sollte er nicht einfach sein restliches Leben als

Jongleur verbringen?, fragte sich Pablo und spürte wieder, dass ihm dieser Gedanke nicht geheuer war. Aber anstatt sich damit weiter herumzuplagen, zog er es vor, seine Fische in die Luft zu werfen und sich um nichts anderes zu kümmern.

Fürs Erste hatte Miguel ihm eine schmale Kammer direkt unterm Dach angewiesen, doch schon nach kurzer Zeit hatte er angedeutet, dass es bei dieser Regelung nicht bleiben müsse.

»Ich bin ein alter Mann«, so erklärte er eines Abends seinem jungen Gehilfen, der seinen Geschäften eine so glückliche Wendung gegeben hatte. Er schenkte Pablo und sich selbst von dem guten roten Wein nach, den er sich neuerdings wieder leisten konnte, und prostete ihm zu. »Juanitas Herz ist noch nicht vergeben«, fuhr er fort, »und ich habe ja längst bemerkt, dass sie dir schöne Augen macht und auch du gern mit ihr tändelst und scherzt.«

Pablo wich dem Blick des alten Mannes aus. In seinem Kopf drehte es sich, nicht nur wegen des ungewohnten Weines. Er ahnte natürlich, worauf Miguel hinauswollte, aber er war sich überhaupt nicht im Klaren darüber, was er von diesen Plänen halten sollte.

»Meine Familie betreibt Fischhandel in dritter Generation«, redete unterdessen der Alte weiter. »Wenn du nur willst, kannst du die vierte begründen – ich biete dir hiermit an, mein Teilhaber und Nachfolger zu werden. Und wenn Juanita einverstanden ist – und sie ist es«, fügte er mit einem Lächeln hinzu, das seinen Schnauzbart zucken ließ, »wenn meine Tochter also einwilligt, biete ich dir außerdem an, mein Schwiegersohn zu werden.«

Pablo fühlte sich gerührt, aber auch ein wenig bedrängt. Gewiss, er mochte Juanita, und es schmeichelte ihm, dass sie ihn geradezu anzubeten schien, weil er sie und ihren Vater vor dem Ruin bewahrt hatte. Juanita mit der schwarzen Haarschnecke war eine hübsche junge Frau, und ein paarmal hatten sie beide sich auch schon heimlich abends im Garten getroffen, um hinter dem Rücken des Alten ein paar hastige Zärtlichkeiten auszutauschen. Und Pablo mochte es auch, mit Juanita zu scherzen, denn sie hatte ein flinkes Mundwerk, aber hieß das alles, dass er sie genügend liebte, um sein Leben mit ihr verbringen zu wollen? Wollte er wirklich in die Fußstapfen des alten Miguel treten, war er deshalb aus seinem Heimatdorf aufgebrochen: um nun nicht Fischer wie sein Vater, aber Fischhändler wie sein Schwiegervater zu werden?

»Ich danke Euch für Euer Angebot«, sagte er endlich zu Miguel. »Es ehrt mich sehr, und was auch kommen wird, ich werde Euch für immer dankbar sein, weil Ihr mir etwas zu essen gegeben und mich aufgenommen habt, als ich wie ein Bettler vor Euch stand.« Er erhob sich und nickte dem alten Mann zu. »Aber seht mir bitte nach, wenn ich mich nicht gleich entscheide – ich muss erst nachdenken, und das kann ich am besten, wenn ich dabei …«

»… jongliere«, vollendete Miguel, »ich weiß, Pablo.« Und er schenkte sich seinen Becher wieder voll und prostete Pablo mit trunkenem Grinsen zu.

Am folgenden Tag, als Pablo zur Mittagsstunde wieder im Kaffeehaus saß und das Treiben auf der Straße beobachtete, setzte sich ein stattlicher Herr zu ihm an den Tisch.

»Du gestattest doch?«

Pablo nickte ihm freundlich zu. Nach den Stunden des Jonglierens im Marktgewühl hätte er lieber seine Ruhe gehabt, zumal er immer noch nicht mit sich im Reinen war und noch einmal über Miguels Angebot nachdenken wollte. Aber der stattliche Herr in seiner gelackten Weste, an der vergoldete Knöpfe prangten, erregte Pablos Neugierde. Was konnte so eine Persönlichkeit von ihm, dem kleinen Heringsjongleur, wollen?

»Ich bin Don León«, kam der Herr ohne Umschweife zur Sache, »und ich werde dir jetzt ein Angebot machen.« Er winkte einen Kellner herbei, bestellte ein Getränk, von dem Pablo noch nie in seinem Leben gehört hatte, und beugte sich dann vertraulich zu ihm hinüber. »Es passt mir nicht, dass du mit Fischen jonglierst«, erklärte er und sah sein Gegenüber aufmerksam an.

Pablo hob die Schultern und ließ sie langsam wieder sinken. »Was geht es Euch an?«, fragte er.

»Nun, das liegt ja auf der Hand«, erklärte Don León. »Mir gehören die drei größten Fischstände im Zentrum des Marktes, direkt am Brunnen. Wie kann es mir da gefallen, dass neuerdings alle Welt zum äußersten Ende des Marktplatzes läuft, um die Fische von Miguel zu kaufen? Also kurz und gut, ich will, dass du künftig vor meinen Fischbuden Heringe in die Luft wirfst.«

Pablo konnte ihn nur wortlos ansehen, so verblüfft war er über diese Worte. »Wie gesagt«, fuhr Don León fort und beugte sich noch weiter zu ihm herüber, so dass Pablo seinen parfümierten Atem roch, »ich halte eigentlich überhaupt nichts von solchen Gaukelstücken. Wozu soll es gut sein, wenn junge Männer, statt anständige Arbeit zu verrichten, Bälle oder gar Fische in die Luft werfen? Mit Bällen mögen meinetwegen kleine Kinder spielen, deren Verstand ja bekanntlich noch für keine sinnvollen Betätigungen taugt. Und Fische gehören in den Kochtopf, auf den Teller und in den Magen, aber sie in die Luft zu werfen, wieder aufzufangen und aufs Neue Richtung Sonne zu schleudern, das ist unnütz und töricht. Und wenn ich eine Wahl hätte, würde ich diesen Unfug ganz gewiss nicht auch noch fördern.« Don León lehnte sich auf seinem Stuhl zurück und sah einen Moment lang sinnend ins Leere. »Aber wie die Dinge nun einmal stehen«, schloss er, »habe ich leider keine Wahl. Und deshalb biete ich dir zwei Taler pro Tag, wenn du künftig vor meinen Fischständen am Brunnen jonglierst.«

Während dieser langen Rede des würdevollen Herrn war Pablo immer unbehaglicher geworden. Ein Teil von ihm schwelgte in Tagträumen, wie viele Taler er bald schon einstreichen könnte – fünfzig im Monat, sechshundert Taler im Jahr! Aber gleichzeitig krampfte sich sein Innerstes zusammen bei dem Gedanken, dass er sein geliebtes Jonglieren in den Dienst eines Mannes stellen sollte, der diese Kunst eigentlich für unnütz und verachtenswert hielt.

»Euer Angebot ist verlockend«, sagte Pablo. Er atmete tief ein und wieder aus. »Aber ich kann es nicht annehmen.«

»Drei Taler.« Don Léon sah ihn aus zusammengekniffenen Augen an. »Mein letztes Wort.«

»Es geht nicht«, sagte Pablo und schüttelte zur Bekräftigung den Kopf.

Der stattliche Herr schien nun ernstlich in Zorn zu geraten. »Übertreib's nicht, Bursche!«, rief er aus. Seine Finger trommelten auf die Tischplatte, und Pablo sah, dass er an jedem von ihnen einen Ring aus Gold und Edelsteinen trug. »Die Leute werden sich an deinen Kunststücken bald schon satt gesehen haben – also schmiede das Eisen lieber, solange es noch heiß ist! Miguel kann dir für deine Dienste nicht annähernd so viel bieten wie ich.«

Als der Kellner erschien und Don León ein dampfendes Getränk im bauchigen Glas servierte, drückte ihm Pablo rasch eine Münze in die Hand. »Ihr habt gewiss Recht, mein Herr«, sagte er zu Don León, »und doch kann ich Euer Angebot nicht annehmen.« Er verbeugte sich und eilte davon.

Eigentlich hatte Pablo vorgehabt, geradewegs nach Hause zu laufen, wo Miguel und Juanita bestimmt schon auf ihn warteten. Er musste sich nun endlich erklären. Dem alten Händler noch länger die Antwort vorzuenthalten war unhöflich und kränkend. Doch während Pablo das dachte, ging er schnell und immer schneller in die entgegengesetzte Richtung, bis der Marktplatz und das Haus am kleinen Fluss, wo Miguel und Juanita wohnten, weit hinter ihm lagen.

Seit er das Angebot von Don León abgelehnt hatte, herrschte in seinem Innern ein noch größeres Durcheinander als vorher schon. Mal machte er sich die heftigsten Vorwürfe, weil er den reichen Fischhändler zurückgewiesen hatte, in dessen Diensten er binnen kurzer Zeit zum wohlhabenden Mann geworden wäre. Dann wieder sagte er sich, dass er gar nicht anders hatte handeln können, da Don León das Jonglieren so sehr verachtete. Und erwartete ihn unter dem Dach von Miguel und seiner Tochter nicht sehr viel mehr als ein Sack voll Taler? Waren ihm dort nicht Juanitas Liebe und die väterliche Zuneigung von Miguel sicher, der bereit war, ihm alles anzuvertrauen, was er besaß? Aber hatte er sich das gewünscht: Miguels Nachfolger zu werden? Und liebte er Juanita so sehr, dass er sich für immer an sie binden wollte? Und wie war es um ihre Gefühle für ihn bestellt?

So überlegte Pablo hin und her und lief kreuz und quer durch die Stadt, ohne auf seinen Weg zu achten. Als er endlich stehen blieb und sich umsah, fand er sich in der Nähe des Hafens wieder, wo er früher im Dienst des Lageraufsehers Säcke und Kisten geschleppt hatte. In einiger Entfernung zeichneten sich die Umrisse eines riesigen Schiffes ab, das sicherlich darauf wartete, von menschlichen Lasteseln entladen zu werden. Daneben erstreckte sich der flache Schuppen, in dem Pablo mit seinen Leidensgefährten gehaust hatte.

Bei der Vorstellung, noch weiter in diese Richtung zu gehen, empfand Pablo einen heftigen Widerwillen. Auf keinen Fall wollte er noch einmal dem Aufseher begegnen, der ihn damals mit Schimpf und Schande überschüttet hatte, weil er es gewagt hatte, mit den chinesischen Tellern zu jonglieren. Aber auch seinen einstigen Kollegen wollte er nicht unter die Augen treten, solange er so wenig mit sich selbst im Reinen war. Also wandte er sich um und ging am Wasser entlang, bis er auch den Hafen hinter sich gelassen hatte.

Ein schmaler Sandstreifen säumte hier das Meer, übersät mit allerlei Treibgut. Pablo stieg über Äste und Fässer, die von der Flut angeschwemmt worden waren. Er stolperte über ein aufgeschlagenes Buch, kauerte sich davor und versuchte darin zu lesen. Aber das Papier war vor Nässe unförmig aufgequollen, die Druckerschwärze vom Salzwasser zerfressen, keine Zeile, kein einziges Wort konnte er entziffern. Enttäuscht, als ob er gehofft hätte, ausgerechnet in diesem Buch eine Antwort auf die ihn quälenden Fragen zu finden, wollte er sich erheben und stockte in der Bewegung. Vor ihm im Sand, halb durch das Buch verdeckt, lag eine silberfarbene Kugel.

Pablo griff nach dem Eisenball, nahm ihn in die Hand und stand auf. Im ersten Moment hatte er geglaubt, dass es die Kugel wäre, die er einst aus dem Meer gefischt hatte. Aber das konnte ja überhaupt nicht sein, seine Kugel lag doch in seiner Kammer unter Miguels Dach. Doch dieser zweite Eisenball sah tatsächlich ganz genauso aus wie der erste, abgesehen von der einen oder anderen Scharte, die sie beide auf ihren Wegen durch die Meere erlitten hatten. Und während Pablo noch überlegte, wie es möglich war, dass ihm abermals eine solche Kugel in die Hände gespült wurde, begann sein Herz mit einem Mal aufgeregt zu klopfen. Im Innern der Kugel bewegte sich etwas, als ob dort drinnen Nebelschwaden umherwaberten, ganz genauso, wie er es schon einmal erlebt hatte. Unwillkürlich rieb er die Kugel auch diesmal an seinem Hemdsärmel blank, und abermals schienen sich die Nebelfetzen zu einem Gesicht zu formen, den zerfurchten Zügen eines alten Mannes. Aber es war nicht der bärtige Alte, der ihm in der ersten Kugel erschienen war. Pablo sah ihn aufmerksam an. Das Gesicht kam ihm bekannt vor, doch er konnte sich einfach nicht entsinnen, wo er diesen Mann schon einmal gesehen hatte.

»Nun«, fragte ihn der Alte, »hast du erreicht, wovon du geträumt hast?«

Pablo hatte sich auf einen angeschwemmten Baumstamm gehockt, die Kugel in der Hand. »Eigentlich schon«, sagte er. »Oder jedenfalls zum Teil. Ich wollte mein Heimatdorf hinter mir lassen und etwas von der Welt sehen. Und ich wollte mein Geld mit einer Arbeit verdienen, die mir Spaß macht – beides ist mir ja auch geglückt. Ich jongliere mit den Fischen und bekomme auch noch Geld dafür.«

»Und das willst du jetzt für den Rest deiner Tage machen?«, fragte der Mann in der Kugel. »Jeden Morgen vor der Fischbude mit Heringen jonglieren?«

»Ja, warum denn nicht«, antwortete Pablo mit mehr Eifer als Überzeugung. »Ich mache ja nichts lieber, und ich wüsste nichts, was ich besser könnte als jonglieren.«

»Und warum hast du dann das Angebot von Don León abgelehnt?«

Verwundert, dass der Alte in der Kugel von diesem Angebot überhaupt wusste, sah Pablo ihn abermals prüfend an.

»Du erinnerst mich an jemanden«, sagte er. Plötzlich kam es ihm so vor, als ob der Alte die Züge seines verstorbenen Großvaters trüge. Aber wie sollte sein Großvater in diesen Eisenball gelangt sein?

Doch Pablo fand keine Gelegenheit, über diese seltsamen Vorgänge nachzudenken, denn der Mann in der Eisenkugel wiederholte in drängendem Tonfall seine Frage. »Wenn du dir nichts Schöneres vorstellen kannst, als dein Leben lang mit Fischen zu jonglieren – warum hast du dann Don Leóns Angebot abgelehnt? In seinen Diensten bräuchtest du nur jeden Tag ein paar Fische in die Luft zu werfen und würdest unfehlbar zum reichen Mann.«

»Aber ich kann doch Miguel und Juanita nicht im Stich lassen«, antwortete Pablo. »Der Händler hat mir zu essen gegeben und mich bei sich aufgenommen, als ich wie ein Bettler zu ihm gekommen bin. Er hat mir angeboten, alles in meine Hände zu geben, was er besitzt und was ihm teuer ist – sein Geschäft, seinen Namen und seine Tochter.«

»Aber dann ist doch alles in bester Ordnung.« Das Gesicht in der Kugel verzog sich zu einem Lächeln, das reichlich gequält aussah. »Du heiratest Juanita, machst deine liebste Beschäftigung zum Beruf und bist am Ziel deiner Träume – oder nicht?«

»Ja, schon«, sagte Pablo. »Oder eigentlich doch nicht«, schob er hinterher und ließ den Kopf hängen. »Das Jonglieren macht mir ja viel Spaß, und ich kann auch immer so gut nachdenken, wenn ich meine Bälle in die Luft werfe und wieder auffange. Aber ob ich wirklich mein Lebtag nichts anderes mehr machen will?«

Lange Zeit hatte er nicht mehr daran gedacht, doch mit einem Mal fiel ihm wieder ein, was er geträumt hatte, bevor er aus seinem Heimatdorf aufgebrochen war. Von einem

Schiff aus hatte er durch ein Fernrohr einen Landstrich erblickt, der weit voraus aus den Fluten ragte. Die ganze Bucht wurde von einer gewaltigen Stadt gesäumt, deren phantastische Türme und Kuppeln ihn auch nun wieder verzauberten, als er sie in der Erinnerung aufs Neue vor sich sah. Im Schein der aufgehenden Sonne funkelten die Dächer, als ob sie aus purem Gold wären.

»Und hast du diese Stadt schon gefunden?«

Verwundert sah Pablo die Kugel in seiner Hand an. Wie konnte es sein, dass der Mann im eisernen Ball sogar seine Gedanken kannte? Flüchtig musste er auch wieder an den alten Pepe denken, der damals angekündigt hatte, dass er ihm im Jahr darauf das Geheimnis der fünften Kugel offenbaren werde. Aber Pepe war nie wieder erschienen, und schließlich waren es nicht fünf, sondern nur zwei Silberkugeln, die Pablo in die Hände gelangt waren. Allerdings, dachte er dann, sonderbar war es schon, dass er überhaupt auf zwei ganz gleichartige Kugeln gestoßen war. Unschlüssig drehte er den Eisenball in seiner Hand hin und her. Auf die Frage, die der Mann in der Kugel ihm zuletzt gestellt hatte, gab es jedenfalls nur eine ehrliche Antwort: Nein. So wohl er sich hier in der Hafenstadt gefühlt hatte, es war nicht die goldene Stadt aus seinem Traum. Und da es ihm bestimmt war, diese Stadt zu finden, musste er abermals weiterziehen.

Pablo steckte die Silberkugel in seine Hosentasche und stand auf. Jetzt hatte er endlich die Lösung gefunden, die Entscheidung war gefallen: Er durfte nicht länger bleiben. Auch wenn er einen Weg verlassen würde, auf dem er mühelos beträchtliche Erfolge erzielt hatte – es war nicht der ihm bestimmte Weg, deshalb musste er ihn aufgeben. Das Herz wurde ihm schwer bei dem Gedanken, dass er die beiden Menschen, die ihm in dieser Stadt mit Fürsorge und Liebe begegnet waren, hinter sich lassen musste. Aber auf Dauer würde er hier nicht glücklich werden, dachte Pablo, während er am Strand entlang zurückging, durch den Hafen und das Gewirr der Gassen und Straßen, die ihm im Lauf der Zeit lieb und vertraut geworden waren.

»Wir haben schon alles gehört«, sagte Juanita und strahlte Pablo an. »Ricardo, der Fischhändler vom Nachbarstand, war eben hier und hat Vater und mir alles erzählt.«

»Was denn – alles? Was um Himmels willen hat er gesagt?« Gleich fällt Juanita vor mir auf die Knie, dachte Pablo, und das Herz wurde ihm noch schwerer.

»Na, dass Don León dir angeboten hat, für ihn zu arbeiten. Aber du, sagt Ricardo – du hast nein gesagt und ihn einfach sitzen gelassen mit seiner gelackten Weste und seinen Brillantringen!« Sie sah ihn mit verzückter Miene an, als ob er ein Heiligenbild in einer vergoldeten Kapelle wäre.

»Woher will Ricardo denn überhaupt wissen, was ich mit Don León besprochen habe?«

»Na ja, er ist zufällig am Kaffeehaus vorbeigekommen, und da hat ihm sein Bruder Manolo, der dort als Kellner arbeitet, gleich zugeflüstert, was er von deiner Unterhaltung mit Don León mitbekommen hat. Ach, Pablo, ich bin ja so glücklich!«

Hilfesuchend sah sich Pablo in der Stube um. Jeder Gegenstand hier war ihm vertraut geworden, die Sessel am Fenster, der runde Tisch, an dem er so oft abends mit Miguel und seiner Tochter gesessen, Wein getrunken und gescherzt hatte. Wie schnell man sich doch an einen Ort gewöhnte. Und je länger man blieb, desto schwerer wurde es, sich aus dem Netz der alltäglichen Vertrautheit wieder zu befreien.

Juanita stand einen halben Schritt vor ihm, mit halb geschlossenen Augen, sie schien darauf zu warten, dass er sie umarmte und ihr zärtliche Verheißungen ins Ohr flüsterte. Aber sie verstand das alles falsch! Kein Wunder, dachte Pablo, er selbst hatte ja lange genug gebraucht, um sich im Durcheinander der Gefühle und Träume zurechtzufinden. Wenn wenigstens Miguel in der Nähe wäre! Doch von dem alten Fischhändler war weit und breit nichts zu sehen.

»Das ist ein Irrtum, Juanita«, sagte er und musste schlucken.

»Ein Irrtum?« Ihre Augen wurden ganz weit, und er sah die Angst in ihrem hübschen Gesicht. »Was soll das heißen, Pablo – gehst du etwa doch zu Don León?« Mit fahrigen Fingern begann sie an ihrer Haarschnecke zu nesteln.

»Nein, Juanita.« Pablo senkte den Kopf. »Das würde ich euch niemals antun, dir und deinem Vater. Und außerdem, Don León verachtet das Jonglieren, wie könnte ich da in seine Dienste treten?«

»Aber dann verstehe ich nicht, warum du ...«

»Weil ich nicht bleiben kann, Juanita!« Er zwang sich, ihr in die Augen zu sehen. »Nicht bei euch und schon gar nicht bei Don León! Ich muss weiterziehen«, fügte er sanfter hinzu, als er sah, dass ihre Augen zu schimmern begannen. Das Herz krampfte sich ihm zusammen, aber er musste weitersprechen, er musste zu seiner Entscheidung stehen, sonst würden sie alle unglücklich werden. »Ich habe dir ja davon erzählt«, fuhr er fort. »Schon als kleiner Junge habe ich davon geträumt, in die Welt hinauszugehen und unbekannte Länder zu entdecken. Und bevor ich aus meinem Heimatdorf aufgebrochen bin, habe ich im Traum eine goldene Stadt gesehen – diese Stadt muss ich suchen, Juanita, ich kann nicht anders.«

Sie stand immer noch dicht vor ihm und sah ihn an, doch jetzt strahlte sie nicht mehr, ihr Gesicht zerfloss in Tränen. »Aber ich liebe dich doch, Pablo, und ich war so sicher, dass auch du mich liebst!« Ein heftiges Schluchzen zwang sie innezuhalten. Sie zog ein Tüchlein aus ihrem Ärmel und schniefte hinein. »Haben wir uns nicht schon ausgemalt, wie wir zusammenleben und unsere Kinder aufziehen würden, zwei Jungen und zwei Mädchen? Wie ich hinter dem Fischstand stehen und Fische verkaufen würde, während du davor mit Heringen jonglierst?«

»Das war dein Traum, Juanita, nicht meiner, es tut mir so schrecklich Leid«, warf Pablo ein. Aber Juanita sprach einfach weiter, so, als ob sie seine Worte gar nicht gehört hätte oder als ob sie hoffte, ihn doch noch umstimmen zu können.

»Haben wir uns nicht schon vorgestellt«, fragte sie ihn unter Tränen, »wie unsere Kleinen mir beim Einwickeln der Fische helfen würden und wie die beiden Ältesten dich anbetteln würden, damit du ihnen beibringst, wie man fünf Bälle oder Fische gleichzeitig in der Luft hält?«

»Vier, nur vier, Juanita.« Auch Pablos Augen brannten jetzt, aber er zwang sich, die Tränen zurückzuhalten. »Mit mehr als vier Dingen kann ich nicht jonglieren – nicht einmal in dieser Gaukelkunst bin ich ja vollkommen.« Er hob die Arme, wie um Juanita an sich zu ziehen, und ließ sie wieder sinken. Er fühlte sich so hilflos, so hartherzig, und doch wusste er, dass er so und nicht anders handeln musste.

»Du bist ein liebes, kluges und mutiges Mädchen, Juanita«, sagte er, »ich mag dich sehr, und ich bin dir und deinem Vater für immer dankbar, weil ihr mir euer Vertrauen geschenkt, euer Haus und eure Herzen geöffnet habt. Aber das ist nicht genug, Juanita.« Er hob die Schultern und ließ sie langsam wieder fallen, er hoffte so sehr, dass sie ihn verstehen würde.

Juanita wischte sich über die Augen, und ein nachdenklicher Zug trat in ihr Gesicht. »Ich wollte es nicht wahrhaben«, sagte sie, »aber tief in meinem Innern habe ich es seit langem gespürt, Pablo: Wir sind wohl wirklich nicht füreinander bestimmt. Ich habe dich so sehr in mein Herz geschlossen, dass ich mir einbildete, ohne dich gar nicht mehr leben zu können. Aber vielleicht habe ich einfach für Liebe gehalten, was sehr viel eher Dankbarkeit war. Durch dein Jonglieren und dein freundliches Wesen hast du den Wohlstand und die Zuversicht in unser Haus zurückgebracht, doch du hast Recht, Pablo: Das ist nicht genug.«

Jetzt wurden auch Pablo die Augen nass. Sie lächelten sich unter Tränen an, aufgewühlt vom Trennungsschmerz, aber auch voller Erleichterung, weil sie beide erkannt hatten, dass es die richtige Entscheidung war.

»Genauso verhält es sich für mich auch mit dem Jonglieren«, fuhr Pablo schließlich fort. »Ich habe lange gebraucht, um mir darüber klar zu werden. Es macht mir großen Spaß, Bälle oder auch Fische in die Luft zu werfen und wieder aufzufangen, es erfüllt mich mit Freude und mit Frieden, und es ist ein sehr befriedigendes Gefühl, wenn man auf diese Weise sogar sein Auskommen finden kann. Aber auch das ist etwas ganz anderes als der Traum, den zu verwirklichen ich ausgezogen bin, und wir beide würden unglücklich werden, Juanita, wenn wir das eine mit dem anderen verwechseln würden: Dankbarkeit mit Liebe oder Spaß und Bequemlichkeit mit dem tiefen, grenzenlosen Glück, das man nur finden kann, wenn man seiner Bestimmung folgt.«

Hell und klar sah er die Stadt aus seinem Traum wieder vor sich, und mit jedem Wort fühlte er deutlicher, dass er so und nicht anders handeln musste. Er musste Juanita und ihren Vater verlassen, um auf seinem eigenen Weg weiterzugehen.

Da ging knarrend die Tür auf, und Miguel trat in die Stube. Er sah von seiner Tochter zu Pablo, und seine Miene zeigte, dass er sofort erraten hatte, was zwischen den beiden vorgefallen war. Für einen kurzen Moment schien er in sich zusammenzusinken. Doch dann straffte er sich, trat auf Pablo und Juanita zu und legte ihnen die Arme um die Schultern wie zwei trostbedürftigen Kindern.

»Pablo will uns verlassen, ich hatte es seit langem geahnt«, sagte er, und sein Schnauzbart zuckte. »Lange wollte ich es auch vor mir selbst nicht wahrhaben, aber als ich eben eure Gesichter gesehen habe, fiel es mir wie Schuppen von den Augen: Es ist Pablo nicht bestimmt, bei uns zu bleiben. Habe ich Recht?«

Miguel schaute von Juanita, die unter Tränen nickte, zu Pablo, dem bei diesen Worten des alten Händlers das Herz noch ein wenig leichter geworden war. »Dank deiner Jonglierkünste, Pablo«, fuhr Miguel mit einem Lächeln fort und drückte Pablos Schultern, »sind wir wieder wohlhabend und brauchen uns um unser Auskommen nicht mehr zu sorgen. Niemals habe ich einen Burschen kennen gelernt, der energischer und eleganter mit Heringen zu jonglieren wusste. Aber mal Hand aufs Herz, Juanita.« Er drückte seine Tochter liebevoll an sich. »Hast du nicht auch von Anfang an gespürt, dass dieser junge Kerl mehr kann, als Fische in die Luft zu werfen?«

Da musste auch Juanita lächeln. Sie löste sich aus dem Arm ihres Vaters, wischte sich über die Augen und sah Pablo an. »Sehr viel mehr.«

»Du wirst deine große Liebe finden, Juanita«, sagte Pablo, »ich fühle es ganz genau. Einen Mann, der deiner würdig ist – und keinen flatterhaften Heringsjongleur wie der Bursche, der ich bis heute scheinbar war.«

Juanita schlang die Arme um seinen Nacken, zog seinen Kopf zu sich herunter und küsste ihn auf die Stirn. »Und du wirst deine goldene Stadt finden und den Beruf, der dich glücklich macht. Ich werde dich nie vergessen, Pablo. Viel Glück auf deinem Weg.«

Auch der alte Fischhändler reichte ihm die Hand zum Abschied, und ehe Pablo sich's versah, stand er schon wieder auf der Straße, sein Bündel auf dem Rücken, die beiden Silberkugeln in der Tasche. Ein letztes Mal winkte er zu dem kleinen Fenster hinauf, hinter dem sich die Gesichter Juanitas und Miguels schemenhaft abzeichneten, schon vermischt mit dem Blau des Himmels und dem goldenen Licht der Sonne, die sich in der Fensterscheibe spiegelten.

4

Wie eine Kathedrale ragte die »Santa Cruz« neben der Kaimauer auf. Seit einer halben Stunde lehnte Pablo an einer Schuppenwand gegenüber, sein Bündel auf dem Rücken, und überlegte fieberhaft, wie er nun weiter vorgehen sollte.

Über einen Steg, der unter den Schritten der Träger dröhnte, wurden eisenbeschlagene Seekisten an Bord getragen. Pablo erwartete schon, gleich seinen einstigen Gefährten zu begegnen, aber die müden Gesichter der Arbeiter dort drüben waren ihm allesamt fremd. Wie ungeschlachte Ameisen wankten die Träger den Steg hinauf, unter ihre Lasten gebückt, und der Aufseher unten am Steg brüllte unablässig Befehle, um die niemand sich zu kümmern schien. Oben an Deck herrschte ein lebhaftes Treiben, Matrosen und Offiziere liefen hin und her, die Segel an den beiden Masten wurden überprüft, Ketten klirrten, Winden quietschten. Offenbar bereiteten sie alles Nötige vor, um noch heute den Anker zu lichten.

Pablo spürte ganz deutlich, dass es ihm bestimmt war, auf genau dieser Karacke davonzusegeln, doch er hatte keine Ahnung, wie er das bewerkstelligen könnte. Sollte er einfach behaupten, dass er zur Mannschaft gehörte? Aber das würden die Wächter dort drüben ihm doch niemals abnehmen! Also verharrte er weiter an der Schuppenwand und hoffte auf eine Eingebung.

Vor dem Schiff patrouillierten zwei Matrosen, die Vorderlader umgehängt. »Ja, wie lange dauert das denn noch, bis das Zeug an Bord ist?«, fragte einer von ihnen den Aufseher und deutete mit seinem Gewehr auf die Seekisten, die neben dem Steg aufgestapelt standen.

»Und wer bist du?«, fuhr der zweite Bewaffnete plötzlich Pablo an. Er zeigte mit seiner Waffe über die Straße. »Ja, dich meine ich! Was hast du dich denn hier herumzudrücken?«

»Ich … also ich …«, stotterte Pablo. »Mein Name ist Pablo, ich bin der neue …« Doch da verließ ihn der Mut. Er brach ab und sah den Matrosen einfach nur flehentlich an.

»Der neue Schiffsjunge? Und Pablo heißt du also? Na, sag das doch gleich«, rief der Matrose ärgerlich aus. »Melde dich beim zweiten Steuermann, der wird dir alles Weitere erklären.«

So kam es, dass Pablo als Schiffsjunge auf der Karacke »Santa Cruz« anheuerte, ohne auch nur zu ahnen, wohin das Schiff fahren würde oder worin die Pflichten eines Schiffsjungen im Großen und Ganzen bestanden. Aber was spielte das auch für eine Rolle? Er spürte ja ganz deutlich, dass er mit diesem und keinem anderen Schiff davonfahren sollte, und so dankte er dem Matrosen, der ihn aufgerüttelt hatte, und lief mit langen Schritten den Steg hinauf an Bord.

Der zweite Steuermann war ein dicker Mann mit wildem schwarzem Bart, durch den sich graue Strähnen zogen. Die blaue Uniformjacke spannte sich um seinen Bauch, dass die goldfarbenen Knöpfe fast davonsprangen, wenn er heftig Luft holte. Und da der zweite Steuermann zum Jähzorn neigte, geschah es nicht eben selten, dass er tief und brodelnd Atem schöpfte.

»Schon mal auf einem Schiff zur See gefahren?«, herrschte er Pablo an.

»Na ja«, antwortete der neue Schiffsjunge, »nur auf der ›Olivia‹, meinem Fischerboot.«

Der zweite Steuermann durchbohrte ihn mit finsteren Blicken. »Wir hatten schon mal einen Schiffsjungen, der sich als Witzbold versucht hat.«

Was mit dem geschehen war, wollte Pablo lieber gar nicht wissen, aber der zweite Steuermann teilte es ihm ungefragt mit. »Wenn du einmal in die Kapitänskajüte gerufen wirst – achte auf den Totenschädel, in dem der Käptn seine Zigarren ausdrückt.«

Pablo schluckte und nickte. Vergeblich suchte er im sonnenverbrannten Gesicht des Offiziers nach einem Zeichen, dass die Worte vielleicht doch nicht ganz ernst gemeint waren.

»Die Pflichten des Schiffsjungen der ›Santa Cruz‹«, fuhr der zweite Steuermann fort, »sind im Grunde leicht zu umschreiben: Alles, was dreckig macht und weder Verstand noch Erfahrung erfordert, ist vom Schiffsjungen zu erledigen. Du musst das Deck schrubben, und zwar jeden Tag, mit Schmierseife und Wurzelbürste, du musst Rost klopfen, Messing putzen und dem Koch helfen, Kartoffeln zu schälen oder die Töpfe auszuwaschen. Nachts musst du der Ruderwache zur Seite stehen oder mit dem wachhabenden Matrosen zusammen im Ausguck Wache schieben. Du hast jedermann an Bord Gehorsam zu leisten, vom Kapitän über die Offiziere und Matrosen, den Koch und den Schiffszimmermann bis hinab zu den Leichtmatrosen. Unter dem Schiffsjungen sind auf der ›Santa Cruz‹ allenfalls noch die Bordratten, und wenn ich es mir richtig überlege, sind sogar die noch höher angesehen. Folgst du einem Befehl nicht aufs

Wort, so erhältst du Schläge, musst eine Strafe zahlen oder wirst bei Wasser und Brot eingesperrt.«

Während dieser wenig ermutigenden Rede hatte der zweite Steuermann ihn zu einem lichtlosen Verschlag bei den Laderäumen geführt. »Das hier ist der Kerker?«, fragte Pablo.

»Wo denkst du hin, das ist der Schlafraum der Schiffsjungen. Hier kannst du dich hinlegen, wenn es einmal nichts für dich zu tun geben sollte, was eigentlich nicht vorgesehen ist. Schlafen kannst du immer noch, wenn wir in vier Wochen in Santo Domingo vor Anker gehen. Vorausgesetzt, dass du dir dort überhaupt ein Bett leisten kannst. Deine Heuer beträgt fünf Heller für jeden Tag auf See.« Pablo musste wieder schlucken, aber er presste die Lippen zusammen und ließ nicht das leiseste Seufzen hören. »Also sieh zu«, fuhr der zweite Steuermann fort, »dass du nicht schon unterwegs deine Heuer versäufst oder als Strafe wegen Ungehorsam zahlen musst.«

»Seid unbesorgt, Herr Offizier«, sagte Pablo, »ich werde alles so ausführen, dass Ihr und der Herr Kapitän mit mir zufrieden seid. Gestattet mir nur noch eine Frage: Wo liegt dieses Santo Domingo?«

»Auf der Insel Hispaniola.«

»Und wart Ihr schon einmal dort? Ich meine, ist es eine wundersame Stadt – mit Türmen und Kuppeln, die in der Sonne funkeln, als ob die ganze Stadt aus purem Gold wäre?«

Da atmete der zweite Steuermann so gewaltig ein, dass die Knöpfe an seiner Uniformjacke erzitterten wie goldene Käfer kurz vor dem Abflug. »Wo denkst du hin«, knurrte er, »Santo Domingo ist ein Dreckloch, in dem die reichen Leute in Holzhäusern und die ärmeren in Lehmhütten hausen. Gold? Pah!« Er spuckte aus, dann packte er Pablo am Nacken und stieß ihn vor sich her, die Stufen empor und zurück aufs Deck.

In der folgenden Woche verging kein Tag, an dem Pablo nicht mit sich selbst und seiner Entscheidung haderte. Das Schiff pflügte durch die Wellen, schon wenige Stunden nachdem sie den Hafen verlassen hatten, war ringsum nur noch der unendliche Ozean zu sehen. Der Horizont hob und senkte sich, und anfangs stieg und fiel Pablos Magen im gleichen Rhythmus. Aber bald schon gewöhnte er sich an den mal sanfteren, mal raueren Seegang, und dann fielen umso heftiger seine Zweifel und Selbstvorwürfe wieder über ihn her. Er lag auf den Knien und schrubbte das Deck, Planke um Planke, tatsächlich mit einer Wurzelbürste, wie der zweite Steuermann es ihm angekündigt hatte. Oder er lief mit Schwämmen, Tuchfetzen und einem Eimer voll stinkender Paste umher und polierte alles, was auf diesem Schiff aus Messing war, von der endlos langen Reling bis zu den Speichen des Steuerrads, von den tausend Türklinken und Beschlägen bis zu den Knöpfen an den Jacken der Offiziere.

Ich könnte bei Juanita im weichen Ehebett liegen, dachte er dabei, und stattdessen darf ich froh sein, wenn sie mir manchmal gestatten, für eine Stunde oder zwei in meinen muffigen Verschlag zu kriechen. Ich könnte für ein bisschen Jonglieren einen halben Taler täglich einstreichen, dachte Pablo, und stattdessen schufte ich hier für fünf Heller am Tag! Während er in der Kombüse für den ständig zeternden Smutje Kartoffeln schälte, dachte er an das Angebot von Don León, das ihm in einem Monat hundert Taler eingebracht hätte, mehr, als er in einem ganzen Leben als Schiffsjunge zusammenkratzen könnte. Und während er sich nachts am Steuerruder, neben einem der wortkargen Matrosen, immer wieder in die Arme zwickte, um nicht einzuschlafen und für dieses Verbrechen mit Schlägen oder Ärgerem bestraft zu werden, stellte sich Pablo manchmal vor, dass er jetzt mit

Miguel und Juanita am Tisch in der behaglichen Stube sitzen und mit seinem Schwiegervater einen Krug roten Weines leeren könnte, was den alten Mann immer in heitere Stimmung versetzt hatte. Mit zuckendem Schnauzbart pflegte Miguel dann Schwänke aus seiner Jugendzeit oder auch leicht anzügliche Witze zum Besten zu geben, bis Juanitas Wangen glühten und sie ihren Vater halb scherzhaft, halb tadelnd zur Ordnung rief.

Über solchen Erinnerungen konnte es dann geschehen, dass Pablo verstohlen seufzte oder sich sogar eine Träne aus dem Augenwinkel wischen musste. Denn wie man es auch drehte und wendete, der Wechsel seiner Lebensverhältnisse bedeutete nicht einfach einen Abstieg, sondern einen tiefen, fast bodenlosen Sturz. So hoch und schnell er damals aufgestiegen war, als er vom Lager des Aufsehers in das Haus von Miguel übergewechselt war, so tief war er nun wieder hinabgesunken – oder nein, jetzt befand er sich sogar auf einer noch tieferen Stufe. Als Lastenschlepper hatte er zumindest alles hinwerfen und auf und davon gehen können, hier auf dem Schiff aber war er buchstäblich eingesperrt. Als Träger hatte er immerhin noch auf die Bettler hinabsehen können, die sich nicht einmal durch die Kraft ihrer Muskeln das Lebensnotwendigste erarbeiten konnten, als Schiffsjunge auf der »Santa Cruz« aber gab es unter ihm wirklich niemanden mehr. Selbst die Leichtmatrosen gebärdeten sich ihm gegenüber wie grausame Götter, von deren Gunst es abhing, ob er den halben Tag in lichtlosen Laderäumen schuften musste oder zumindest die Gnade erfuhr, unter der sengenden Sonne das Deck zu schrubben. Und doch verlor Pablo während all dieser Tage und Wochen nie gänzlich die Zuversicht, dass er richtig gehandelt hatte, weil es ihm eben so bestimmt war.

Es war ein notwendiger Schritt auf seinem Weg, und je

klarer ihm diese Erkenntnis vor Augen stand, desto leichter fiel es ihm, seine derzeitige Situation zu ertragen. Nur wenn er in schwachen Stunden vergaß, warum er sich zu diesem Schritt entschlossen hatte, schien ihm seine Lage unerträglich und seine Entscheidung, Juanita und sein früheres Leben aufzugeben, unbegreiflich und bejammernswert. Er war nur scheinbar abgestürzt, sagte sich Pablo immer wieder, tatsächlich hatte er selbst sich von einem Berg hinab ins tiefe Tal begeben, um einen anderen, noch viel höheren Berg zu erklimmen – seinen ureigenen, den nur für ihn bestimmten Berg. Anders ging es nun einmal nicht, so wie auch die »Santa Cruz« immer wieder durch tiefe Wellentäler fuhr, um gleich darauf von einer riesigen Woge emporgerissen zu werden. Mit dem Unterschied allerdings, dass er sich nicht von blinden Gewalten einfach mitreißen ließ, sondern seinen Weg deutlich vor sich sah.

Und wenn aber alles nur ein Wahngebilde war?, durchfuhr es ihn dann wieder. Das geschah besonders dann, wenn er in seinem Verschlag lag und in die Dunkelheit starrte, zu müde, um gleich einschlafen zu können, und mit einem Ohr immer zum Deck hinauf lauschend, wo bald schon wieder der Befehl erschallen würde: »Schiffsjunge, Deck schrubben! Verdammter Pablo, wo versteckt sich das Aas?« Was wäre also, fragte sich Pablo, wenn er sich nur eingeredet hätte, dass er dazu bestimmt sei, unbekannte Länder zu entdecken? Warum gerade du?, fragte ihn in solchen Stunden eine innere Stimme. Warum glaubst du, etwas Besseres zu sein als die anderen jungen Fischer aus deinem Heimatdorf oder als die Fischhändler in der Stadt?

In solchen Augenblicken war es weder hilfreich noch ermutigend, dass Santo Domingo nach den Worten des zweiten Steuermanns keinerlei Ähnlichkeit mit der goldenen

Stadt aus Pablos Traum aufwies. Und doch fiel ihm die Antwort des dicken, ständig zornigen Offiziers gerade in solchen Momenten der Verzagtheit unfehlbar wieder ein. Wie konnte er auf dem richtigen Weg sein, wenn die »Santa Cruz« auf eine Stadt zusteuerte, die aus elenden Holz- und Lehmhütten bestand?

Auch wenn Pablo ständig übermüdet war, zog er es doch manchmal vor, an Deck zu bleiben, obwohl ihm großmütig gestattet worden war, für ein paar Stunden in seinen Verschlag zu kriechen. Denn immer abends, wenn die Sonne feuerrot im Meer unterging, erschienen die Delphine und trieben in Sichtweite des Schiffs ihr wundersames Spiel. Oft waren es zwanzig oder dreißig der anmutigen Meerestiere, und Pablo wurde es niemals leid, ihren kraftvollen Sprüngen zuzusehen. Sie jagten einander zum Spaß oder überboten sich mit den kühnsten und verrücktesten Sprüngen, und wenn einem von ihnen ein besonders tolles Kunststück gelungen war, schienen seine Gefährten ihm mit lautem Geschnatter zu applaudieren.

Es war unvermeidlich, dass Pablo, der mit den »Fliegenden Fischen« vor Miguels Marktbude für Aufsehen gesorgt hatte, von den Darbietungen der Delphine wie verzaubert war. Und ebenso unweigerlich nahm er eines Tages, während er bei Sonnenuntergang an der Reling stand und den meterhohen Sprüngen der Delphine zusah, ein paar Holzstücke zur Hand, die zufällig dort herumlagen, und begann zu jonglieren. Dabei hatte er sich so fest vorgenommen, an Bord der »Santa Cruz« um keinen Preis Dinge in die Luft zu werfen, weder Lumpenbälle noch gar chinesische Teller, keine Kartoffeln und schon gar keine Dörrfische. Ein Schiffsjunge, der nützliche Dinge Richtung Sonne schleuderte, anstatt sie ordentlich festzuhalten und behutsam an den vorgeschriebenen Ort zu stellen, ein Schiffsjunge, der überhaupt irgendetwas unternahm, das ihm nicht ausdrücklich befohlen worden war, hatte auf der »Santa Cruz« offenbar mit dem Ärgsten zu rechnen. Und Pablo wollte lieber nicht überprüfen, wie lange man es in der Dunkelzelle am tiefsten Punkt des Schiffes aushielt oder ob der Kapitän die Schädelknochen ungehorsamer Schiffsjungen tatsächlich als Aschenbecher für seine Zigarren benutzte. Aber während er den Delphinen bei ihren Sprüngen zusah, war es einfach so über ihn gekommen: Ohne zu bemerken, was er da eigentlich anstellte, warf er seine vier Plankenreste in die Luft, drehte sich blitzschnell um sich selbst, fing zwei von ihnen auf, während die beiden anderen schon wieder in die Luft emporstiegen, und fühlte sich so leicht, so von Frieden erfüllt wie seit langem nicht mehr.

»Du teuflischer Schiffsjunge!«, donnerte es da in seinem Rücken. Pablo erstarrte, die Holzstücke prasselten um ihn herum aufs Deck. »Du Barschkadaver von einem Schiffsjungenaas!«, brüllte der zweite Steuermann. »Das muss der Kapitän erfahren!«

Mit hängendem Kopf und weichen Knien schlich Pablo in seinen Verschlag. Der Lageraufseher hatte ihn damals auf der Stelle entlassen, weil Pablo es gewagt hatte, mit den Tellern zu jonglieren. Und was würde der Kapitän nun mit ihm anstellen? Einfach über Bord werfen konnten sie ihn ja nicht, oder etwa doch? Vor Sorge konnte er lange Zeit nicht einschlafen, doch irgendwann siegte seine Erschöpfung über Kummer und Angst. Im Traum trieb Pablo hilflos im Ozean, er zappelte mit den Beinen, ruderte mit den Armen und war schon kurz davor, unterzugehen. Sie durften ihn doch nicht einfach so absaufen lassen! Ein letztes Mal sah er die »Santa

Cruz«, schon winzig und verschwommen in der Ferne, dann rollte eine riesige Welle auf ihn zu und riss ihn mit sich. Da aber geschah etwas Sonderbares, die Welle verwandelte sich in etwas Festes, Glitschiges, und plötzlich erkannte Pablo, dass er sich an der Rückenflosse eines großen, kräftigen Delphins festhielt. Der riesige Fisch zog ihn durchs Wasser, und dabei stieß er ein ermutigendes Schnattern aus, als ob er zu Pablo sagen wollte: »Sorg dich nicht, ich bringe dich an Land.« Und als Pablo um sich sah, zog ihn der Delphin tatsächlich auf eine Bucht zu, die im Sonnenlicht funkelte, als ob sie aus purem Gold wäre. Eine gewaltige Stadt erhob sich dort, mit phantastischen Türmen und Kuppeln. Pablo stieß einen Jubelruf aus, so laut, dass er aus dem Schlaf fuhr.

Er lag im Dunkeln, sein Herz klopfte wie verrückt. Es war die Stadt, die er auch damals im Traum gesehen hatte, in seinem Heimatdorf, ehe er aufgebrochen war. Pablo überlegte lange, was der Traum wohl bedeuten sollte, und obwohl er zu keinem klaren Ergebnis gelangte, fühlte er sich doch getröstet und bestärkt. Er war auf dem richtigen Weg, das zumindest ging ja aus dem Traum hervor.

Mit neuer Zuversicht kroch er aus seinem Verschlag, und er blieb auch gelassen, als er aufs Deck trat und der zweite Steuermann ihn sogleich mit einem Schwall von Beschimpfungen empfing. »Ab mit dir zum Käptn!«, so endete die an Flüchen und Keuchen reiche Rede des Offiziers, dessen Uniformjacke nur noch zwei von ursprünglich sechs Goldknöpfen aufwies. »Er wird dir die Strafe zumessen, die du verdient hast!«

Da wurde Pablo das Herz doch wieder ein wenig schwerer, aber die Erinnerung an seinen Traum beließ ihm so viel Mut, dass er zur Kapitänskajüte marschieren konnte, ohne dass ihm unterwegs die Knie versagten.

Es war das erste Mal, dass er das Allerheiligste der »Santa Cruz« betrat. Er klopfte an, wartete, bis drinnen ein unwirsches Brummen ertönte, und trat ein. »Schiffsjunge Pablo«, meldete er und bemühte sich um eine seemännische Haltung. Dabei hielt er schon verstohlen Ausschau nach dem Totenschädel des unseligen Schiffsjungen, in dem der Kapitän angeblich seine Zigarren löschte. Doch in der behaglich mit Ledersesseln und Kupferstichen eingerichteten Kajüte waren weit und breit keine Knochen oder andere makabre Requisiten zu sehen.

Der Kapitän stand hinter einem großen Tisch, den eine rissige und vergilbte Seekarte fast vollständig bedeckte. Er war ein riesengroßer Mann, noch hünenhafter als der zweite Steuermann, mit stechend blauen Augen und einem grauen Bart, der ihm bis auf die Brust wallte. In seiner rechten Hand qualmte tatsächlich eine Zigarre, mit deren glühendem Ende er jetzt auf Pablo deutete. »Schon mal eine Seekarte gelesen?« Pablo verneinte. »Komm her, Schiffsjunge!« Der Kapitän ließ seine Faust neben sich auf den Tisch krachen, um den Ort zu markieren, an den sich der Schiffsjunge begeben sollte.

Pablo beeilte sich, dem Befehl Folge zu leisten. Mit seinem dicken roten Finger deutete der Kapitän auf einen Punkt im unendlichen Kartenblau. »Hier ist die ›Santa Cruz‹.« Er schob sich die Zigarre zwischen die Lippen, um seine zweite Hand frei zu bekommen, und deutete mit dem rechten Zeigefinger auf einen langgestreckten grün-braunen Fleck im Kartenmeer. »Und da ist Santo Domingo.« Zumindest vermutete Pablo, dass der Kapitän versucht hatte, diese Worte um seinen Stumpen herum zu formen. Zu hören war nur ein brummiges Nuscheln, so nebelhaft wie der Qualm, den der Hüne gleichzeitig ausstieß, doch neben dem roten Riesenfinger entzifferte Pablo das Wort »Hispaniola«.

Nun nahm der Kapitän die Zigarre wieder aus dem Mund und deutete damit abermals auf Pablo. »Du hast den zweiten Steuermann gefragt, ob Santo Domingo eine wundersame Stadt sei, mit Türmen und Kuppeln, die in der Sonne funkeln wie aus purem Gold. Wie kommst du auf so etwas, Schiffsjunge?«

Pablo brach der Schweiß aus. Der Kapitän durchbohrte ihn mit seinem stechenden Blick, und er schien drauf und dran, seine Zigarre mitten im Gesicht des Schiffsjungen auszudrücken – als ob er schon den nächsten Totenschädel vor sich sähe! »Ich ... ich, Herr Kapitän«, stotterte Pablo, »also ... es war ein Traum!«

»Ein Traum, so, so«, brummte der Kapitän. »Und du kannst also jonglieren, wurde mir gesagt?«

Pablo bejahte zögernd. Sicher begann jetzt die Strafpredigt, weil er mit den Holzstücken jongliert hatte! Unwillkürlich zog er den Kopf ein, und der Mut sank ihm noch sehr viel tiefer, als er sah, was der Kapitän da aus einer Schublade unter seinem Kartentisch hervorholte. Pablo starrte das Ding an, es war rund wie ein Topf und bleich wie Mehl. Über den Augenhöhlen grinste der Mund, denn es war tatsächlich ein umgedrehter Totenschädel, in dem der Kapitän nun ungerührt seinen Stumpen ausdrückte.

»Dann zeig mal, was du kannst.« Der riesige Mann öffnete eine weitere Lade in seinem Kartentisch und holte fünf glänzende schwarze Holzkugeln heraus. Eine neben der anderen legte er sie vor Pablo auf die Seekarte. »Ebenholz«, brummte er. »Ich kenne einen, der kann sie alle fünf gleichzeitig in der Luft halten. Na, worauf wartest du noch?«

Zögernd nahm Pablo in jede Hand eine der wunderschönen Kugeln. Sie schmiegten sich in seine Handfläche, das Holz fühlte sich fest und federnd an, und die Bälle hatten genau die richtige Größe zum Jonglieren. Er warf die Kugeln empor, nahm blitzschnell zwei weitere auf und hielt mit jeder Hand zwei der funkelnd schwarzen Holzbälle in der Luft.

»Nun gut, geschickte Hände hast du also«, brummte endlich der Kapitän. »Aber was ist mit dem fünften Ball?« Er deutete auf die Ebenholzkugel, die allein auf der Seekarte zurückgeblieben war.

Pablo fing die vier Bälle auf und hob bedauernd die Schultern. »Ein Gaukler und Zauberer hat mir vor vielen Jahren das Jonglieren beigebracht. Immer im Herbst ist er mit seinem Karren in unser Dorf gekommen, und jedes Mal hat er mir mehr von seiner Kunst gezeigt.« Er legte die vier Kugeln zur fünften zurück auf den Kartentisch. »Aber in dem Jahr«, schloss er, »in dem er mir beibringen wollte, mit fünf Kugeln zu jonglieren, habe ich vergeblich auf ihn gewartet – Pepe ist niemals mehr in unserem Dorf erschienen.«

Der Kapitän hatte sich diese Erinnerungen seines Schiffsjungen mit zerstreuter Miene angehört. Nun nickte er und strich sich den Bart, so, als ob er irgendwann einmal ähnliche Erfahrungen gemacht hätte. »Um mit vier Kugeln zu jonglieren, musst du geschickt und aufmerksam sein«, sagte er schließlich. »Aber fünf Kugeln gleichzeitig in der Luft zu halten, das hat etwas von Zauberei. So hat es mir jedenfalls der Mann erklärt, der als einer von ganz wenigen diese Kunst tatsächlich beherrscht. Raul ist jahrelang als mein Schiffszimmermann mit mir um die Welt gefahren, bis er sich auf der Insel Hispaniola niedergelassen hat. In Santo Domingo hat er ein Mädchen kennen und lieben gelernt, und die beiden haben mittlerweile mehr Kinder in die Welt gesetzt, als die ganze ›Santa Cruz‹ an Holznägeln aufweist. Er arbeitet immer noch als Zimmermann, seine Holzhäuser werden auf der ganzen Insel geschätzt, und in seinen Mußestunden jongliert er wie früher mit Holzkugeln wie diesen hier. Ich habe ihn erst letztes Jahr wieder besucht«, sagte der Kapitän, dessen einschüchternde Brummigkeit sich über diesen Erinnerungen mehr und mehr zu verlieren schien, »und im Gedenken an die alten Zeiten hat Raul mir diese fünf Ebenholzkugeln geschenkt.«

»Sie sind wunderschön.« Pablo nahm noch einmal zwei der schwarzen Kugeln in die Hände. »Und wie geschaffen zum Jonglieren, man spürt sofort, dass der Mann, der sie hergestellt hat, auch vom Jonglieren sehr viel versteht.«

»Und wie steht es mit dir, Schiffsjunge? Kannst du mit Holz umgehen?« Der Kapitän verschränkte die Arme vor seinem gewaltigen Brustkorb und sah Pablo unter zusammengezogenen Augenbrauen an.

»Ich … ich, Herr Kapitän … ja, wieso denn mit Holz?«, stotterte Pablo. Was sollte das denn überhaupt heißen? Nur weil der frühere Schiffszimmermann auch ein guter Jongleur war, musste das doch nicht auch für ihn gelten! Um mit Holzstücken zu jonglieren, genügte es doch, wenn man vier Stücke von ungefähr gleicher Länge zur Hand hatte und sie gleichmäßig emporwarf und wieder auffing, ohne darüber nachzudenken, was man da eigentlich anstellte. Denn diese Lektion hatte Pablo als Allererstes von dem alten Gaukler Pepe gelernt: Wenn man bewusst darüber nachdachte, welche Bewegungen man in welcher Reihenfolge ausführen musste, um drei oder vier Dinge gleichzeitig in der Luft zu halten, dann fielen einem sämtliche Bälle, Keulen oder Fische unweigerlich zu Boden. Der wichtigste Körperteil eines Jongleurs, hatte Pepe ihm eingeschärft, war der Rücken, den er wieder und wieder beugen musste, um Bälle oder Keulen aufzulesen.

Unterdessen hatte sich die Miene des Kapitäns verdüstert, sein Blick ging an Pablo vorbei. »Ich spüre es in allen Knochen«, murmelte er, »bald kommen wir in schweres Wetter – ausgerechnet bei den Felsen.« Er beugte sich über den Tisch, sein gewaltiger Finger kroch über die Karte wie eine schreckliche rote Seeschlange. Schließlich richtete er seinen Blick wieder auf Pablo. »Also kurz und gut«, kommandierte er, »du meldest dich gleich morgen früh beim Schiffszimmermann und lässt dich von ihm einweisen, damit du ihm notfalls zur Hand gehen kannst.«

Damit war der Schiffsjunge entlassen. Der Kapitän verscheuchte ihn mit einer wedelnden Handbewegung und beugte sich schon wieder über die Seekarte, wobei er Unverständliches murmelte und sorgenvoll den Kopf schüttelte. Nach einem letzten Seitenblick auf den Totenschädel, aus dem ein dünner Faden Qualm aufstieg, machte Pablo, dass er aus der Kapitänskajüte herauskam.

Er war völlig durcheinander. Erst als er hoch oben im Ausguck saß, neben dem schweigsamen Matrosen, der in dieser Nacht als Wache gegen die allgegenwärtigen Piraten eingeteilt worden war, erst da wurde Pablo bewusst, was vorhin in der Kapitänskajüte passiert war: Er war nicht bestraft, sondern zum Gehilfen des Schiffszimmermanns befördert worden. Aber warum nur? Was hatte den Kapitän dazu veranlasst? Dass Pablo von einer goldenen Stadt geträumt hatte oder beim Jonglieren mit Holzresten erwischt worden war, konnte doch wohl kein Grund für diese Entscheidung sein?

5

Der Schiffszimmermann hieß Diego und war nur wenige Jahre älter als Pablo. Er war so lang und dürr, als ob er selbst aus Holz geschnitzt worden wäre, sogar seine Haut, auf der ständig ein feiner Film aus Holzmehl lag, erinnerte von fern an Tannenrinde. Pablo fühlte sich sofort von Diego angezogen, dabei hätte er selbst nicht sagen können, was ihn an dem hageren Mann so sehr faszinierte.

Gewiss, Diego behandelte ihn nicht grob und von oben herab, wie es alle anderen an Bord mit ihm hielten. Er wirkte meist ein wenig verträumt, so, als ob die Hölzer und Hobel, Sägen und Hämmer in seiner kleinen Werkstatt ihm Botschaften zuraunten, die außer ihm niemand hören konnte. Auch in dem hellen Raum, der von vielerlei Gerüchen nach Holz, Leim und Farben erfüllt war, fühlte sich Pablo von Anfang an wohl. Wenn Diego an seiner Werkbank stand und ein Brett zurechtsägte, schien es Pablo, als ob der Zimmermann auf geheimnisvolle Weise mit den Dingen seiner Umgebung verbunden wäre. Als ob das Holzstück sich fast von selbst so zurechtlegte, dass Diego es leicht und genau zersägen konnte, und als ob Hammer oder Hobel ihm so selbstverständlich gehorchten wie seine eigenen Hände oder Füße. Niemals schien Diego darüber nachzudenken, wie er eine Aufgabe anzugehen hatte, die Lösung flog ihm wie von selbst zu. Er brauchte nur in sich hineinzulauschen oder Hölzer und Hände einfach sich selbst zu überlassen, dann fügte sich alles auf natürliche und vollkommene Weise zusammen.

Die träumerische und doch unfehlbar genaue Art, wie Diego arbeitete, erinnerte Pablo daran, wie er selbst mit vier Keulen oder Bällen jonglierte, und allmählich begann er zu ahnen, weshalb der Kapitän ihn zum Gehilfen des Schiffszimmermanns gemacht hatte. Wie Diego ihm erzählte, war der Kapitän überhaupt ein Mann, der sich häufig von Vorahnungen leiten ließ und auf diese Weise die »Santa Cruz« schon mehr als einmal vor dem sicheren Untergang bewahrt hatte.

Diego kannte den Kapitän schon einige Jahre. Er hatte damals auf der Werft eines Schiffsbaumeisters gearbeitet, und der Kapitän war beauftragt, ein neu gebautes Schiff dort abzuholen und zu einem Hafen in der Nähe zu bringen. »Der Kapitän und der Schiffsbauer«, sagte Diego, »hatten sich kaum die Hände geschüttelt, da stand bereits fest, dass es zwischen den beiden zum Streit kommen würde. Denn der Schiffsbauer war ein hinterlistiger Mann, der seine Kunden und Arbeiter betrog, wo er nur konnte, hier am Material sparte, dort den Lohn drückte und überhaupt alle Menschen in seiner Umgebung als Weinschläuche ansah, die es nach Kräften auszusaugen galt.«

Der Kapitän aber, erzählte Diego weiter, war nicht der Mann, der ein solches Spiel mit sich treiben ließ. Er war absichtlich drei Tage vor Fertigstellung der Karacke erschienen, die er auf der Werft abholen sollte. Vom ersten Augenblick an wich er dem Baumeister und seinen Gehilfen nicht mehr von der Seite. Mit Schiffen kannte er sich so traumwandlerisch aus, als ob Mast und Anker, Ruder und Kiel Teile seines eigenen Körpers wären. Er sah den Zimmerleuten über die Schulter, bemerkte alles, redete wenig, und wenn er einmal eine Frage stellte, so traf diese ins Herz des geizigen Betrügers. Wie sich herausstellte, hatte der Schiffsbauer minderwertiges Holz verwendet und selbst an Leim und Nägeln gespart. Diego und die anderen Arbeiter auf der Werft ahnten seit langem, dass der Baumeister nicht nur sie ausnutzte, sondern auch seine Kunden hinterging. Doch der Kapitän war der Erste, der ihn tatsächlich und in allen Punkten des Betrugs überführte. Er zwang den Schiffsbauer, die nicht genügend ausgetrockneten Planken wieder zu entfernen, alles neu zu verleimen, die schlechten Nägel wieder herausziehen und durch die hochwertigen Nägel ersetzen zu lassen, die tatsächlich auf der Rechnung aufgeführt waren.

Doch das Schiff wies außerdem einen Konstruktionsfehler auf, was allerdings auch der Kapitän erst bemerkte, als die Karacke bereits zu Wasser gelassen worden war. Ihr Schwerpunkt lag nicht ganz genau dort, wo er hingehörte, bei kräftigem Wind von Backbord legte sich das Schiff daher unverhältnismäßig schief, so dass man zum Ausgleich auf der Steuerbordseite nur sehr viel weniger Ladung verstauen konnte als vorgesehen. Der Kapitän wies dem Reeder auch diesen schwerwiegenden Fehler nach und zwang ihn, den Preis für das gesamte Schiff um ein Viertel niedriger anzusetzen, als mit dem Käufer vereinbart worden war.

Der Schiffsbauer tobte vor Wut in seinem protzig eingerichteten Kontor, aber da war weit und breit niemand, der mit ihm Mitleid verspürt hätte. Denn er tyrannisierte nicht nur seine Arbeiter und betrog seine Kunden, er dachte überhaupt immer nur an seinen Vorteil, misstraute jedem und war daher der reichste, aber auch der einsamste und verhassteste Mensch weit und breit. Selbst die Straßenköter machten einen Bogen um den Werftbesitzer, und die ehrbaren Kaufleute der Stadt ließen kein gutes Haar an ihm, da er sie alle schon einmal gedrückt, überlistet oder betrogen hatte.

Das Traurigste bei alledem aber war, wie Diego mit sanfter Stimme erzählte, dass der Schiffsbauer eigentlich gar nichts von dem Reichtum hatte, den er so unermüdlich zusammenraffte. Denn er war so geizig, dass ihn jede Münze, die er herausrücken sollte, schmerzte, als ob ihm ein Fingerglied abgehackt worden wäre. Er misstraute aller Welt und witterte überall Betrug. Der Schiffsbauer war engherzig, alles schlug ihm auf den Magen, und ständig kochte er vor Zorn. Er litt an einer Vielzahl von Krankheiten und Beschwerden, die letztlich alle seinem raffgierigen Charakter entsprangen. »Man schaut hinter keinen Busch, hinter dem man nicht selbst gehockt hat«, sagte Diego und fuhr mit dem Hobel über eine Planke, als ob er das Holz streicheln würde. »Denn auch das habe ich in meiner Zeit bei diesem Schiffsbauer gelernt – wer annimmt, dass alle Welt ihn betrügen will, wird für seine Sichtweise genauso viele Beweise finden wie derjenige, der glaubt, dass die Leute ihm helfen und ihn fördern wollen.«

Er nahm die Planke auf und hielt sie prüfend ins Sonnenlicht. »Wir alle sehen nur, was wir sehen wollen«, fuhr er mit sanfter Stimme fort, »und so lebt im Grunde jeder Mensch in seiner eigenen Wirklichkeit. Aber so, wie ich diese Planke mit Hobel und Säge bearbeiten kann, bis sie die gewünschte Gestalt angenommen hat, so können wir glücklicherweise auch unsere eigene Sichtweise beeinflussen. Nimm nur den Schiffsbauer«, sagte er, »von dem ich dir eben erzählt habe. Hätte er die Kraft und die Größe aufgebracht, sich von der Vorstellung zu befreien, dass jedermann ihn übers Ohr hauen will, dann hätte er ja vom selben Augenblick an in einer ganz anderen Welt gelebt. Doch für eine solche Wandlung war er wohl schon zu verbittert und verstockt. Kurz nachdem der Kapitän ihm seine vielen Betrügereien nachgewiesen hatte, wurde der Schiffsbauer ernstlich krank.«

»Aber das weiß ich nur vom Hörensagen«, erzählte Diego. »Der Kapitän hat mich damals gefragt, ob ich als Schiffszimmermann bei ihm anheuern wollte, und ich habe ohne einen Moment zu überlegen zugesagt.« Er legte das Werkzeug zur Seite und sah mit träumerischem Lächeln vor sich hin. »Ich habe es niemals bereut, im Gegenteil«, sagte er. »Der Werftbesitzer ist nicht lange darauf an seinem kranken Herzen gestorben, während ich mit dem Kapitän seitdem dreimal um die ganze Welt gefahren bin. Und wie gesagt, nur seinen Vorahnungen ist es zu verdanken, dass die ›Santa Cruz‹ unbeschadet oder zumindest ohne zu sinken einige schreckliche Unwetter überstanden hat, bei denen viele der erfahrensten Kapitäne ihre Schiffe und nicht selten auch ihr Leben verloren haben.«

Sobald Pablo die Werkstatt des Zimmermanns betrat oder Diego zu verschiedenen Ausbesserungen im ganzen Schiff begleitete, fühlte er sich beschwingt und glücklich. Nebenher musste er weiterhin viele Arbeiten verrichten, die zu den Pflichten des Schiffsjungen gehörten. Aber es machte ihm nun kaum mehr etwas aus, das Deck zu schrubben, und selbst das unaufhörliche Geschimpfe des Smutje ließ er klaglos über sich ergehen, während er in der Kombüse Töpfe auswusch oder Berge von Kartoffeln schälte. Denn wenn er gerade nicht bei Diego war, freute er sich darauf, den hageren Zimmermann wiederzusehen, und arbeitete dreimal so schnell wie früher, nur um bald wieder in Diegos Nähe zu sein. Wenn er ihm dann bei seinen verschiedenen Tätigkeiten zusah, fragte er sich selbst immer wieder, was ihn eigentlich an alledem so sehr bezauberte. Er hätte es nicht sagen können, doch es juckte ihn in den Fingern, es ihm gleichzutun, und er wünschte sich immer sehnlicher, wie Diego die Hölzer streicheln zu können, bis sie wie von selbst die gewünschte Form annahmen und sich dort einfügten, wo sie nach dem Willen des Zimmermanns hingehörten.

Nach und nach übertrug Diego ihm kleinere Hilfsdienste. Er hieß ihn hier ein paar Nägel einschlagen und dort einige Spanten ausbessern, und Pablo spürte, wie ihm Holz und Werkzeuge langsam vertrauter wurden. Gewiss war er noch weit davon entfernt, Säge oder Hammer so traumwandlerisch sicher zu verwenden, als ob es seine eigenen Gliedmaßen wären, oder gar mit dem Hobel so sanft über eine Planke zu fahren, als ob er wohlriechendes Öl auf dem Rücken eines Mädchens verstreichen würde. Aber mit Diegos Hilfe lernte er, die Holzarten anhand ihrer Gerüche zu unterscheiden und aus der Art, wie eine Spante das Sonnenlicht einsaugte oder zurückstrahlte, zu schlussfolgern, ob sie genügend ausgetrocknet war, um als Ersatz für eine schadhafte Rippe im Gerüst des Schiffes zu dienen. Denn ein Schiff war nichts anderes als ein riesiger Körper, mit einer Haut aus Holz und einem Skelett, das gleichfalls aus starken, biegsamen Hölzern bestand.

Einmal fragte Pablo den Zimmermann, ob er seinen Vorgänger auf der »Santa Cruz« kennen gelernt habe, den Jongleur Raul, der sich auf Hispaniola niedergelassen hatte. Über Diegos Gesicht flog ein Lächeln, und seine Augen begannen zu leuchten. »Raul lebt ganz zurückgezogen«, sagte er. »Alles dreht sich bei ihm um seine Familie, die Zimmermannskunst und das Jonglieren. Es gilt als große Ehre, von ihm eingeladen zu werden, und durch den Kapitän, der ja mit Raul sei langem eng befreundet ist, wurde auch mir diese Ehre zuteil. Bei unserem Besuch hat er uns nicht nur seine Werkstatt und einige der meisterlichen Holzpaläste gezeigt, die er überall in der Stadt errichtet hat. Eines Abends hat er uns auch eine Probe seiner Jongleurskunst gegeben, ich bekomme heute noch eine Gänsehaut, wenn ich daran denke. Stell dir das vor, Pablo, ich habe ihm zugesehen, wie er mit fünf Ebenholzkugeln jongliert hat, und plötzlich hatte ich das Gefühl, als ob ich selbst schweben könnte. Als ob es für mich überhaupt keine Hindernisse mehr gäbe, ja, als ob ich bis dahin aus vielen verschiedenen Wesen bestanden hätte, die alle in die unterschiedlichsten Richtungen strebten, sich niemals einig gewesen wären – aber durch den Anblick der fünf Kugeln, die Raul in einem perfekten Bogen durch die Luft wirbeln ließ, fühlte ich mich mit einem Mal in vollkommener Harmonie mit allen Teilen meiner selbst und erfüllt von Kräften und Gaben, die ich bis dahin höchstens dunkel in mir geahnt hatte.«

Wie wundervoll, dachte Pablo, hoffentlich wird auch mir einmal die Ehre zuteil, Raul jonglieren zu sehen. Vielleicht würde der frühere Schiffszimmermann der »Santa Cruz« ihn sogar als seinen Schüler annehmen und in das Geheimnis der fünften Kugel einweihen, das Pepe ihm nicht mehr hatte offenbaren können. Pablos Herz begann heftiger zu schlagen, in wenigen Wochen würden sie ja schon die Insel Hispaniola erreichen, wo Raul mit seiner Frau und seinen unzähligen Kindern in einem riesigen Holzhaus lebte.

Pablo träumte nun jede Nacht, wie er selbst mit Hölzern arbeitete, wie er sie bog und glättete, zersägte und befestigte, verfugte und verleimte, und bei Tag, wenn er einmal kein Zimmermannswerkzeug in Händen hielt, kam er sich nackt und unvollständig vor. So vergingen im Nu zwei ganze

Wochen, und mit jedem Tag spürte er stärker, wie sehr das Holz und der Zimmermann ihn verzaubert hatten.

Eines Nachts aber wurde er auf unsanfte Art geweckt. Wie von einer Riesenfaust fühlte er sich gepackt und gegen die Backbordwand seines Verschlags geworfen. Der Kopf dröhnte ihm von dem Aufprall, und ehe er sich's versah, neigte sich das Schiff auf die Steuerbordseite, und Pablo wurde gegen die rechte Wand gedrückt.

Er legte sich flach auf den Rücken und stützte sich links und rechts mit den Händen ab. Glücklicherweise war der Verschlag so schmal, dass er beide Wände berühren konnte, ohne seine Arme ganz auszustrecken. Aber was sollte das schon für ein Glück sein? Der Verschlag war kaum geräumiger als ein Sarg, und wenn er sich nicht sputete, an Deck zu gelangen, würde er hier unten wirklich begraben werden. Das Schiff stampfte durch die schweren Wetter, die der Kapitän vor mehr als zwei Wochen vorausgesehen hatte. Erst wurde es von einer Woge turmhoch emporgerissen, um im nächsten Moment hinabzustürzen in ein abgrundtiefes Wellental. Jetzt hörte Pablo auch das Heulen des Sturms, es klang wie der Schrei eines gierigen, unvorstellbar großen Scheusals, und das Schiff antwortete mit einem Seufzen aus tiefster Seele, an dem jede einzelne Planke, jedes Tau, jeder Nagel mit einem Stöhnen, Ächzen und Quietschen beteiligt schien.

Vorsichtig kroch Pablo aus dem Verschlag hervor. Es war stockdunkel im Bauch des Schiffes, und selbst hier im Innern war der Sturm zu spüren, der wie mit einem kalten Hauch durch alle Ritzen fuhr. Durch das Heulen des Sturms hindurch hörte Pablo jetzt auch die Rufe der Matrosen und Offiziere. Eine Glocke bimmelte dünn, es klang wie das wimmernde Eingeständnis, dass die »Santa Cruz« gegen diesen Gegner ohne Chance war. Mit bebender Hand tastete sich Pablo an der Wand entlang, unter ihm bäumte sich das Schiff, der Boden schien regelrecht zu brodeln, als ob gleich schon die Fluten zwischen Pablos Füßen hervorquellen würden. Und er war noch nicht bei der Leiter, die zum Deck hinaufführte, als vom Bug her ein grässliches Knirschen und Malmen erklang. Im gleichen Moment erhielt das Schiff einen Stoß, so gewaltig, als ob es von einer Kanonenkugel getroffen worden wäre.

Pablo wurde vornüber auf die Treppe geschleudert, mit Müh und Not konnte er sich abfangen. Er tastete sich über Brust, Arme und Beine, doch außer einer Prellung am rechten Schienbein und ein paar Abschürfungen hatte er sich glücklicherweise nichts getan. Aber von Glück konnte hier im Grunde keine Rede mehr sein, denn oben auf Deck schrien jetzt alle wild durcheinander, und das Schiff wankte in den Fluten hin und her wie ein todkranker Riesenwal. Und während Pablo auf allen vieren die Treppe hinaufkroch, hörte er plötzlich den zweiten Steuermann brüllen: »Ein Leck am Bug! Alle Mann nach Steuerbord – Wasser schöpfen!«

Als Gehilfe des Zimmermanns hatte Pablo in den zurückliegenden Wochen nahezu jeden Winkel der »Santa Cruz« kennen gelernt. Er lauschte noch einige Augenblicke, bis er sich aus dem wilden Durcheinander der Kommandos und Hilferufe zusammenreimen konnte, wo das Wasser in den Schiffsrumpf eingebrochen war. Dann kroch er auf der Leiter wieder nach unten, lief im stockdunklen Schiffsbauch durch Gänge und Räume und sammelte unterwegs alles an Gefäßen auf, was ihm zum Schöpfen geeignet schien. Im Laufen wurde er immer wieder gegen die Wände geschleudert, fluchte vor sich hin und rappelte sich wieder auf. Dabei sah er den schmalen Stauraum schon vor sich, die Fluten, die durch das Loch hereinströmen mussten, vorne rechts in der Nase des Schiffes. Eigentlich war es mehr ein Hohlraum zwischen der Außenhaut und den eigentlichen Laderäumen, die durch eine Zwischenwand abgetrennt waren. Pablo schwenkte seine klappernden Blecheimer, ruderte mit den Armen, taumelte um die Ecke und kam tatsächlich als einer der Ersten bei der Leckstelle an.

Als er sah, wie schwer der Schaden war, stockte ihm der Atem. Offenbar hatte der Sturm die »Santa Cruz« gegen ein Riff geworfen, das ein Stück weit aus dem Wasser ragte. Der messerscharfe Stein hatte ein Leck von solcher Größe in den Schiffsrumpf gebissen, dass der zweite Steuermann und der Kapitän Arm in Arm hätten hindurchspazieren können. Immer wenn die »Santa Cruz« in ein Wellental sackte, ergoss sich ein grauer Wasserschwall ins Innere des Schiffes, und wenn sie sich unter erbärmlichem Ächzen und Stöhnen wieder emporgearbeitet hatte, konnte man durch das Leck weit hinaus auf den nächtlichen Ozean sehen, wo Blitze zuckten, Schaum sich zu seltsamen Gestalten ballte und die Wogen fast bis zum Mond hinauf zu rollen schienen.

Die herbeistürmenden Leichtmatrosen rissen Pablo Eimer und Schüsseln aus den Händen. Alle stürzten sich auf das eingedrungene Wasser, das bereits knöcheltief im Laderaum schwappte. Der zweite Steuermann brüllte mit überschnappender Stimme Kommandos, und ein halbes Dutzend Matrosen kam mit Sandsäcken herbeigewankt, damit sich die Flut nicht ungehindert im ganzen Schiff ausbreiten konnte. Aber es waren jämmerliche Verteidigungsversuche, das erkannte auch Pablo. Mit ein paar Blecheimern und Sandsäcken konnten sie dem dort draußen heulenden Ungeheuer allenfalls noch Stunden widerstehen. Sie mussten das Leck schließen, so schnell wie möglich, aber das ließ sich von hier drinnen nicht bewerkstelligen, Diego hatte es ihm erst vor ein paar Tagen erklärt. »An die Haut kommst du nur von außen heran, das ist bei Schiffen wie bei Menschen so.« Aber solange der Sturm heulte, das Schiff auf höllische Berge hinauftrieb und dann wieder in teuflische Abgründe stürzen ließ, konnte niemand sich dort hinauswagen. Also blieb ihnen nur die Hoffnung, dass die Wut des Windes bald erschöpft sein würde und dass die wilden Wetter sie nicht noch einmal gegen eines der Riffe schmettern würden, die Pablo eins ums andere im zuckenden Licht der Blitze vor dem Leck auftauchen und wieder erlöschen sah.

Zusammen mit den anderen Männern schöpfte Pablo das graue Wasser Eimer um Eimer zurück in den Ozean, und für jede Pfütze, die er hinausbeförderte, spie das Meer einen ganzen Wasserfall ins Schiff hinein. Seine Arme brannten bald schon wie Feuer, dafür waren seine Hände so kalt wie tote Klumpen Fleisch. Er schuftete verbissen weiter, Seite an Seite mit Diego, im gleichen Rhythmus wie der Zimmermann, dessen hagerer Körper über unerschöpfliche Kräfte zu verfügen schien.

Sowenig es draußen hell werden wollte, sowenig schien das Unwetter zu ermüden. Der Sturm heulte, das Schiff ächzte und stöhnte, heiser bimmelte die Sturmglocke, und in jedem Wellental spie ihnen der Riesenrachen einen weiteren Schwall grauen Todes ins Schiff. Das Wasser stieg und stieg. Irgendwann reichte es Pablo bis über die Knie, und als er das nächste Mal darauf achtete, stand er schon bis zum Gürtel in der Flut. Sie würden den Kampf verlieren, wenn die Wut des Windes nicht endlich ersterben, wenn die schäumenden Wogen sich nicht sehr bald schon glätten würden. Auch wenn der Kapitän die »Santa Cruz« mit der Unfehlbarkeit eines prophetischen Sehers durch das Gewirr der tödlichen Riffe steuerte, diese eine Wunde im Rumpf der Karacke würde genügen, um sie allesamt, Matrosen und Offiziere, Zimmermann und Schiffsjunge, Menschen wie Bordratten, elend ersaufen zu lassen. Und Pablo schöpfte und schöpfte, fiel hin und schluckte Wasser, hustete und spuckte, rappelte sich auf und schöpfte weiter, und endlich, endlich dämmerte der Morgen. Totenfahl ging die Sonne vor dem Leck auf, und kaum war sie zur Gänze in den bleigrauen Himmel gestiegen, da erstarb der Sturm, die Flut glättete sich, und Pablo ließ mit einem Seufzer den Eimer fallen.

Niemals in seinem Leben war er erschöpfter gewesen. Wie eine der Marionetten, die der Gaukler Pepe früher auf der hölzernen Bühne seines Eselskarrens hatte auftreten lassen, so schlotternd, auf hölzernen, fühllos wegknickenden Beinen lief Pablo neben dem Zimmermann Diego her. Hinlegen, schlafen, an nichts anderes mochte er mehr denken, und so dauerte es einige Augenblicke, bis Diegos Worte zu ihm durchgedrungen waren.

»Hast du dir den Himmel angesehen? In spätestens zwei Stunden ist der nächste Sturm da.«

Zwei Stunden? Wunderbar, dachte Pablo, zwei Stunden Schlaf, mehr verlange ich ja nicht.

»Bis dahin«, fuhr Diego fort, »muss ich das Leck von außen geschlossen haben. Und ich will, dass du mir dabei hilfst, Pablo.«

Die Flaschenzüge quietschten, die Seile ächzten, die Bretter unter ihren Füßen knarrten. Ruckweise wurden Diego und Pablo an der Außenhaut der Karacke hinabgelassen, auf einer schmalen Plattform, die ihnen beiden, Diegos Werkzeugen und den Planken und Spanten, mit denen sie das Leck schließen wollten, kaum genügend Platz bot. Das Meer war immer noch aufgewühlt durch den furchtbaren Sturm, der die halbe Nacht gewütet hatte, und das Schiff rollte auf den Wellen auf und nieder, dass Pablos Magen sich bis zu seiner Kehle hob und im nächsten Moment in seine Sandalen sackte. Er klammerte sich an den Seilen fest, seine Zähne klapperten, seine Knie waren so weich wie Haferbrei. Wenn man hier draußen an der Außenwand des Schiffes klebte, zehn Meter über dem schaukelnden, tanzenden Wasserspiegel, konnte einem jede Lust, auf abenteuerlichen Reisen die Welt zu entdecken, für immer vergehen.

Die Matrosen über ihnen an den Flaschenzügen ließen sie weiter hinab, bis ihre Plattform vor dem riesigen Leck an der Steuerbordseite schwebte. Diego warf einen zweifelnden Blick zum Himmel empor, wo sich tintenschwarze Wolken ballten. Vor kaum einer Stunde war das Unwetter abgeebbt, doch bald schon würde es wiederkehren. Sie mussten sich sputen, sonst würde der Sturm sie mitsamt ihren Brettern, Hämmern und Nägeln in alle Himmelsrichtungen blasen.

Diego beugte sich vor, um eine angebrochene Spante aus dem Wirrwarr zersplitterter Planken hervorzuziehen. Und da geschah das Unglück, so blitzartig und überrumpelnd, dass Pablo seinen Augen nicht trauen mochte: Mit einem hellen Sirren, wie wenn ein Pfeil von einer stark gespannten Armbrust abgeschossen wird, schnellte das biegsame Holzstück aus seiner Verankerung und traf Diego mit solcher Wucht an der Schläfe, dass der Zimmermann wie eine gefällte Tanne zur Seite hin umfiel. Unwillkürlich hatte Pablo ihn beim Gürtel gepackt und so gelenkt, dass er auf der engen Plattform zu liegen kam, sonst wäre er unweigerlich ins Meer hinabgestürzt. Diegos Augen waren geschlossen, unter seinen Haaren quoll Blut hervor. Zaghaft rüttelte ihn Pablo bei der Schulter, aber der Zimmermann gab keinen Mucks von sich. Seine Brust hob und senkte sich, er war am Leben, doch ohne Bewusstsein.

»Was ist da unten los, zum Henker?« Pablo musste den Kopf weit zurücklegen, um an der schaukelnden Schiffswand emporzusehen, bis hinauf zur Decksreling, über die sich ein Dutzend aufgeregter Gesichter beugten. »Beeilt euch, verflucht, gleich ist da draußen wieder die Hölle los!«

»Wir beeilen uns ja!«, rief Pablo zurück, aber der Wind riss ihm die Worte von den Lippen und zerblies sie mit höhnischem Heulen über dem Meer. »Diego, bitte, du musst aufwachen!«, sagte er zum Zimmermann und rüttelte ihn stärker. Doch Diego lag wie ein Stück totes Holz auf der Plattform, und immer wenn die See dem Schiff einen Stoß versetzte, rollte sein Körper einige Zoll weit hin und her. Diegos Gesicht aber blieb unverändert, seine Augen waren geschlossen, sein Mund ein wenig geöffnet, als ob er über irgendetwas staunte.

Pablo richtete sich langsam auf. Seine Knie fühlten sich immer noch weich an, und das Herz schlug ihm bis in den Hals hinauf. Aber das würde sich geben, sein Herz würde sich beruhigen, so, wie er auch beim Jonglieren immer ganz ruhig wurde, wenn es ihm nur gelang, seinen Geist von allen Sorgen und Gedanken zu entleeren. Er stand auf der Plattform, an die Außenhaut des auf und nieder stampfenden Schiffes gedrückt, neben der riesigen Wunde, die das Riff in den Körper der Karacke gebissen hatte. Der Sturm heulte, über ihm schrien die Matrosen und Offiziere unverständliche Kommandos, aber Pablo achtete schon nicht mehr auf sie. Er schaute auf die Planken und Spanten, Hämmer und Zangen, Sägen und Nägel hinunter, die neben Diego in buntem

Durcheinander lagen, und plötzlich sah er ganz genau vor sich, was als Nächstes zu tun war.

Er nahm die Säge und entfernte die Reste zerfetzter Spanten und Bretter, die von allen Seiten in die Bresche ragten. Seine Hände bewegten sich nun wie von selbst, legten die Säge weg, ergriffen eine Spante, setzten sie ein, verankerten und hämmerten, nahmen schon das nächste Holzstück, und während er mit traumhaften Bewegungen arbeitete, sah er zur gleichen Zeit die Delphine vor sich, wie sie unter ihm aus den Fluten schnellten und ins Meer zurücktauchten, und hörte ihr ermutigendes Schnattern, als ob sie ihn anfeuern und ihm zurufen wollten: »Keine Sorge, Pablo, du schaffst das schon!« Und er fügte die erste Planke in das Loch ein, sie passte perfekt, obwohl er sie nach Augenschein zugesägt hatte, ohne einen Moment lang darüber nachzudenken. Die Delphine unter ihm sprangen und schnatterten, und Pablo bückte sich und nahm die nächste Planke, warf sie in die Luft, als ob er mit ihr jonglieren wollte, fing sie wieder auf und setzte sie in das Leck ein. Er sägte und hämmerte, setzte die dritte und die vierte Planke ein, und obwohl die Männer über ihm gewiss immer noch heisere Befehle schrien und mit dem immer stärker anschwellenden Sturm um die Wette brüllten, achtete Pablo weder auf ihr Schreien noch auf das Heulen des Unwetters, nicht auf das schreckliche Stampfen des Schiffes und nicht einmal auf die eiskalten, immer höher sich auftürmenden Wogen, deren Schaumkronen schon wieder bis hinauf zu seiner Plattform spritzten.

Pablo bückte sich und ergriff die fünfte Planke, und es schien ihm, als ob die Delphine lauter als jemals vorher applaudierten, und er dachte mit einem glücklichen Lächeln, dass es ihm diesmal gelingen würde, mit mehr als vier Dingen zu jonglieren. Er warf das fünfte Holzstück empor, über ihm erklang ein weiterer, vielstimmiger Schrei, und Pablo fing die Planke auf und setzte sie in die verbliebene Lücke ein. Auch dieses Holzstück passte perfekt. Er schwang den Hammer, wo eben noch das Leck geklafft hatte, saßen nun fünf nagelneue Planken, und Pablo bückte sich abermals, nahm den Eimer mit dem noch heißen Pech und einen schwarz verkrusteten Spatel auf, um die neuen Planken zu kalfatern.

Als er auch mit dieser Arbeit fertig war und nach unten schaute, in den gurgelnden, schäumenden, mit tausend grauweißen Spiralen sich drehenden Abgrund, da war von Delphinen weit und breit nichts zu sehen. Pablo staunte nicht schlecht, er hatte doch die ganze Zeit über deutlich gespürt, dass die anmutigen und kraftvollen Tiere dort unten bei ihm waren. Und während er noch staunte, wurde er mitsamt seiner Plattform, den Werkzeugen und dem immer noch ohnmächtigen Diego wieder emporgezogen, mit ernüchternden Rucken und durchdringendem Quietschen der Flaschenzüge, so dass er aus seiner traumhaften Benommenheit ebenso ruckweise wieder erwachte.

Es war der Morgen des nächsten Tages, der Morgen nach dem zweiten großen Sturm, der die »Santa Cruz« wie mit riesigen Fäusten gepackt und einen Tag und eine Nacht lang vor sich hergetrieben hatte, mit so furchtbarer Gewalt, dass die Karacke wieder und wieder an himmelhohen Wellenwänden emporgerast, in gurgelnde Abgründe hinabgeschossen, von Wogen überrollt und erbarmungslos durchgeschüttelt worden war. Aber wie durch ein Wunder waren sie auf kein weiteres Riff geprallt, auf keiner Sandbank gestrandet, auf keine Küste geschleudert worden, und mindestens ebenso wundersam schien ihnen allen, dass auch die Spanten und Planken, die der Schiffsjunge Pablo gewiss nur ganz stümperhaft in das Leck eingeflickt haben konnte, dem unaufhörlichen Anprall der Fluten standgehalten hatten.

Nun stand der Kapitän auf seiner Brücke, neben ihm der Schiffsjunge, und der Käptn schlug Pablo krachend auf die Schulter, nahm seine Zigarre aus dem Mund und deutete auf die Bucht, die dort drüben im Schein der aufgehenden Sonne funkelte, als ob sie aus purem Gold wäre. Eine wundersame Stadt erhob sich dort, mit phantastischen Türmen, Kuppeln und Zinnen.

Es war die Stadt aus seinem Traum, zumindest kam es Pablo so vor. Er stand da und staunte mit offenem Mund, so verblüfft und gleichzeitig so glücklich, dass er nicht einmal richtig spürte, wie sehr seine Schulter von dem Schlag brannte, den ihm der Kapitän mit seiner roten Riesenpranke versetzt hatte.

»Puerto Nuevo«, sagte der Kapitän und stieß eine gewaltige Qualmwolke aus. »Ich bin noch nie dort gewesen, aber ich habe oftmals erzählen hören, dass die Stadt bei Sonnenaufgang aussehen soll, als ob sie ganz aus Gold wäre.«

»Es ist die Stadt aus meinem Traum«, sagte Pablo leise und sah erst den Kapitän zu seiner Linken, dann Diego an, der zu seiner Rechten auf einer Pritsche lag, den Kopf dick bandagiert und immer noch ohne Bewusstsein.

»Du Barschkadaver von einem Schiffsjungenaas!«, donnerte hinter Pablo der zweite Steuermann. »Ohne dich wären wir alle wie die Ratten abgesoffen!« Er stürmte heran, die Schöße seiner mittlerweile knopflosen Uniformjacke wehten im linden Morgenwind. Seine Rechte krachte auf Pablos Rücken, dass der Schiffsjunge fast über die Reling geflogen wäre und kopfüber hinab ins goldene Meer.

Pablo rieb sich verstohlen Rücken und Schulter. »Und ohne euch alle«, sagte er, »hätte ich niemals hierher gefunden.«

Sie liefen in den Hafen von Puerto Nuevo ein, wo der Kapitän sich sogleich nach der besten Werft der ganzen Stadt erkundigte. Man verwies ihn an Don Pedro, den vorzüglichsten Schiffsbauer weit und breit.

Noch am selben Morgen brachten sie die »Santa Cruz« in die Werft des wohlbeleumdeten Schiffsbaumeisters. Nachdem es sie nun schon mal hierher verschlagen hatte, wollte der Kapitän das Schiff von oben bis unten gründlich untersuchen und alles instand setzen lassen, was von den Naturgewalten zerrüttet worden war. »Und vor allem, Don Pedro«, setzte er hinzu und deutete nach seiner Gewohnheit mit der glühenden Zigarre auf den Werftbesitzer, »vor allem muss natürlich das Leck, das auf hoher See nur notdürftig geflickt werden konnte, nun endlich einmal fachmännisch und nach allen Regeln Eurer Kunst geschlossen werden. Vorher fahre ich auf keinen Fall weiter nach Santo Domingo, auch wenn sie uns dort sicher schon händeringend erwarten.«

Don Pedro war ein schlanker, hochgewachsener Herr in fortgeschrittenen Jahren, von edlem Äußeren, mit einem offenen Blick und freundlichen Lächeln, das Pablo sofort für ihn eingenommen hatte. Bangen Herzens schlich der Schiffsjunge hinter den beiden Herren her, die das unterdessen aufgedockte Schiff umkreisten, hier Leitern anlegten, dort Gerüste erstiegen, um die von Sturm und Wogen angerichteten Schäden zu begutachten.

»Diese Flickstelle meint Ihr, Kapitän?« Don Pedro beugte sich auf dem Gerüst nach vorn, klopfte auf die Planken, die Pablo bei heulendem Sturm angebracht hatte, beugte sich noch weiter vor, kratzte mit dem Fingernagel auf dem Holz herum und nickte anerkennend mit dem Kopf. »Ihr habt einen tüchtigen Schiffszimmermann, Kapitän«, brummte er. »Und ich wäre ein allzu gerissener Kaufmann, wollte ich

Euch überreden, diese Planken wieder entfernen und durch neue ersetzen zu lassen – auch meine besten Leute könnten diese Arbeit nicht vollkommener ausführen.«

Pablo spitzte die Ohren und legte den Kopf so weit wie möglich in den Nacken, damit ihm kein Räuspern, kein Wimpernschlag der beiden Herrschaften dort oben entging. Das Herz klopfte ihm bis in den Hals hinauf, und seine Wangen glühten mindestens so heiß wie damals, als er Juanita vor den begeistert klatschenden Zuschauern die vier Heringe überreicht hatte. Nein, noch hundertmal heißer.

»Mein Schiffszimmermann?« Der Kapitän nahm seine Zigarre aus dem Mund und deutete mit dem glühenden Ende in Richtung der Stadt, deren Kuppeln und Türme auch im Schein der Mittagssonne mindestens so großartig aussahen wie in der Frühe oder wie in Pablos Traum. »Mein braver Diego liegt im Spital bei Eurem Medicus, der ihn hoffentlich schnell und gründlich wiederherstellen kann. Nein, Don Pedro, schon als es darum ging, unter Lebensgefahr und widrigsten Bedingungen das Leck zu schließen und die ›Santa Cruz‹ vor dem sicheren Untergang zu bewahren, lag mein Zimmermann so ohnmächtig da wie jetzt und gab keinen Mucks von sich.«

Der Schiffsbauer klopfte noch einmal auf der Flickstelle herum und schüttelte diesmal den Kopf, als könnte er überhaupt nicht glauben, was er da zu hören bekam. »Aber das grenzt ja an ein Wunder!«, rief er aus. »Wer hat denn dieses Meisterstück ausgeführt? Glaubt mir, ich selbst hätte diese Planken nicht perfekter einpassen können!«

»Es war mein Schiffsjunge, ein gewisser Pablo«, sagte der Kapitän und strich sich den Bart. »Schon als mir berichtet wurde, dass er auf Deck mit Plankenresten jongliert und dass er meinen zweiten Steuermann gefragt hat, ob Santo

Domingo goldene Kuppeln und Türme habe – schon da ahnte ich, dass es mit dem Burschen etwas Besonderes auf sich haben muss.«

»Den Teufelskerl will ich sehen«, sagte Don Pedro. »Er scheint ja zwei goldene Hände zu haben und ist jedenfalls für den Schiffsbau wie geboren. Wenn er will und Ihr ihn hergebt, Kapitän, mag er bei mir in die Lehre gehen – er kann bei niemandem auf der Welt mehr über unsere Kunst lernen als bei mir.«

»Nun lobt ihn mal nicht über den grünen Klee, bevor Ihr ihn überhaupt kennen gelernt habt«, brummte der Kapitän. »Der Bursche hat etwas Flatterhaftes. Wenn er ein Stück Holz in die Hand nimmt, könnt Ihr niemals sicher sein, ob er es in die Luft wirft oder dort einsetzt, wo es nach Recht und Gesetz hingehört.«

6

Don Pedros Werft war die größte und angesehenste weit und breit. Aus aller Herren Länder kamen die Reeder in sein helles, schnörkellos und doch behaglich eingerichtetes Kontor, um ihn mit dem Bau einer Karacke oder eines Kraweels zu beauftragen. Schiffe aus Don Pedros Werft galten als besonders beständig, schnell und wendig, und obwohl er sich seine erstklassige Arbeit teuer bezahlen ließ, erhielt er weit mehr Aufträge und Angebote, als er guten Gewissens annehmen konnte. Denn Don Pedro ließ es sich nicht nehmen, die Konstruktionszeichnung jedes Schiffes, das auf seiner Werft gebaut wurde, persönlich auszuführen, und den Bau aller Schiffe von der Auswahl der Hölzer bis zum Stapellauf Schritt für Schritt mit eigenen Augen zu überwachen. Wer bei ihm ein neues Schiff bestellte, konnte sicher sein, dass der Schiffsbauer notfalls noch immer selbst mit Hand anlegte. Dabei hatte Don Pedro die sechzig längst überschritten, und manchmal, wenn er sich zu viel zugemutet hatte, litt er tagelang unter hartnäckigen Rückenschmerzen. Aber wenn es galt, einem Lehrling zu zeigen, wie eine Kraweelplanke einzufügen war, oder wenn ein Zimmermann erkrankt war und die Zeit bis zum Stapellauf eines Schiffes knapp zu werden drohte, warf Don Pedro wie in jüngeren Jahren einen Kittel über und machte sich eigenhändig ans Werk.

Als Lehrling in Don Pedros Werft war Pablo so glücklich wie niemals vorher in seinem Leben. Nur zu gern hatte er das

Angebot des Schiffsbauers angenommen. Schon wenn er morgens erwachte und den Duft der Hölzer roch, der durch das offene Fenster in seine Schlafkammer wehte, hätte er singen und jauchzen mögen und konnte es kaum erwarten, bis er endlich wieder draußen an der Strandwerft war, wo nebeneinander zwei Karacken und ein schlankes Kraweelschiff entstanden.

Seit drei Monaten war Pablo nun in Don Pedros Diensten, und an jedem einzelnen Tag hatte er mehr gelernt und interessantere Dinge erfahren als in seinem gesamten Leben davor. Von morgens bis abends bestürmte er den alten Schiffsbauer und jeden Zimmermann, der sich nicht rechtzeitig vor ihm in Sicherheit brachte, mit hundert Fragen nach den Geheimnissen des Schiffsbaus. Dieses ehrwürdige Handwerk erschien ihm mehr und mehr wie die großartigste Kunst auf der Welt. Und jede Antwort, die er erhielt, jede Erfahrung, die er als Schiffsbauerlehrling machte, jede Technik, jeder kleine Kniff, die er bei Don Pedro lernte, regte ihn zu tausend weiteren Fragen und Überlegungen an.

Die Schlafkammer in einem Nebengebäude der Werftanlage teilte sich Pablo mit einem Lehrling namens José. Dieser bedächtige und starkknochige Bursche war bereits im zweiten Lehrjahr, aber Pablo war ihm bald schon in allem weit voraus. José sollte Schiffszimmermann werden wie sein Vater, der gleichfalls auf der Werft arbeitete, und der Bursche besaß auch einige Eigenschaften, die einem Zimmermann gut zu Gesicht standen. Er hatte geschickte Hände, starke Arme und einen praktischen Verstand. Er mochte es, mit Holz zu arbeiten, und er führte auch öde, eintönige Arbeiten aus, ohne zu ermüden oder zu murren. Aber wenn Pablo ihn fragte, weshalb er sich entschlossen habe, gerade diesen Beruf zu erlernen, schaute José ihn nur mit großen Augen an. Er hatte eine eigentümliche Art, einige Momente lang mit den Kiefern zu mahlen, als ob ihm die Antwort auf der Zunge läge, aber dann zuckte er immer nur mit den Schultern und sagte mit einem wegwerfenden Lachen: »Na, was weiß ich denn!«

An einem seiner ersten Tage als Schiffsbauerlehrling war Pablo noch vor der Morgendämmerung erwacht. Im Bett neben sich hatte er die gleichmäßigen, kraftvollen Atemzüge seines Kameraden gehört. »He, José, wach auf!«, hatte Pablo geflüstert. »Welches Holz würdest du für den Rumpf eines Kraweels nehmen, wenn du es entscheiden dürftest – Teak oder Zeder?«

José war aus dem Schlaf gefahren und hatte ihn, die Haare gesträubt, aus großen Augen schlaftrunken angesehen. Seine Kiefer hatten gemahlen, dann endlich war es aus ihm hervorgebrochen: »Du spinnst doch, Pablo! Es ist mitten in der Nacht! Und da fragst du mich … Also hör mir gut zu, Kerl, wenn du mich noch mal weckst, kriegst du eine Zedernplanke auf den Kopf!«

Wenn José aber einmal wach und bei der Arbeit war, konnte man gut mit ihm auskommen. Zusammen trugen die beiden Lehrjungen gewaltige Holzmengen von den Lagerschuppen hinaus zum Strand, wo die Schiffsgerippe wie Skelette riesiger Tiere nebeneinander aufgedockt lagen. Aber während Pablo sich früher, im Dienst jenes Lageraufsehers, immer über die stumpfsinnige Lastenschlepperei geärgert hatte, machte ihm jetzt sogar diese Arbeit Spaß. Denn während er einen Stapel Eichenspanten schulterte, überlegte er sich schon, wie er diese Hölzer bearbeiten und einsetzen würde, wenn er endlich so weit war, ein eigenes Schiff zu bauen. Und während er seinen Rücken unter einem Bündel Mahagoniplanken krümmte, stellte er sich lebhaft vor, wie er diese unglaublich harten und doch so biegsamen Hölzer zur Außenhaut einer Karacke fügte, die selbst dem Zusammenstoß mit jenem Felsriff standhalten könnte. »Wenn du weißt, wofür du etwas durchstehen sollst, kannst du fast alles ertragen, Junge.« Das hatte sein Großvater früher oft zu ihm gesagt, aber jetzt erst verstand Pablo den tieferen Sinn dieser Bemerkung.

Doch die Notwendigkeit einzusehen war eines, die Ungeduld zu bezähmen dagegen etwas ganz anderes, wie Pablo nun gleichfalls erkannte. Bis Don Pedro ihm gestatten würde, mehr als nur einfache Hilfsarbeiten auf seiner Werft zu verrichten, bis er Konstruktionsskizzen nicht nur zur Übung, sondern in vollem Ernst zeichnen oder irgendeine seiner hundert Ideen an einem wirklichen Schiff erproben dürfte, würde er noch viele Monate lernen müssen. Deshalb spornte er sich selbst von morgens bis abends an, denn es gab unendlich vieles zu lernen und zu üben, zu durchdenken und zu begreifen. Doch ganz egal, ob Pablo gerade Bretter zersägte oder Don Pedro bei der Anfertigung komplizierter Konstruktionsskizzen über die Schulter spähte, ob er Spanten stapelte oder den Zimmerleuten half, einen Kiel einzusetzen, er hatte immer das Gefühl, an einem großartigen Prozess teilzuhaben, aus dem schwimmende Wunderwerke hervorgingen. Und er konnte es kaum erwarten, diesen Prozess eines Tages in seiner verwirrenden Gesamtheit zu durchschauen und zu beherrschen und alle Fäden selbst in Händen zu halten, anstatt nur ein winziger Teil davon zu sein.

Pablo war seit gut einem Jahr bei Don Pedro, da erhielten José und er den Auftrag, einige hundert Eschenspanten mit dem Hobel zu bearbeiten, bis die Kanten und Enden so glatt und ebenmäßig waren wie polierter Marmor. Es war eine ermüdende, eintönige Arbeit, und José machte sich mit dem gewohnten Gleichmut über den Stapel her. Ein Holzstück nach dem anderen legte er sich zurecht, fuhr mit dem Hobel darüber, dass die Späne nur so flogen, und dazu pfiff er einen Gassenhauer und schien mit seinen Gedanken weit weg zu sein.

Pablo dagegen schielte mit einem Auge ständig zur halbfertigen Karacke hinüber, in deren Heck die Spanten eingefügt werden sollten. Er stellte sich vor, dass man auch Schiffe von ganz anderen Grundformen bauen könnte. Wie Don Pedro ihm erklärt hatte, wiesen heutige Schiffe allesamt die Form eines Fischkörpers auf. Der Bug ähnelte dem Kopf eines ins Riesenhafte vergrößerten Dorschs, das Heck dagegen dem Schwanz einer gigantischen Makrele. Aber das musste nicht zwangsläufig so sein, dachte Pedro, während er eifrig hobelte und dabei immer wieder zum Gerippe der Karacke hinüberspähte. Noch vor einigen hundert Jahren hatten die Schiffsbauer im Norden gewaltige Schiffe gebaut, deren Bug und Heck völlig gleich aussahen. Und während eine Karacke drei Masten besaß, kam man bei anderen Schiffen mit Fock- und Großmast aus. Schließlich wimmelte das Meer ja auch von Fischen und anderen Wassertieren in unterschiedlichsten Formen und Größen. Warum sollte es da bei den Schiffen oder bei ihrer Betakelung nur einige wenige Grundformen geben?

Wann immer er etwas Zeit hatte, lief Pablo von der Werft hinüber zum nahen Hafen und schaute sich die Schiffe an, die dort anlegten oder die Segel setzten. Ständig hatte er jetzt seine Kladde dabei, in die er seine Gedanken und Skizzen eintrug, zum Beispiel lange Reihen hastig hingekritzelter Zeichnungen der unterschiedlichen Heckruder- oder Rahsegelformen, auf die er im Hafen von Puerto Nuevo bei seinen Streifzügen stieß.

Anfangs hatte er ein wenig Heimweh nach der »Santa Cruz« verspürt, vor allem nach Diego, dem sanften Schiffszimmermann, der glücklicherweise nach ein paar Tagen im Spital wieder zu sich gekommen war. Als die »Santa Cruz« wieder in See gestochen war, hatte Pablo sich nicht nur von Diego, sondern auch vom Kapitän, selbst vom Smutje und sogar vom zweiten Steuermann mit Tränen in den Augen verabschiedet und dem Schiff noch lange vom Hafen aus hinterhergesehen. Niemals würde er nun den meisterlichen Jongleur Raul kennen lernen, hatte sich Pablo wehmütig gesagt, niemals würde der ihm das Geheimnis der fünften Kugel offenbaren, da die »Santa Cruz« ohne ihn weiter nach Hispaniola fuhr.

Aber schon nach wenigen Tagen auf der Werft waren Pablos Erinnerungen an seine Zeit als Schiffsjunge vom überwältigenden Zauber des Schiffsbaus überlagert worden. Und mittlerweile konnte er an nichts anderes mehr denken und mochte von nichts anderem mehr reden als von Schiffstypen, ihren Vorzügen und Nachteilen, von Hölzern, Kielen und Beplankungstechniken. Die Zimmerleute in der Werft hatten sich angewöhnt, auf seine Ratschläge zu hören, auch wenn er nur ein Lehrjunge im zweiten Ausbildungsjahr war, denn Pablo hatte zwar wenig Erfahrung, aber oftmals überraschend gute Ideen. Immer häufiger kam es vor, dass man ihn um seine Meinung fragte, wenn es galt, einen Mast oder einen Kiel einzusetzen. Auch zu der Frage, ob ein Schiff mit zwei oder doch besser mit drei Dutzend Bronzekanonen bestückt werden sollte, hatte dieser seltsame Lehrjunge eine entschiedene Meinung. Die Plage der Piraterie drohte die freie Schifffahrt mehr und mehr zu lähmen, und auch Don Pedro saß oft halbe Tage über seinen Konstruktionsskizzen und überlegte, wo sich in den Aufbauten Kanonen unter bringen und wo in den Laderäumen sich Arkebusen für Offiziere und Mannschaft lagern ließen.

Nachts träumte Pablo immer wieder von Schiffen und Masten, von Kielen, Segeln und Heckrudern. Er hatte seine Bestimmung gefunden, das spürte er ganz deutlich. Seine Lebensaufgabe bestand darin, Schiffe zu bauen, die über die Weltmeere fahren würden, schneller, sicherer und wendiger als alle Wasserfahrzeuge, die jemals gebaut worden waren. Seine Aufgabe war es nicht, selbst über die Meere zu fahren und fremde Länder zu entdecken, das wusste er nun allerdings auch, seit er mit der »Santa Cruz« beinahe untergegangen war.

Erst letzte Nacht hatte er von einem Schiff geträumt, das wie ein riesiger Delphin aussah, und dieses Bild beschäftigte ihn auch jetzt, während er eine Spante nach der anderen zur Hand nahm und mit dem Hobel bearbeitete. Ein Schiff mit einem Bug, der so spitz wie eine Delphinnase war, wie würde sich das wohl im Wasser verhalten? Wäre es leicht zu manövrieren, würde es Fall- und Wechselwinden standhalten, wie würde sich das Delphinschiff in schweren Wettern wie jenen benehmen, die der »Santa Cruz« fast zum Verhängnis geworden waren?

So sehr war Pablo in seine Arbeit und seine Gedanken vertieft, dass er die beiden Männer erst bemerkte, als sie schon zwischen ihm und José standen. Pablo blickte auf, es waren Don Pedro und ein fremder Herr mit Raubvogelprofil, den er noch niemals auf der Werft gesehen hatte.

»Nun, ihr Burschen« – der Herr mit der Falkennase lächelte den Lehrjungen huldvoll zu –, »was arbeitet ihr denn gerade?«

»Na, wir hobeln Planken«, sagte José und zog die Brauen hoch.

»Wir bauen ein Schiff«, antwortete Pablo gleichzeitig und

deutete zu dem Gerippe hinüber. »Die Spanten sind für das Heck der Karacke dort drüben, und ich könnte mir denken … Don Pedro, wenn Ihr mir rasch eine Frage gestattet?«

Der Schiffsbaumeister nickte Pablo mit einem Lächeln zu. Dabei blickte er den Herrn mit dem Raubvogelgesicht auf eine Weise an, als ob er sagen wollte: »Na, seht Ihr?« Dann wandte er sich wieder seinem Lehrling zu. »Also, Pablo?«

»Ich habe mich gefragt, ob es nicht möglich wäre, ein Schiff zu bauen, dessen Bug einer Delphinschnauze ähnelt.« Mit einem Holzstück malte er geschwind die Umrisse des Schiffs ins Sägemehl. »Ein solches Schiff wäre sehr viel wendiger als die Karacke dort drüben mit ihrem klobigen Bug.«

»Ein interessanter Gedanke«, murmelte Don Pedro. Er beugte sich über Pablos Skizze und strich sich mit einer Hand übers Kinn. Die andere drückte er sich gegen den Rücken, der wieder einmal zu schmerzen schien, nachdem der Schiffsbauer gestern mit jugendlichem Eifer geholfen hatte, den Großmast einer Karacke aufzurichten.

»Aber dein Schiff wäre den Fluten hilflos ausgeliefert«, mischte sich der Herr mit der Falkennase ein. »Ein einziger Brecher von vorne, und dein großartiger Delphinbug würde abbrechen wie ein Marzipanschnörkel von der Hochzeitstorte.« Er zwinkerte Pablo onkelhaft zu. »Mit solchen Träumereien wirst du es als Schiffsbauer nicht weit bringen, mein Junge. Nimm dir lieber ein Beispiel an Don Pedro – sein Ruf und sein Reichtum gründen sich darauf, dass er das Bewährte beharrlich vervollkommnet hat.«

Auf diese Zurechtweisung antwortete Pablo nichts. Er musterte verstohlen den Herrn, der sich erdreistete, auf Don Pedros Werft solche Reden zu schwingen. Er war von stämmiger Gestalt und in mittleren Jahren, vielleicht Mitte dreißig oder ein wenig darüber. Sein Gesicht wirkte offen und freundlich, nur die gebogene Nase und das breite Kinn verliehen ihm etwas allzu Ungestümes.

Als die beiden Herren weitergingen, blickte Pablo wieder auf und bemerkte eben noch, dass Don Pedro ihm aufmunternd zunickte, so als ob er sagen wollte: »Nimm's dir nicht zu Herzen, so ist der Herr mit der Falkennase eben.«

»Wenn auf Eurer Werft schon über Neuerungen gegrübelt wird, Don Pedro«, hörte Pablo den Besucher sagen, »dann solltet Ihr lieber über das Problem der Kanonen nachdenken: Wie zum Henker kann es uns gelingen, eine durchschnittliche Karacke mit mehr als den dreißig oder vierzig Kanonen zu bestücken, die wir derzeit allenfalls auf dem Oberdeck unterbringen können?«

»Noch ein wenig Geduld, Don Rodrigo, ich denke ja schon Tag und Nacht darüber nach.«

Der jüngere Herr, der also den Namen Don Rodrigo trug, legte Don Pedro vertraulich einen Arm um die Schultern und zog ihn weiter, auf das Werftkontor zu. »Stellt Euch vor, wir könnten fünfzig oder siebzig Kanonen an Bord verstauen – dann würden sich uns Meere und Seestraßen eröffnen, die für uns wegen der Piratenplage gegenwärtig ganz unzugänglich sind, und dann könnten wir Häfen erreichen, die noch niemals von einem Schiff unserer Handelskompanie angesteuert worden sind.«

»Die Vorteile liegen auf der Hand, Don Rodrigo. Der Schiffsbauer, der hierfür eine Lösung fände, könnte sich vor Aufträgen nicht mehr retten. Aber die Probleme scheinen eben fürs Erste unlösbar«, hörte Pablo den Schiffsbaumeister noch brummen, dann bogen die beiden um einen Lagerschuppen und waren außer Hörweite.

Pablo nahm die nächste Spante in die Hand und setzte den Hobel an. Stunde um Stunde arbeitete er mit José um die

Wette, aber seine Gedanken kreisten unaufhörlich um die Frage, die der falkennasige Don Rodrigo aufgeworfen hatte. Wie konnte man fünfzig Kanonen oder mehr auf einer Karacke verstauen? Ihr werdet schon sehen, mein Herr, dachte er.

Aber währenddessen wurde er immer verzagter, denn wie er auch grübelte, die kühnsten Aufbauten und Anordnungen erwog und wieder verwarf – eine sinnvolle Lösung fiel auch ihm nicht ein. Das Oberdeck der Karacke hatte nun einmal nur eine begrenzte Ausdehnung, und schon wenn man nur dreißig Kanonen entlang der Reling und in den Kastellen unterbrachte, wurde der Platz auf Deck reichlich knapp. Vor allem aber ließ sich das Schiff mit jeder Kanone, die man aufs Oberdeck hievte, schlechter manövrieren, denn die Geschütze waren unmäßig schwer und beeinträchtigten das empfindliche Gleichgewicht des Schiffes. Eigentlich hätte man sie am tiefsten Punkt des Schiffsrumpfes lagern müssen, doch das wäre erst recht unsinnig, denn was halfen einem Kanonen im untersten Laderaum, wenn oben auf dem Wasser die Piraten angesegelt kamen? Bis die Matrosen auch nur ein Dutzend Kanonen aufs Oberdeck geschleppt hätten, wäre das Schiff geentert oder gar schon mit Mann und Maus versenkt.

Der Abend dämmerte bereits, als sie endlich die allerletzten Spanten glatt gehobelt hatten. Pablo half José noch, die Holzstücke zur Karacke hinüberzutragen. Morgen würden die Schiffszimmerleute beginnen, die Spanten im Heck des Gerippes einzusetzen, und er würde ihnen bei dieser Arbeit helfen und währenddessen mit tausend Fragen und seltsamen neuen Ideen ihre Geduld strapazieren. Aber vielleicht machte er sich ja wirklich etwas vor?, dachte Pablo. Vielleicht hatte Don Rodrigo Recht, und es war ihm gar nicht bestimmt, ein bedeutender Schiffsbauer zu werden, der mit neuartigen

Ideen die Schiffsbaukunst zu ungeahnten Höhen führte. Und wieso sollte auch gerade er dazu berufen sein, ein verzwicktes Problem wie die Frage der Schiffsbewaffnung zu lösen – wenn doch sogar ein erfahrener Schiffsbaumeister wie Don Pedro sich die Zähne daran auszubeißen schien?

Pablo schob die Hände in die Taschen und trottete zum Hafen hinüber, wie fast an jedem Abend, seit er bei Don Pedro arbeitete. Noch niemals war er in so kleinlauter und gleichzeitig so aufgewühlter Stimmung gewesen wie heute. Es brodelte in seinem Inneren, Don Rodrigos Zurechtweisung ging ihm im Kopf herum, dann wieder sah er Don Pedro vor sich, der ihm aufmunternd zunickte.

An diesem Abend fand Pablo nicht einmal an der Flotte prächtiger Briggs Gefallen, die unter Salutschüssen in den Hafen von Puerto Nuevo einlief. Eine Weile lang sah er zerstreut zu, wie die Matrosen in ihren königlichen Uniformen die Rahsegel einholten und eine Brigg neben der anderen an der Kaimauer anlegte, aber der Anblick drückte ihn nur noch mehr nieder. Seit vielen Jahrhunderten arbeiteten die besten Männer auf allen Erdteilen und in allen Ländern an der Vervollkommnung der bewährten Schiffsformen, dachte er, und jetzt kam er dahergelaufen, der Fischersohn, Heringsjongleur und naseweise Lehrling Pablo, und maßte sich an, nebenher eine Aufgabe zu lösen, für die bisher auf der ganzen Welt niemand eine Lösung wusste?

Pablo ließ den Kopf noch tiefer hängen und trottete weiter, immer an der Kaimauer entlang, bis der Hafen hinter ihm lag. Nicht einmal für die Silhouette von Puerto Nuevo, die im Sonnenuntergang so beeindruckend wie einst in seinen Träumen funkelte, hatte er heute einen Blick.

Der gepflasterte Weg ging in den Sandstrand über, der mit

allerlei Treibgut übersät war, mit Baumgerippen, Fasshölzern und Bergen von Muschelschalen. Pablo stöberte eine Weile herum, bis er auf vier kleine Hölzer von ungefähr gleicher Länge stieß. Er nahm sie auf, wog sie in den Händen, warf sie probeweise in die Luft und fing sie wieder auf. Wie lange er nicht mehr jongliert hatte! Aber es ging immer noch so gut wie früher, wie zuletzt auf der »Santa Cruz«, als der zweite Steuermann ihn angedonnert hatte. Oder wie damals vor Miguels und Juanitas Fischbude, als er mit den »Fliegenden Fischen« jongliert hatte.

Pablo warf die Holzstücke in die Luft, fing sie wieder auf und ging dabei langsam weiter, ohne auf seinen Weg zu achten. Seine Eltern kamen ihm in den Sinn, sein Heimatdorf und die liebe Olivia, die er beinahe geheiratet hätte. Er dachte an sein Fischerboot und daran, wie stolz er gewesen war, als der Vater es ihm geschenkt hatte. Aber schon damals habe ich gespürt, sagte er sich dann, dass ich nicht für immer als Fischer im Dorf bleiben könnte. Wie ihm das Herz in der Brust geklopft hatte, als er den Mast in seinem Boot angebracht hatte! Da glaubte ich noch, dachte Pablo, dass es mir bestimmt wäre, ein Weltreisender und Entdecker zu werden. Aber schon damals hatte ihn die Frage, wie er den Mast im Boot befestigen und das Segel an der Stange anbringen könnte, eigentlich mehr fasziniert als die Vorstellung, mit diesem Boot dann übers Meer zu fahren. Wie stolz und glücklich ich war, dachte Pablo, als der Mast aufrecht stehen blieb und mein notdürftiges Segel sich knatternd im Wind blähte! Nein, nein, es ist schon alles so gelaufen, wie es kommen sollte, sagte er sich und stieß im selben Moment mit dem Fuß gegen einen harten Gegenstand.

Pablo ließ seine Holzstücke fallen und wollte seinen Augen nicht trauen. Vor ihm im Sand lag eine Eisenkugel. Sie sah ganz genauso aus wie die Kugel, die er aus dem Meer vor seinem Heimatdorf gefischt hatte, und wie jene, über die er am Strand auf der anderen Seite des Meeres gestolpert war. Aber wie kam es nur, dass er immer wieder auf solche Kugeln stieß? Er kauerte sich hin und nahm die Kugel in die Hand. Er wischte sie an seinem Ärmel blank, und als er sie genauer ansah, schimmerte ihm aus dem silbrigen Spiegel ein Gesicht entgegen. Es war wiederum jenes Gesicht, das ihm auch in den beiden anderen Kugeln erschienen war, doch diesmal kam es ihm auf seltsame Weise verwandelt vor. Hatte es nicht eine gewisse Ähnlichkeit mit ihm selbst, nur dass das Gesicht in der Kugel männlicher, hagerer, gereifter wirkte, als er heute war?

Er hatte keine Gelegenheit, länger über diesen Punkt nachzudenken, denn der Mann in der Kugel sah ihn forschend an und fragte ohne Umschweife: »Nun, wie ist es dir ergangen?«

Pablo legte die Kugel in die Schale seiner Hände. Einen Moment lang schaute er sinnend auf das Gesicht hinab, aber im Grunde stand seine Antwort fest. »Ich hatte einige Irrungen zu überstehen, aber jetzt habe ich meine Bestimmung gefunden«, sagte er. »Ich habe den richtigen Weg gewählt, ich freue mich jeden Morgen, wenn ich erwache, auf die Arbeit, die ich an diesem Tag verrichten werde, auf den Geruch des Holzes, auf die Ideen, die mir bei der Arbeit kommen, auf die vielen neuen Dinge, die ich lerne.«

»Das klingt alles sehr gut. Aber bist du wirklich völlig glücklich?«, fragte der Mann in der Kugel. »Liegt nicht ein Schatten auf deinem Gemüt?«

Pablo seufze leise und ließ die Kugel in seinen Händen ein wenig hin und her rollen. »Doch, ich bin glücklich«, sagte er. »Wahrscheinlich bin ich nur zu ungeduldig, oder ich erwarte zu viel von mir. Denn natürlich stoße ich auch auf diesem

Weg manchmal an Grenzen. Manches werde ich erst später bewältigen können, wenn ich mehr gelernt habe und mehr Erfahrung besitze. Und manches werde wohl auch ich niemals leisten können – Aufgaben, an denen bisher sogar die besten Schiffsbauer gescheitert sind.«

»Was sollen das denn für unlösbare Aufgaben sein?« Der Mann in der Kugel klang auf einmal fast spöttisch.

Pablo hockte sich in den warmen Sand und lehnte sich mit dem Rücken gegen einen angeschwemmten Baumstamm. »Ich bin ja nur ein kleiner Lehrling«, sagte er, »wie könnte da gerade ich die Lösung für ein Problem finden, das nicht einmal Don Pedro meistern kann? Aber wenn ich es schaffen würde, fünfzig oder noch mehr Kanonen auf einer Karacke unterzubringen – dann würde Don Pedros Werft auf der ganzen Welt berühmt, und die Piraten würden auf einen Schlag ihren Schrecken verlieren.«

»Ja warum soll es denn unmöglich sein, dieses Problem zu lösen?«, fragte der Mann in der Kugel. »War es nicht immer schon so, dass die Leute so lange behauptet haben, eine Aufgabe sei unlösbar, bis irgendjemand eben doch die Lösung gefunden hat? Und waren es nicht fast immer junge, ungeduldige Burschen wie du?«

Nachdenklich sah Pablo das Gesicht in der Kugel an, und plötzlich erinnerte er sich an eine Bemerkung, die sein Großvater einmal in seiner Gegenwart gemacht hatte. »Das Alter hat seine unbestreitbaren Vorteile«, hatte der Großvater gesagt. »Durch Erfahrung kann man viele Fehler vermeiden, die den Jüngeren unweigerlich unterlaufen. Aber die Älteren laufen auch meist nur noch in der Bahn ihrer Erfahrung entlang. Sie haben ihr Leben lang Wissen angesammelt, das ihnen bei der Lösung vieler Probleme nützlich ist. Doch wenn plötzlich ein ganz neuartiges Problem auftaucht, dann ist es für sie natürlich viel schwerer, eine Lösung zu finden, denn dafür müssten sie die Dinge aus einem anderen als dem gewohnten Blickwinkel betrachten. Wenn also nicht immer wieder mal jemand wagen würde, das Bewährte in Frage zu stellen und mit ganz neuartigen Ansätzen zu jonglieren, dann wäre wahrscheinlich bis heute das Rad nicht erfunden worden.«

Während sich Pablo an diese Worte seines Großvaters erinnerte, konnte er regelrecht spüren, wie Mut und Zuversicht in seinem Inneren stiegen. »Du glaubst also, dass ich eine Lösung finden kann?«, fragte er endlich. Aber das Gesicht in der Kugel erwiderte nur schweigend, mit gerunzelten Augenbrauen, seinen Blick. »Vielleicht sollte ich mich lieber fragen, *wie* ich diese Aufgabe lösen kann, anstatt noch länger herumzugrübeln, ob ich dazu überhaupt fähig bin.«

Das Gesicht in der Kugel nickte ihm zu. Wieder versank Pablo in Gedanken und Erinnerungen. »Was wir für äußere Hindernisse halten«, hatte der Großvater damals auch noch gesagt, »sind meistens nur innere Grenzen, die wir selbst uns ziehen und die wir selbst also auch aufheben können.«

»Ich glaube, du hast Recht«, sagte Pablo schließlich. Aber als er die Kugel genauer ansah, war das Gesicht wieder verschwunden. Seltsam, wie ähnlich es mir gesehen hat, dachte er erneut und wendete den Eisenball noch ein paar Mal in der Hand hin und her. Doch außer seinen eigenen Zügen, die sich verschwommen in der silbrigen Oberfläche spiegelten, vermochte er nichts mehr zu sehen. Und war es nicht mindestens genauso wundersam, dass er nun schon drei solcher Silberkugeln besaß? Da musste doch etwas dahinterstecken, dachte Pablo. Wieder einmal kamen ihm die Worte des alten Pepe in den Sinn, der so oft und rätselhaft vom Geheimnis der fünften Kugel gesprochen hatte. Wie würde es nun weitergehen? Würde er eines Tages eine vierte Kugel finden – und schließlich sogar die fünfte? Und was würde dann geschehen?

Plötzlich begann Pablos Herz heftig zu klopfen. Er stand auf, warf den Eisenball in die Luft und fing ihn wieder auf. In einem Punkt hatte der Mann in der Kugel jedenfalls Recht, dachte er, es kam darauf an, dass man an sich selbst und seine Möglichkeiten glaubte. Und er nahm sich vor, heute Abend noch in der Werft mit allen drei Silberkugeln zu jonglieren. Vielleicht würde ihm dabei ja einfallen, wie er das vertrackte Problem mit den Schiffskanonen lösen könnte.

Sehr viel beschwingter und zuversichtlicher, als er gekommen war, ging Pablo zur Werft zurück. Er machte sogar einen Umweg durch die Stadt, die hinter dem Hafen mit einem Gewirr von Gassen, prächtigen Bauten und Türmen begann. Bisher hatte er das Getümmel der Stadt meist gemieden, nicht nur, weil ihn die Arbeit auf der Werft so sehr in Anspruch nahm, sondern mehr noch aus einer Art Scheu heraus. Er hatte das Gefühl, dass er noch nicht dafür gerüstet sei, sich in der Stadt seines Traums zu bewähren. Fürs Erste schien es ihm besser, wenn er sich an ihrem Rand aufhielt, auf der Werft von Don Pedro, und alles lernte, was es dort für ihn zu lernen gab.

Mit solchen Gedanken lief Pablo durch eine Gasse hinter dem Hafen, als auf einmal neben ihm ein Fenster aufgerissen wurde. Eine junge Frau beugte sich heraus und leerte schwungvoll einen Eimer aus. Pablo konnte sich gerade noch durch einen Sprung in Sicherheit bringen, dann klatschte das Wasser vor ihm aufs Pflaster.

»Hoppla, mein Fräulein!«, rief er mit einem Lachen zu ihr hinauf. »Seid Ihr immer so ungestüm?«

Ihre Augen blitzten, als sie sich weiter aus dem Fenster beugte, um den Sprecher ins Auge zu fassen. Sie befand sich im ersten Stockwerk, aber das Häuschen war so niedrig gebaut, dass ihr Gesicht kaum zwei Handbreit über dem seinen schwebte.

Pablo starrte wie vom Blitz getroffen zu ihr empor. Sie war noch sehr jung, höchstens siebzehn Jahre alt, und wunderschön, zumindest kam es ihm in diesem Augenblick so vor. Aber mehr noch als ihre Schönheit ließ ein Gedanke, der ihm urplötzlich durch den Sinn geschossen war, seinen Atem stocken.

»Was starrt Ihr mich an wie ein Mondkalb?«, fragte die junge Frau. »Wenn Ihr nicht gleich zu Euch kommt, wird mir nichts anderes übrig bleiben, als einen weiteren Eimer Wasser zu holen. Und glaubt mir nur, diesmal werde ich besser zielen!«

»Das hieße, mit Kanonen auf harmlose Passanten schießen«, gab Pablo zurück.

»Ein wunderlicher Vergleich!« Ihre dunklen Augen funkelten vor Spottlust. Offenbar hatte sie ebenfalls ihren Spaß an der unerwarteten Begegnung. »Sowenig mein Eimer mit einer Kanone gemein hat, sowenig kommt Ihr mir wie ein harmloser Passant vor. Wer ehrbare junge Frauen so dreist anspricht wie Ihr, wird wohl eher auf Raubzug sein.«

Pablo lächelte verwirrt zu ihr hinauf. Sie gefiel ihm sehr, aber es bereitete ihm Mühe, sich auf den munteren Wortwechsel zu konzentrieren. Während er zu ihr emporschaute, sah er wieder und wieder vor sich, wie das Fenster aufgeflogen und der Schwall Wasser hindurchgeschossen war. Wenn das Fenster nun eine Luke im Schiffsrumpf wäre, dachte er, und statt des Wassers eine Kanonenkugel herausgeschossen käme, dann gäbe es für die Piraten ein böses Erwachen!

»Bitte verzeiht mir«, sagte er, »ich bin in Eile.« Er verbeugte sich und wollte davoneilen, doch die junge Frau hielt ihn zurück.

»So einfach kommt Ihr mir nicht davon«, sagte sie, und ihre Augen funkelten noch spöttischer. »Erst müsst Ihr mir versichern, dass Ihr keiner dieser leichtfertigen Burschen seid, die das Herz junger Mädchen im Vorübergehen rauben und hinter der nächsten Straßenbiegung achtlos wieder fallen lassen.«

»Wie? Nein, also ich … ich …«, stotterte Pablo. »Nein, ganz gewiss nicht«, beteuerte er und sah hilflos zu ihr empor. Er konnte es kaum erwarten, seine Eingebung in einer hastig hingekritzelten Skizze festzuhalten. Und ausgerechnet heute hatte er seine Kladde nicht dabei! Doch das Mädchen schien immer noch nicht gewillt, ihn so einfach ziehen zu lassen. Sie gefiel ihm ja ausnehmend gut, und anscheinend hatte sie auch ihre Freude an ihm, nur gerade jetzt hatte er wirklich keine Zeit! Wie auf glühenden Kohlen stand er unter ihr auf der Gasse. »Ich heiße Pablo«, sagte er endlich zu ihr, »und nichts auf der Welt würde ich lieber tun, als den ganzen Abend hier mit Euch zu plaudern und zu scherzen. Aber ich muss mich sputen!«

»Was gibt es denn so Eiliges, dass Ihr dafür alle Höflichkeit vergesst und eine junge Frau einfach stehen lassen wollt?« Sie stützte sich mit den Ellbogen auf die Fensterbank und sah ihn mit gespielter Strenge an.

»Ich … ich bin ja Schiffsbauer!«, rief Pablo aus, als wäre damit alles gesagt. »Also, zumindest werde ich bald eigene Schiffe bauen, vorläufig gehe ich draußen auf der Werft bei Don Pedro in die Lehre. Und gerade eben, als Ihr das Wasser aus dem Fenster gegossen habt, ist mir eine Idee gekommen … Also, gehabt Euch wohl!«

Ehe sie wieder etwas antworten konnte, das ihn unter

ihrem Fenster festnagelte, nickte er ihr hastig zu und lief mit langen Schritten die Gasse hinunter. Als er sich nach ein paar Metern im Gehen umwandte, stand sie immer noch am Fenster und sah mit einem verwunderten Lächeln hinter ihm her. Genau unter ihr, neben der Haustür, bemerkte Pablo jetzt ein rundes Schild, auf dem eine Schere abgebildet war. Der Schriftzug, der sich in der Form eines Ovals um die Schere zog, lautete »Don Carlos – Schneidermeister«.

Am nächsten Morgen war Pablo völlig übermüdet und so aufgeregt wie niemals vorher in seinem Leben. Die halbe Nacht hatte er in seiner und Josés Schlafkammer gesessen und beim Schein einer Kerze Schiffsrümpfe gezeichnet. Zwischendurch hatte er mit seinen drei versilberten Eisenbällen jongliert, auch wenn José ihn verflucht und in fassungslosem Zorn auf den Meeresgrund gewünscht hatte. Diesmal hatten alle Proteste seines Schlafkameraden nichts gefruchtet, Pablo hatte nur wild den Kopf geschüttelt und seine Nase noch tiefer in die Kladde gesteckt, während seine Hand mit dem Gänsekiel nur so über die Seiten flog.

Wenn man die Kanonen nicht auf dem Oberdeck aufstellte, sondern auf den unteren Decks bis hinab zur Wasserlinie, dann waren die Probleme der Raumnot und der Gewichtsverteilung auf einen Schlag gelöst. Je weiter unten die Kanonen standen, desto stabiler lag das Schiff im Wasser, und desto besser ließ es sich manövrieren. Wie aber sollte man mit Geschützen feuern, die unter Deck in den Laderäumen verstaut waren? Die Antwort war so einfach, dass Pablo wieder und wieder den Kopf schüttelte, nicht nur um Josés Proteste abzuwehren, sondern mehr noch aus Verblüffung, weil weder er selbst noch Don Pedro oder irgendwer sonst auf der Welt bisher auf diesen Gedanken gekommen schien.

Als er gesehen hatte, wie die junge Frau das Wasser auf die Gasse goss, war es wie eine Erleuchtung in ihm aufgeflammt. Man musste lediglich Luken im Schiffsrumpf einlassen, für jede Kanone eine Luke, durch die bei Bedarf gefeuert werden konnte. Dann konnte man auf den unteren Decks fünfzig, achtzig oder sogar hundert Kanonen aufstellen und notfalls aus sämtlichen Rohren gleichzeitig feuern. Waren keine Piraten in Sicht, wurden die Luken wieder verschlossen, und das war freilich auch das Problem, für das Pablo bisher noch keine Lösung gefunden hatte: Die Luken mussten in verschlossenem Zustand vollkommen wasserdicht sein, sonst würde das Schiff mit seinen fünfzig oder hundert Kanonen ganz einfach untergehen. Er selbst hatte ja an Bord der »Santa Cruz« am eigenen Leib erfahren, wie schnell ein Schiff dem Untergang geweiht war, wenn auch nur ein einziges Leck in seinem Rumpf klaffte. Aber es musste doch möglich sein, Schiffsfenster zu konstruieren, die sich leicht öffnen und ebenso mühelos wieder wasserdicht verschließen ließen! »Die Frage ist nicht, ob etwas möglich ist«, hatte der Mann in der Kugel gesagt, »sondern wie es sich bewerkstelligen lässt.«

Als der Morgen graute, saß Pablo immer noch am Tisch, neben der niedergebrannten Kerze. Sein Kopf war auf die Kladde gesunken, die bis zum letzten Blatt mit Zeichnungen und Berechnungen gefüllt war.

Mit den allerersten Sonnenstrahlen eilte Pablo zur Strandwerft hinaus. Er konnte es kaum erwarten, bis die Zimmerleute zur Arbeit kamen, damit er diesen erfahrenen Männern seine neueste Idee erläutern konnte. Doch als sie dann endlich erschienen und Pablo ihnen, stotternd vor Aufregung und Eifer, von den hundert Luken erzählte, mit denen er den Schiffsrumpf durchlöchern wollte, da erntete er nur spöttische Antworten, Gleichgültigkeit und sogar hämisches Gelächter. »Da kannst du ja gleich auf einem Schweizerkäse übers Meer fahren«, riet ihm einer der Schiffszimmerleute. »Die Piraten werden sich freuen, wenn du überall Löcher in den Rumpf sägst«, meinte ein anderer, »dann brauchen sie keine Lecks mehr reinzuschießen.« Und ein dritter verkündete in endgültigem Tonfall: »Wenn es möglich wäre, Luken so abzudichten, dass kein Wasser dort eindringen kann – ja, dann gäbe es das doch längst! Oder glaubst du wirklich, Pablo, dass die Welt gerade auf dich und deine verrückten Ideen gewartet hat?«

Pablo verkroch sich im hintersten Winkel der Werft. Nach diesen vernichtenden Kommentaren seiner um so vieles erfahreneren Arbeitskollegen mochte er selbst kaum mehr die Zeichnungen betrachten, die er die halbe Nacht über mit brennendem Eifer in seine Kladde gestrichelt hatte. Sie haben ja Recht, dachte er wieder und wieder, bestimmt haben viele Schiffsbaumeister diese Idee schon erwogen und wieder verworfen, weil sie eben undurchführbar ist!

Plötzlich hörte er, wie jemand nach ihm rief. »Pablo, wo steckst du denn?« Es war die Stimme von Don Pedro, und Pablo kroch wie ein geprügelter Hund aus seinem Versteck hervor. Wie oft hatte er sich letzte Nacht ausgemalt, dass er Don Pedro seine Skizzen und Berechnungen zeigen und der verehrte Meister ihn für seine großartige Idee loben und preisen würde! Jetzt aber sah sich Pablo wie ein Dieb nach allen Seiten um und überlegte nur noch fieberhaft, wie er seine Kladde vor Don Pedros Blicken verbergen könnte.

»Da bist du ja«, sagte der Schiffsbauer, »ich habe dich überall gesucht. Stell dir nur vor, Pablo, was mir letzte Nacht geträumt hat: Mein Kontor war auf einmal ein Schiff, mit dem wir beide, du und ich, auf einem endlosen Ozean umhergefahren sind. Aber wir durften kein Fenster öffnen, damit das Wasser nicht eindringen konnte. Daher war es furchtbar stickig, und endlich hieltest du es nicht mehr aus und machtest ein Fenster auf. Köstliche Luft strömte herein, aber nicht lange, da wurde es draußen stürmisch, die Wellen türmten sich immer höher auf, und als ich das Fenster schließen wollte, da ließ es sich nicht mehr bewegen! Ich rüttelte und zerrte daran, doch alle Mühe schien vergeblich, und vom Meer her rollte schon eine himmelhohe Welle auf uns zu.« Don Pedro sah sinnend an Pablo vorbei, der Traum schien ihn aufgewühlt zu haben.

Auch Pablo war von der Erzählung des Schiffsbauers tief beeindruckt. »Wie ist Euer Traum ausgegangen?«, fragte er und wagte kaum, Don Pedro ins Gesicht zu sehen. Seine Kladde mit den anmaßenden Plänen schob er so tief unter sein Hemd, dass keine Ecke vom Einband mehr hervorsah.

Don Pedro legte ihm die Hände auf die Schultern. »Das fragst du noch, du Teufelskerl?«, erwiderte er mit einem Lächeln. »Du bist herbeigeeilt und hast das Fenster im allerletzten Moment wieder zugedrückt! Ich sehe noch ganz genau vor mir, wie die Welle von außen gegen mein Kontorfenster gekracht ist. Aber es hat gehalten!« Der Schiffsbaumeister strahlte ihn an, seine Züge verrieten deutlich, dass er Pablo liebte wie einen eigenen Sohn, der ihm in seinem Leben versagt geblieben war.

Da fasste sich Pablo ein Herz und zog die Kladde wieder unter seinem Hemd hervor. »Lacht mich aus oder scheltet mich einen Narren, Don Pedro«, sagte er, »wie es Eure Zimmerleute vorhin getan haben, aber ich muss Euch etwas zeigen.« Und er klappte sein Heft auf, blätterte mit bebenden Fingern und fand endlich die Seite, auf der er seine Idee in allen Einzelheiten ausgearbeitet hatte. Stumm hielt er Don

Pedro die Zeichnung hin und wagte kaum zu atmen, während der Schiffsbauer seinen Blick darüber schweifen ließ.

Die Skizze bestand aus zwei Teilen und stellte eine Karacke von der Backbord- und von der Steuerbordseite dar. Hier wie dort war der Rumpf mit nicht weniger als vierzig übereinander gestaffelten Luken durchsetzt, die allesamt geöffnet waren, so dass man dahinter die Kanonen lauern sah. Einige Kanonenrohre schauten aus den Öffnungen heraus, bei anderen war nur die Mündung im Innern zu sehen. Pablo hatte die Luken so ausgeführt, dass sie mit schmalen Klappen, die sich auf Schienen vertikal bewegen ließen, geöffnet und verschlossen werden konnten. Aber wie sich diese Pforten notfalls so verrammeln ließen, dass keine Flutwelle eindringen konnte, das wusste er heute früh so wenig wie gestern Abend oder zu irgendeiner Stunde in der Nacht.

»Das ist kühn«, murmelte Don Pedro und nahm Pablo die Kladde aus der Hand. »Das ist äußerst kühn gedacht und auf jeden Fall eine umwälzende Idee. Du gestattest doch?« Und er begann, in Pablos Kladde zu blättern, kehrte aber nach kürzester Zeit zu der Zeichnung mit den zwei mal vierzig Luken zurück. Darunter hatte Pablo einige Berechnungen notiert, aus denen die Vorteile abzulesen waren, die seine Anordnung der Kanonen für Stabilität und Wendigkeit der Karacke mit sich brächte. »Wie bist du nur auf diesen Gedanken gekommen, Junge?«, fragte Don Pedro endlich und legte Pablo erneut seine Hand auf die Schulter.

»Na ja, ich … also ich …«, stotterte Pablo wieder einmal los, »ich habe zufällig etwas beobachtet, das mich auf diese Idee gebracht hat. Aber sie lässt sich ja doch nicht ausführen«, schloss er, plötzlich wieder von Mutlosigkeit erfasst, »denn wie um alles in der Welt könnte man all diese Luken wasserdicht verschließen?«

»Darüber werden wir nachdenken«, sagte Don Pedro, »aber die weitaus größere Leistung hast du ja schon vollbracht: Du hast Karacken und Kanonen so angesehen, als ob beide eben erst vom Mond gefallen wären, und an einer Sache, die wir alle bis in die letzte Einzelheit zu kennen glaubten, etwas völlig Neuartiges entdeckt. Da werden wir ja wohl das kleine Problem mit der Abdichtung auch noch lösen! Komm mit in mein Kontor«, sagte Don Pedro, »auch mein Traum hat mir ja gezeigt, dass ich dich da oben gut gebrauchen kann.«

In den folgenden Wochen saß Pablo von früh bis spät am Zeichentisch in Don Pedros Kontor. Seite an Seite mit dem Schiffsbaumeister arbeitete er unermüdlich an einer Lösung des Problems, wie sich die Luken gegen das Meerwasser abdichten ließen. Schon am Abend des ersten Tages, den sie gemeinsam im Kontor verbracht hatten, lud Don Pedro ihn ein, mit an seinem Tisch zu speisen und in einem seiner Gästezimmer zu nächtigen. Bald schon kamen sie überein, dass Pablo ins Haupthaus umziehen würde, damit er nicht abends im Dunkeln zu seiner Schlafkammer im Nebengebäude tappen musste, wo er den armen José jedes Mal aus dem Schlaf schrecken würde, denn der genügsame Zimmermannslehrling ging meist frühzeitig zu Bett.

Für Pablo aber war es, als wäre die Erfüllung seines großen Traums wieder ein Stück näher gerückt. Er lebte bereits im Haus des Schiffsbauers, er arbeitete Schulter an Schulter mit Don Pedro in dessen Kontor. Wenn der Baumeister Besuch von einem Kunden erhielt, schickte er Pablo nicht hinaus, sondern ermahnte ihn, darauf zu achten, was und wie bei den Verhandlungen gesprochen wurde. So lernte Pablo in dieser Zeit nicht nur, immer besser mit Zeichenstift und Skizzenpapier umzugehen, sondern erfuhr auch mancherlei über Schliche und Strategien, die bei geschäftlichen Besprechungen angewendet wurden.

Den größten Teil des Tages aber saßen sie zu zweit am Zeichentisch und überboten einander mit mehr oder weniger verrückten Ideen. Als Erstes forderte Don Pedro seinen Lehrling auf, gemeinsam mit ihm einen neuen Namen für das Ding zu finden, das sie konstruieren wollten. »Solange wir es Luke nennen, denken wir, ob wir wollen oder nicht, eben an Luken, wie man sie seit langem auf Schiffen verwendet. Wir aber suchen etwas gänzlich Neues, das folglich auch einen neuen Namen bekommen muss. Was hältst du von Feuerfenster? Oder von Kanonentor?« Schließlich einigten sie sich auf die Bezeichnung »Geschützpforte«.

Als Nächstes verwarfen sie Pablos ursprüngliche Idee, die Verschlussklappe einfach an Schienen auf- und abwärts zu bewegen. Auf diese Weise würde die Klappe sich zwar blitzartig schließen lassen, aber die Konstruktion war, egal mit welchen Materialien man sie ausführte, zu schwach, um dem ungeheuren Druck anbrandender Meeresfluten standzuhalten.

Fast drei Wochen lang erwogen und verwarfen sie eine Fülle von Ideen und Konstruktionen, und in dieser Zeit wurden Don Pedro und Pablo tatsächlich so vertraut miteinander wie Vater und Sohn. Wenn Pablo der Mut sinken wollte, richtete Don Pedro ihn durch eine kluge oder scherzhafte Bemerkung wieder auf. Wenn umgekehrt einmal Kräfte oder Zuversicht des Älteren erlahmten, scheute Pablo keine Mühe, um Don Pedro wieder aufzumuntern. Einmal jonglierte er sogar in Don Pedros Kontor mit vier großen Kreidestücken, die dem Schiffsbauer gewöhnlich dazu dienten, flüchtige Skizzen auf eine Schiefertafel zu werfen. Und während Pablo jonglierte und Don Pedro ihm dabei zusah, kam jedem von ihnen eine gute Idee, die sie ihrem Ziel ein großes Stück näher brachte.

»Wir müssen die Geschützpforte und den Gang dahinter so eng wie möglich machen«, sagte Don Pedro, und Pablo stimmte ihm aufgeregt zu. Aber der Schiffsbauer hob eine Hand zum Zeichen, dass er noch nicht fertig gesprochen hatte. »Und vor allem müssen wir sie mit mehreren Rahmen umgeben, die wie Terrassen übereinander gestaffelt sind, um an diesem mehrstufigen Kragen die Gewalt des Wassers zu brechen und den Druck zu verringern, mit dem die Flut zuletzt auf die Pforte trifft.«

Pablo fing die Kreidestücke auf, mit denen er jongliert hatte, und legte drei davon auf den Tisch. Don Pedro hatte unterdessen schon begonnen, seine Idee an der Schiefertafel zu skizzieren. Um die Geschützpforte herum zeichnete er einen breiten Rahmen, als ob es sich um ein Gemälde handelte, doch diesen Rahmen umgab er mit einem weiteren und diesen schließlich mit einem dritten, so dass ein rechteckiger Kragen entstand, an dessen vier Seiten Stufen ins Innere führten.

»Das ist gut, das ist sehr gut, Don Pedro«, sagte Pablo und trat mit seinem Kreidestück neben seinen Lehrherrn. »Und die Pforte selbst darf natürlich nicht wie eine Tür oder wie eine Klappe konstruiert sein – sie muss von oben hinabfallen und innen eine verpichte Nase aufweisen – so und so, seht Ihr, was ich meine, Don Pedro? Sie muss sich wie ein Korken in den Geschützgang vor der Kanone schieben, was den Vorteil hat, dass sie umso dichter schließt, je fester das Wasser dagegen drückt.«

Sie standen vor der Schiefertafel und sahen erst die beiden Skizzen, dann wieder einander an. Allmählich begann Don

Pedros Gesicht von innen heraus zu strahlen, und Pablo fühlte, wie auch sein Gesicht anfing zu leuchten und zu glühen, während ein Grinsen seinen Mund immer breiter zog.

»Euer Kragen da, Don Pedro«, sagte Pablo, »ist ein wahrer Geniestreich!«

»Ohne deine Korkenpforte, Junge«, gab Don Pedro zurück, »wäre mein Kragen völlig nutzlos – aber ich glaube wahrhaftig, dass beide zusammen des Rätsels Lösung bedeuten.«

Plötzlich spürte Pablo einen Klumpen in der Kehle. Rasch wandte er sich ab, damit Don Pedro seine Rührung nicht bemerkte. Als er sich wieder umdrehte, faltete der Ältere soeben mit verlegenem Hüsteln sein Taschentuch zusammen und schob es in sein Gewand zurück.

Aber noch waren viele vertrackte Einzelprobleme zu lösen, und so wich ihre Rührung bald wieder einem nüchternen Geist. Beflügelt von dem Gefühl, die Aufgabe im Grundsatz gemeistert zu haben, nahmen sie sich einen Punkt nach dem anderen vor, und tatsächlich flogen ihnen die Ideen jetzt nur so zu. Den »Korken« an der Innenseite der Pforte, der sich in den Geschützgang drücken sollte, würden sie aus dem härtesten verfügbaren Holz ausführen, aus Teak oder Mahagoni, und mit einer Schicht aus dem elastischen, nahezu unzerreißbaren Baumharz umgeben, das in den Urwäldern der neuen Länder in riesigen Mengen gewonnen wurde. Für den gestaffelten »Kragen« im Umkreis der Pforte mussten sie massive Metallmischungen vorsehen. Die Pforte selbst würde mit Kette und Riegel oberhalb der Öffnung fixiert werden, so dass sie, wenn man den Riegel zurückzog, von selbst und mit größtmöglicher Geschwindigkeit herabflog und den Geschützgang verpfropfte.

Am Abend des zwanzigsten Tages, nachdem Pablo dem

Schiffsbaumeister seine Zeichnung gezeigt hatte, legte Don Pedro wieder einmal seine Hände auf Pablos Schultern, wie es ihnen beiden zur lieben Gewohnheit geworden war. »Du wirst gewiss ein großartiger Schiffsbauer werden, mein Sohn«, sagte er, und seine Augen blitzten. »Und ebenso sicher ist, dass deine Erfindung uns eine Flut ansehnlicher Aufträge ins Haus spülen wird. Aber nun begehe nur nicht den Fehler, den ich in meinen jüngeren Jahren begangen habe und mir bis heute vorwerfen muss: Lass bei aller Begeisterung für die Arbeit auch einmal deine Gefühle zu ihrem Recht kommen.«

»Aber ich bin ja bei allem, was ich hier tue, auch mit Herz und Seele dabei«, wollte Pablo einwenden, doch Don Pedro schüttelte lächelnd den Kopf.

»Hier ist ausnahmsweise einmal von anderen Gefühlen die Rede, junger Mann«, sagte er mit gespielter Strenge. »Also wasch dir zumindest die Kreide von den Händen, und dann lauf in die Stadt und sieh nach, wie es deiner Muse in den letzten Wochen ergangen ist.«

»Meiner Muse?« Pablo wusste sofort, auf wen Don Pedro anspielte. Schon vor zwei Wochen hatte er dem Schiffsbauer erzählt, wie er auf die Idee mit den Geschützluken gekommen war.

»Und wenn sie dir wieder einen Eimer Wasser über den Kopf schütten will«, riet Don Pedro, »dann spring nicht zur Seite, sondern lass es ruhig geschehen. Sie wird dann die Reuige spielen und dich in ihr Haus bitten – und alles Weitere wird sich danach schon ergeben!«

Pablo ließ sich diesen Rat nicht zweimal erteilen, schon Augenblicke später eilte er am Meer entlang nach Puerto Nuevo. In den zurückliegenden Wochen hatte er mehr als einmal an das Mädchen mit dem munteren Mundwerk und den spöttisch blitzenden Augen gedacht, und nicht nur das – mehrfach hatte er sich zur Mittags- oder Abendstunde aus dem Kontor davongestohlen, um in der Gasse hinter dem Hafen zumindest einen raschen Blick auf die Schöne zu erhaschen, die er auch tatsächlich jedes Mal hinter den Fenstern des Schneidermeisters Don Carlos hantieren sah. Er hatte zwar bisher nicht den Mut aufgebracht, unter einem Vorwand in die Schneiderstube zu treten und sie in ein Gespräch zu verwickeln, aber wann immer sich seine Gedanken von den Geschützpforten lösten, sah er augenblicklich das Mädchen mit den vollen schwarzen Haaren und den großen Augen vor sich. Jeden Abend, wenn er müde ins Bett sank, galt ihr sein letzter Gedanke, und häufig träumte er in diesen Wochen, dass er zusammen mit ihr auf einem Schiff fuhr, dessen Decks mit unzähligen Kanonen bestückt waren. So rastlos sein Geist mit den Schiffsplänen beschäftigt waren, so sehr waren sein Herz und seine Seele von der Schönheit, dem munteren Wesen und freundlichen Lächeln der jungen Frau erfüllt, die ihm beinahe einen Eimer Wasser über den Kopf gegossen hätte.

7

Hallo, Emilio!« Pablo grüßte zu dem jungen Zimmermann hinüber, der auf einem Gerüst neben dem Schiffsgerippe balancierte, und Emilio winkte lachend und seinen Hammer schwingend zurück. »Guten Morgen, Alfredo.« Pablo blieb bei dem älteren Arbeiter stehen, der gerade die gestern eingetroffene Holzlieferung versorgte, und half ihm rasch, die langen Eichenplanken übereinander zu stapeln. »Das ist erstklassiges Holz, oder?«

»Weiß wie der Busen meiner Margarita, Meister Pablo.« Alfredo spuckte kräftig aus, was bei ihm höchste Anerkennung bedeutete. Pablo klopfte ihm lachend auf die Schulter und ging weiter, in der Hand Blätter mit Zeichnungen und Berechnungen, die im leichten Morgenwind raschelten. Er winkte José zu, der es mittlerweile zum Zimmermannsgesellen gebracht hatte und Seite an Seite mit seinem Vater an der Karacke arbeitete, die auf dem vordersten Bauplatz entstand. »He, José – zeig deinem alten Herrn mal, was eine ordentliche Spante ist!« Und José riss die Augen auf und mahlte mit den Kiefern, als ob ihm die Antwort auf der Zunge läge. »Ja, das weiß er doch so gut wie ich, Pablo!«, schrie er endlich zurück, doch sein Grinsen verriet, dass er die Neckerei nicht übelnahm.

Ganz im Gegenteil, die Arbeiter auf Don Pedros Werft liebten und respektierten den jungen Schiffsbaumeister, dem Don Pedro vor einem Jahr bei einer feierlichen Zeremonie im Gildehaus seinen Meisterbrief überreicht hatte. Fast fünf Sommer waren vergangen, seit Pablo mit der »Santa Cruz« in den Hafen von Puerto Nuevo eingelaufen war. Jeden Sonntag zog er sein bestes Hemd an und spazierte in die Stadt hinüber, wo er für ein paar Stunden mit Maria scherzte und wo sie zuweilen auch schon in halbem Ernst ihre gemeinsame Zukunft besprachen. Sie war die Tochter jenes Schneidermeisters, durch dessen Fenster sie damals das Wasser ausgegossen hatte. Sie ging bei ihrem Vater in die Lehre und schneiderte fast schon so geschickt wie der ehrwürdige Don Carlos. Für Pablo und Maria stand seit langem fest, dass sie eines Tages heiraten würden, aber sie hatten es nicht allzu eilig damit, vorläufig genossen sie es, in jugendlicher Ungebundenheit miteinander zu tändeln. Und Pablo hätte sich rundum glücklich gefühlt, wenn er nicht gespürt hätte, dass Don Pedros Kräfte immer schneller schwanden.

Bis vor kurzem waren der alte Schiffsbauer und er jeden Morgen zusammen durch die Werft gegangen, doch seit einer Woche fühlte sich Don Pedro zu schwach für dieses Ritual. So musste Pablo die Runde durch Lager, Werkstätten und Schiffsbauplätze nun alleine machen, von einem Arbeitsplatz zum anderen gehen, um jedem Zimmermann, jedem Lehrling einen guten Morgen zu wünschen, hier kurz mit anzupacken, dort ein Problem zu besprechen, das bei der Arbeit plötzlich aufgetaucht war. Denn Schiffe zu zeichnen war das eine, sie tatsächlich und Spante für Spante, Planke für Planke, Nagel für Nagel zusammenzusetzen war immer noch etwas ganz anderes, und Pablo hatte von Don Pedro gelernt, dass Erbauer und Arbeiter aufeinander angewiesen waren und vom ersten bis zum letzten Schritt eng zusammenarbeiten mussten. Sowenig die Schiffszimmerleute ein gutes Schiff bauen konnten, das er oder Don Pedro nicht zuvor am

Zeichentisch entworfen hatte, so wenig konnte ein Schiffsbauer ohne erfahrene Zimmerleute auskommen, die für jedes der tausend Probleme, die einem beim Schiffsbau tagtäglich begegneten, eine ebenso tausendfach bewährte Lösung kannten.

Der Konstrukteur und die Arbeiter brauchten einander, wie die Götter in den alten Sagen Scharen von guten Geistern benötigten, die ihre schöpferischen Ideen in körperliche Wirklichkeit überführten. So hatte es ihm Don Pedro erklärt, und Pablo dachte täglich aufs Neue, dass der alte Schiffsbauer der wahre und einzige Gott auf der Werft war. Wann immer Don Pedro davon anfing, dass es mit ihm zu Ende gehe und er das Ruder nicht mehr lange halten könne, wechselte Pablo das Thema. Don Pedro würde sich schon wieder erholen, ja was denn sonst!

Der bloße Gedanke, dass sein väterlicher Freund und Vertrauter bald sterben könnte, erfüllte Pablo mit Schrecken und Schmerz. Ein paarmal hatte der alte Schiffsbauer schon angedeutet, dass er sich nichts sehnlicher wünsche, als ihn zu seinem Nachfolger zu machen. Aber sosehr Pablo das Vertrauen schmeichelte, das Don Pedro in ihn setzte, und sosehr er sich immer gewünscht hatte, eines Tages seine eigenen Schiffe bauen zu können – wenn Don Pedro auf diesen Punkt zu sprechen kam, wurde Pablo immer ganz unbehaglich zumute. Er war doch noch viel zu jung und unerfahren, um die Bürde zu schultern, die Don Pedro seit so vielen Jahrzehnten trug! Nein, der alte Herr musste sich ganz einfach wieder erholen und das Ruder mit so kräftiger Hand ergreifen, wie sie alle das gewohnt waren.

Pablo trat zu einer Gruppe von Zimmerleuten, die sich vor der Steuerbordseite des Kraweelschiffs versammelt hatten. Im Schiffsrumpf waren auf jeder Seite vierzig Löcher ausgespart, in vier Reihen übereinander gestaffelt. Er begrüßte die Leute und fragte sie, ob ein Problem aufgetreten sei. »Der Metallkragen für die Geschützpforten«, antwortete einer von ihnen. »Schaut hier, Meister, die Legierung scheint nicht in Ordnung zu sein – die Kanten rosten schon.«

Pablo nahm eines der Metallstücke zur Hand und drehte es prüfend hin und her. »Du hast Recht«, sagte er, »da hat uns der Schmied schlechte Ware geliefert. Aber das Problem ist auch, dass wir hier auf der Werft niemanden haben, der sich mit Metallen so gut auskennt, wie es für die Geschützpforten eigentlich nötig wäre.« Er klemmte sich das rostige Eisenstück unter den Arm. »Ich werde mit Don Pedro darüber sprechen.« Im Grunde hätten sie schon vor zwei Jahren einen Fachmann für Metalllegierungen einstellen sollen, denn beim Einbau der Geschützpforten traten immer wieder Fragen auf, die auf der Werft niemand beantworten konnte. Aber Don Pedro hatte immer gezögert, neue Leute anzuheuern, und in letzter Zeit war auch Pablo nicht mehr darauf zurückgekommen.

Er nickte den Zimmerleuten zu und ging weiter, seine Zeichnungen in der Hand und das rostige Eisenstück unterm Arm. Der dritte Bauplatz war leer, und dieser Anblick erschreckte ihn jeden Morgen, denn es war das erste Mal in fünf Jahren, dass auf der Werft nicht an mindestens drei Schiffen gleichzeitig gearbeitet wurde.

Dabei war zunächst alles ganz genauso gekommen, wie Pablo und Don Pedro es damals am Zeichentisch ersonnen hatten – dank »Kragen« und »Korken« hielten ihre Geschützpforten dem Druck der Meeresfluten stand, und so konnten Karacken und Kraweels auf einmal mit siebzig oder sogar hundert Kanonen ausgerüstet werden. Die Erfindung hatte ihrer Werft einige ansehnliche Aufträge eingebracht, wie Don Pedro es vorausgesagt hatte, doch mittlerweile wurden ihre Geschützpforten auf Dutzenden Werften in aller Herren Länder nachgebaut. Selbst die Piraten begannen ihre Briggs mit Kanonen auf den Unterdecks auszurüsten, so dass die Lage auf den Meeren allmählich wieder so unsicher wurde, wie sie vor Pablos und Don Pedros Erfindung gewesen war.

Gleichwohl schien es Pablo rätselhaft, warum die Werft in den letzten ein oder zwei Jahren immer weniger Aufträge erhielt. Schließlich hatte Don Pedro doch immer noch einen erstklassigen Ruf! Durch die Erfindung der Geschützpforten war die Werft nur noch berühmter geworden, eine Zeit lang waren Abgesandte von Reedern aller Länder bei ihnen ein und aus gegangen, doch mittlerweile war dieser Zuspruch wieder ziemlich abgeflaut. Und auch deshalb mochte Pablo überhaupt nicht daran denken, dass Don Pedro plötzlich nicht mehr oben im Kontor säße und alle Schwierigkeiten mit einem weisen Lächeln und einem Federstrich meisterte. Auf der Werft arbeiteten zwei Dutzend Männer, die fast alle Frauen und Kinder zu versorgen hatten. Pablo zog sich der Magen zusammen bei dem Gedanken, dass er für all diese Menschen verantwortlich wäre und womöglich eines Tages etliche von ihnen entlassen müsste, weil es ihm nicht gelungen war, genügend Aufträge für die Werft zu beschaffen.

Nein, dachte Pablo, das ist nichts für mich, ich bin Schiffsbauer, kein Kaufmann, und vor allem bin ich noch viel zu jung! In seiner freien Zeit zeichnete er immer noch stundenlang in seine Kladden, und seine Entwürfe wurden immer kühner, je tiefer er in die Geheimnisse der Schiffsbaukunst eindrang. Ihm schwebte vor, ein riesiges Schiff zu bauen, das größte, mächtigste und gleichzeitig wendigste Schiff, das jemals die Ozeane befahren hatte. Schon damals auf der »Santa

Cruz«, als Diego ihn gelehrt hatte, Schiffe als riesige Lebewesen anzusehen, hatte er begonnen, davon zu träumen. Aber bis er imstande wäre, alle Probleme zu lösen oder auch nur zu überschauen, die bei der Konstruktion eines solchen Meeresgiganten auftraten, würde er noch sehr viele Zeichenblätter mit seinen Skizzen bedecken müssen.

Er trat ins Kontor und fand Don Pedro am Fenster sitzend, wo der alte Mann mittlerweile halbe Tage in einem Lehnstuhl verbrachte. »Don Pedro«, sagte er und legte ihm eine Hand auf die Schulter, »schaut Euch dieses Metallstück an.« Don Pedro fuhr aus dem Dämmerschlaf auf, der ihn immer häufiger auch bei Tage umfing. »Es rostet schon, bevor wir es eingebaut haben«, fuhr Pablo fort. »Wir brauchen dringend einen Fachmann, der sich mit Metallen auskennt und dem Schmied auf die Finger sehen kann.«

Don Pedro fuhr sich mit der Hand über sein Haar, das in den letzten Monaten spärlich und weiß geworden war. Seine Augen waren tief eingesunken und hatten ihren früheren Glanz fast völlig verloren. »Diese Werft, mein Junge«, sagte er mit müder Stimme, »braucht keine weiteren Matrosen, sondern einen neuen Kapitän.«

Mit einem leisen Seufzer legte Pablo das Metallstück auf den Tisch und ließ sich in den Sessel neben Don Pedro fallen. Eine Weile sahen sie beide stumm nach draußen, und obwohl Pablo sich zwang, seine Aufmerksamkeit auf andere Punkte zu lenken, kehrte sein Blick doch immer wieder zu dem leeren Bauplatz zurück. Die Holzstapel waren schon mit einer dicken Schicht aus Sand und Algen bedeckt so viele Monate waren dort seit dem letzten Stapellauf vergangen.

»Seit drei Jahren bist du nun mein Steuermann auf der Werft«, brach der alte Mann endlich das Schweigen, »und glaub mir, Pablo, ich habe niemals einen besseren gehabt.« Er wandte den Kopf zur Seite und sah Pablo aus zusammengekniffenen Augen an. Sein Gesicht war grau und runzlig geworden. Zusammengesunken saß er in seinem Sessel, eine Wolldecke über den Knien, dabei schien die Sommersonne durchs Fenster hinein. Aber die Kälte, die Don Pedro Tag und Nacht frösteln ließ, kam aus seinem Innern. Es war die Kälte des nahenden Todes, wie Pablo plötzlich erkannte. Oft hatte ihn diese Ahnung schon beschlichen, ebenso oft hatte er sie wieder weggedrängt. Doch jetzt konnte er es nicht länger vor sich verleugnen: Don Pedro würde nicht mehr lange leben.

»Aber der beste Steuermann ist nur von geringem Nutzen«, fuhr Don Pedro fort, »wenn das Schiff keinen Kapitän mehr hat.« Pablo krampfte sich das Herz zusammen, er wollte etwas einwenden, aber der alte Mann hob seine Hand, um anzuzeigen, dass er jetzt keine Unterbrechung wünschte. »Ich weiß schon, was du sagen willst, Junge, aber ich weiß auch, dass rücksichtsvolle Lügen uns nicht mehr weiterhelfen. Ich werde bald tot sein, Pablo, und wie es aussieht, wird die Werft mit mir untergehen.«

Pablo hatte das Gefühl, dass ihm eine eiskalte Hand den Rücken hinunterfuhr. »Aber das darf nicht geschehen!«, sagte er.

»Du wirst es ja auch längst bemerkt haben«, fuhr der alte Mann fort, ohne auf Pablos Ausruf einzugehen, »die Reeder wenden sich von uns ab, wir erhalten immer weniger Aufträge. Aber das ist nun einmal der Lauf der Welt. Der Ruf der Werft hängt an meinem Namen, und natürlich wissen die Leute, dass ich nicht mehr lange leben werde. Wenn sie uns heute mit dem Bau eines Schiffes beauftragen, wer wird die Arbeit beenden, wenn ich erst tot und begraben bin?«

Pablo sah ihn nur an, seine Augen brannten, er vermochte keinen Laut hervorzubringen.

»Ich mache dir keinen Vorwurf, Pablo«, fuhr Don Pedro fort, »wie könnte ich auch, schließlich habe ich selbst es versäumt, eine Familie zu gründen und meinen Nachfolger von Kindesbeinen an heranzuziehen. Du weißt seit langem, dass ich dich liebe und schätze wie meinen eigenen Sohn und dass ich dir eine großartige Zukunft als Schiffsbauer prophezeie. Aber du scheinst wenig Neigung zu verspüren, die Pflichten eines Werftbetreibers zu schultern, dich um die kaufmännischen Probleme, die Beschaffung von Aufträgen, das wirtschaftliche Wohl des Unternehmens und seiner Angestellten zu kümmern. Du hast den Kopf voller Schiffsbaupläne und träumst davon, eines Tages Schiffe zu konstruieren, wie sie die Welt noch nicht gesehen hat. Das ist alles sehr lobenswert, Pablo, aber währenddessen wird diese Werft untergehen.«

Pablo beugte sich vor und nahm die kalten, ausgemergelten Hände des alten Mannes zwischen die seinen. »Aber Don Pedro«, sagte er, »seht mich doch an – ich bin ja noch viel zu jung, um diese Lasten zu schultern! Wie sehr würde es mich ehren, Euch eines Tages bei der Leitung der Werft zu unterstützen – aber ich flehe Euch an, gebt mir noch ein paar Jahre Zeit. Den Schiffsbau habe ich bei Euch ja gelernt, aber von den Schlichen der Kaufleute habe ich doch kaum eine Ahnung. Wenn ich jetzt an Eurer Stelle Verhandlungen führen müsste, so hätten die Reeder und ihre Abgesandten, die Bankiers und Holzhändler mit mir ja ein kinderleichtes Spiel. Das kann doch nicht Euer Wunsch sein, Don Pedro – dass Euer Lebenswerk in die Hände eines unreifen Burschen fällt, der alles, was Ihr in Jahrzehnten zusammengefügt habt, binnen kurzem zum Einsturz bringt!«

»Der Zerfall hat ja längst begonnen.« Mit dem Kopf deutete Don Pedro zum leeren Bauplatz hinab. Hinter der Strandwerft erstreckte sich der unendliche Ozean, aber bis zum Horizont war in diesem Moment kein einziges Schiff zu sehen. »Wenn es eine neue Aufgabe zu übernehmen gilt, können wir uns den Zeitpunkt meistens nicht aussuchen«, fuhr Don Pedro fort. »Du kannst dich einer Aufgabe verweigern, aber eine zweite Chance bekommst du nur selten. So ist es mir ergangen, als ich davor zurückschreckte, die Frau zu heiraten, die ich liebte und die mir für mein Leben bestimmt war.« Er entzog Pablo seine Hände und schob sie unter seine Wolldecke. »Wie gesagt, ich mache dir keinen Vorwurf.«

Da spürte Pablo mit einem Mal, wie eine nie gekannte Kraft ihn durchströmte, vermischt mit einem Zorn, der einzig ihm selbst galt. Ja, was bist du denn für ein Jammerlappen!, schalt er sich im Stillen. Da saß er hier mit Don Pedro im Werftkontor, am Ort seiner kühnsten Träume, den auch nur zu betreten er sich vor ein paar Jahren kaum erdreistet hätte, und sah tatenlos zu, wie um sie herum alles zusammenkrachte? Natürlich wäre es bequemer und sicherer für ihn, wenn Don Pedro die Werft noch drei oder fünf Jahre lang mit fester Hand durch Untiefen und Springfluten steuern könnte. Aber es war nun einmal anders gekommen, und da war es doch unreif und knabenhaft, nun herumzulamentieren, weil nicht alles auf Monat und Tag so eingetroffen war, wie er es sich ausgemalt hatte! Don Pedro hatte ihn wie seinen Ziehsohn aufgenommen und würde gewiss nicht zögern, ihm die Leitung seiner Werft zu übertragen, wenn er, Pablo, ihm nur ein Zeichen gab, dass er dieses Vertrauens würdig war. Aber das eben war ja die Frage: Wäre er imstande, an Don Pedros Seite oder sogar an seiner Stelle die Werft zu leiten?

Pablo erhob sich und begann im Kontor auf und ab zu gehen. Von der Kraft und Zuversicht, die ihn eben noch durchströmt hatte, war schon kaum mehr etwas zu spüren, und wenn er nun in sich hineinhorchte, empfand er nur noch eines – erbärmliche Angst. Er würde versagen! Don Pedros letzte Hoffnungen würde er enttäuschen, und dann wäre alles aus! Aber wenn du es gar nicht erst versuchst, flüsterte eine innere Stimme, ist erst recht alles zu Ende, und dann wirst du dir dein Leben lang Vorwürfe machen, weil du dich nicht einmal gegen den Untergang gestemmt hast. Denk doch daran, wie du es damals auf der »Santa Cruz« gemacht hast, als Diego plötzlich bewusstlos vor dir lag. Da hast du auch nicht gejammert und den Kopf hängen lassen, da hast du vielmehr angepackt und getan, was getan werden musste, ohne lange über Gefahren und Unbequemlichkeiten zu grübeln.

Diese Erinnerung gab den Ausschlag. Pablo blieb neben Don Pedro stehen, der wieder in seinem Lehnstuhl eingeschlummert war, und legte dem alten Mann sanft seine Hand auf den Arm. »Don Pedro«, sagte er leise, »verzeiht mir, dass ich gezögert habe. Ich will alles tun, was in meiner Kraft steht, um die Werft zu retten. Bitte erklärt mir, wie ich vorgehen soll.«

»Stell dir doch mal vor, Maria, worauf ich mich da eingelassen habe! Dieser Don Rodrigo will eine Karacke oder sogar mehrere Schiffe bauen lassen, auf Don Pedros Werft oder bei einem anderen Schiffsbauer, je nachdem, wer ihm das beste Angebot macht. Und ich soll für Don Pedro die Verhandlungen führen! Mir schlottern die Knie, wenn ich nur dran denke!«

»Das Gefühl kenne ich«, sagte Maria und lächelte ihm aufmunternd zu. Sie saßen in der Schneiderstube von Don

Carlos, der glücklicherweise gerade außer Haus war, bei einem vornehmen Kunden, dem er neue Beinkleider anmessen musste. »Als ich das erste Mal allein zu einer Kundin gehen musste, bin ich bei jedem Schritt dorthin dreimal in Ohnmacht gefallen«, erzählte Maria. »Mein Vater hat mich gleich zu so einer schwierigen Dame geschickt, einer Gräfin, die immer an allem herummeckert, nur damit sie anschließend den Preis drücken kann.«

»So wird es mir bestimmt auch bei Don Rodrigo gehen«, seufzte Pablo. »Ich bin ihm vor Jahren einmal begegnet, draußen auf der Werft von Don Pedro, und da hat er mich gleich so von oben herab zurechtgewiesen. Ich solle meine verrückten Ideen lieber vergessen, hat er damals gesagt, sonst würde nie ein gescheiter Schiffsbauer aus mir! Und dabei kam er mir selbst vor wie jemand, der sich zu tollkühnen Abenteuern hinreißen lässt.«

»Na, dann werdet ihr beide euch ja gut verstehen«, gab Maria in neckendem Tonfall zurück. »Nein, im Ernst, Pablo, du solltest dir nicht so viele Sorgen darüber machen, was bei deinen Verhandlungen alles schief gehen kann. Stell dir lieber vor, wie die Sache ausgehen soll, welches Ergebnis du dir wünschst. So mache ich es jedenfalls immer, und so habe ich es damals auch schon bei der griesgrämigen Gräfin gehalten – ich habe mir einfach vorgestellt, wie glücklich sie sein würde, wenn sie erst mit ihren wunderschönen neuen Kleidern vor dem Spiegel steht. Und genauso ist es dann auch gekommen: Die Gräfin kam gar nicht dazu, an Säumen oder Stoffen, Mustern oder Farben herumzumeckern. Denn als sie sich selbst in dem neuen Gewand gesehen hat, fiel ihr ganz einfach keine Bosheit mehr ein, die sie mir unter die Nase hätte reiben können!«

So ganz passend schien Pablo der Vergleich zwischen Don

Rodrigo und der Gräfin nicht zu sein, aber er spürte doch, dass Marias Zuversicht seine Stimmung ein wenig aufhellte. Und vielleicht hatte sie ja auch Recht, dachte er dann, auf jeden Fall konnte es nichts schaden, wenn er sich möglichst lebhaft das Ergebnis vorstellte, das er bei seinen Verhandlungen erreichen wollte. Don Rodrigo war der Sohn von Don Pedros ältestem Freund Fernando. Dieser Don Fernando hatte im Verlauf eines langen Lebens eine der größten Handelskompanien des Landes aufgebaut und war vor einigen Wochen als uralter und, wie es hieß, steinreicher Mann in der Provinzhauptstadt verstorben. Die Nachricht vom Tod seines Freundes hatte Don Pedro schwer getroffen und seinen Lebensmut noch weiter untergraben. Don Rodrigo dagegen, Fernandos falkennasiger Sohn und Erbe, strotzte vor Unternehmungslust und brannte darauf, die Handelsbeziehungen seiner Kompanie auf die neu entdeckten Länder auszudehnen. Hierfür benötigte er eine noch unbestimmte Anzahl von Karacken, und mit Rücksicht auf die alte Freundschaft zwischen Don Fernando und Don Pedro war er bereit, diesen Auftrag nach Puerto Nuevo zu vergeben – allerdings nur dann, wenn er von keiner anderen Werft ein besseres Angebot bekam. Denn Don Rodrigo war ein gerissener Fuchs, wie Don Pedro auf Pablos Nachfragen hin eingeräumt hatte, und für seine listige Verhandlungskunst berüchtigt. Schon zu Lebzeiten seines Vaters hatte er einen Teil der Handelskompanie geleitet. Und natürlich war er als Kaufmann hundertmal erfahrener als Pablo, der jetzt mit kläglicher Miene vor Maria stand, die Hände so hoch erhoben, als ob Don Rodrigo mit einer feuerbereiten Arkebuse auf ihn zielte.

»Halt still«, befahl Maria ihm mit gespielter Strenge, »sonst schlottert dein Gewand noch ärger als deine Knie, wenn du diesen Don Rodrigo triffst.« Mit dem Zollband maß sie den Umfang von Hals, Brust und Taille ihres Liebsten sowie die Länge seiner Beine und Arme. Danach entwand Pablo ihr das Messband und unternahm seinerseits mehrere energische Versuche, den Umfang ihres Busens auszumessen. Lachend und kreischend sprangen sie in der Schneiderstube herum, und für einige Minuten vergaß Pablo, was für eine schreckliche Prüfung ihm bevorstand. Doch dann stand plötzlich Don Carlos vor ihnen, und Pablo murmelte eine Entschuldigung und schlich zur Tür hinaus, gefolgt von Maria, deren Wangen glühten und die noch auf der Schwelle ihr Busentuch zurechtzupfen musste.

»In drei Tagen ist dein neuer Anzug fertig«, versicherte sie ihm, zog ihn ins Dunkel des Hausgangs und küsste ihn so feurig, dass er Don Rodrigos Falkennase, Don Pedros Hoffnungen und sein eigenes befürchtetes Versagen für einige weitere süße Augenblicke vergaß.

In der folgenden Woche fuhr Pablo in Don Pedros Kutsche übers Land, der Provinzhauptstadt entgegen. Stunde um Stunde rollten sie durch Weingärten und Olivenhaine, überquerten Flüsse und Bergzüge, rumpelten durch Wälder und Schluchten und erreichten endlich die weite Ebene, in der die Provinzhauptstadt lag.

Während der Reise hatte sich Pablo abwechselnd gewünscht, dass er endlich am Ziel wäre, um die ganze Angelegenheit rasch hinter sich zu bringen, und dass im Gegenteil die Fahrt nie enden möge, damit er Don Rodrigo niemals gegenübertreten müsste. Aber Don Pedros alter Kutscher Antonio hatte, unbeeindruckt von solchen wechselhaften Wünschen, die beiden Falben in stetem Trab über Stock und Stein gesteuert, so dass sie am frühen Nachmittag vor dem

Gasthof vorfuhren, in dem Don Pedro zu nächtigen pflegte, wenn er aus irgendeinem Grund die Provinzhauptstadt aufsuchen musste.

Pablo sprang aus der Kutschkabine und eilte sogleich auf sein Zimmer, ohne sich lange mit der Begrüßung der Wirtsleute aufzuhalten. Während er in seiner Kammer auf und ab ging, wurde er immer aufgeregter, und seine Kehle war plötzlich so trocken, als hätte er einige Löffel voll Sand geschluckt. Er riss sich das staubige Reisegewand vom Leib und rief nach dem Kutscher, der stöhnend und ächzend seinen Koffer die engen Stiegen hinaufschleppte. »Danke, Antonio«, sagte er, »sieh es mir nach, falls ich dir heute etwas ruppig erscheinen sollte.«

Der alte Kutscher gab ein unverständliches Brummen von sich, das im Großen und Ganzen eher tröstlich als mürrisch klang. Pablo trat vor den Waschtisch und klatschte sich einige Hände lauwarmes Wasser ins Gesicht, dann nahm er den neuen Anzug, den Maria für ihn geschneidert hatte, aus seinem Koffer und kleidete sich an. Während er sich im Spiegel betrachtete, fiel ihm ein, was Maria ihm vor einigen Tagen von der griesgrämigen Gräfin erzählt hatte, die beim Anblick ihrer so vorteilhaft gekleideten Person alles hinterlistige Gemecker einfach vergessen hatte. Mir ergeht es ganz ähnlich, Maria, dachte er und musste grinsen, in diesem Anzug fühle ich mich so stark und zuversichtlich, als ob du hier bei mir wärst und unsichtbar mit mir zu Don Rodrigo gehen würdest.

Er fuhr sich mit seinem Schildpattkamm durch die Haare und warf einen Blick auf die silberne Taschenuhr, die Don Pedro ihm zu seinem dreiundzwanzigsten Geburtstag geschenkt hatte. »Gleich drei Uhr, Antonio«, sagte er, »wir sollten Don Rodrigos Geduld besser nicht auf die Probe stellen.«

Wenig später hielt die Kutsche vor einem gewaltig großen

Haus im Zentrum der Provinzhauptstadt. Pablo sah staunend an der prächtig verschnörkelten Fassade empor, und die Knie wollten ihm schon wieder weich werden. Wenn Don Pedro wollte, sagte er sich rasch, könnte er in einem mindestens ebenso protzig verzierten Gebäude wohnen. Der Gedanke munterte ihn ein wenig auf, aber als er durch das mit kostbaren Schnitzereien geschmückte Portal in die Vorhalle der Handelskompanie trat, wurde ihm noch mulmiger zumute. Allein dieser Empfangsraum war beinahe so groß wie die Kathedrale von Puerto Nuevo, eine Marmorhalle mit riesigen Wandgemälden, die voll beladene Handelsschiffe in allen Meeren und Häfen der Welt darstellten. Und jedes dieser Schiffe trug das Wappen der Kompanie von Don Rodrigo, eine Brigg mit einem gewaltigen silbernen Raubvogel als Galionsfigur.

Eingeschüchtert trat Pablo zu dem mit Goldbeschlägen versehenen Mahagonitresen und bat den dahinter thronenden Mann im grauen Gewand, ihn bei Don Rodrigo zu melden. Er musste eine kleine Ewigkeit lang warten, bis der mächtige Handelsherr ihn zu sich bitten ließ. In dieser Zeitspanne, die er unter den strengen Blicken des grau Gewandeten auf der Kante eines von Marmorsäulen bewachten Sessels verbrachte, ging Pablo noch mindestens hundertmal seinen Verhandlungsplan durch, den er mit Don Pedro in allen Einzelheiten besprochen hatte.

Vermutlich würde Don Rodrigo zwei oder sogar drei Karacken benötigen, und natürlich würde der Stückpreis umso geringer ausfallen, je größer die Anzahl der bestellten Schiffe war. Unter Don Pedros Anleitung hatte Pablo lange hin und her gerechnet, und schließlich hatten sie auf Gulden und Heller festgelegt, wie viel er mindestens für jedes Schiff verlangen musste, je nachdem, ob Don Rodrigo zwei oder drei

Karacken bestellen würde. Vielleicht würde der gerissene Kaufmann auch bei verschiedenen Werften jeweils ein Schiff in Auftrag geben, hatte Don Pedro noch überlegt, und jedem seiner Geschäftspartner weitere Aufträge in Aussicht stellen, so dass er niedrige Preise aushandeln konnte, ohne sich in die Abhängigkeit eines einzigen Schiffsbauers zu begeben. Immer wieder hatte Pablo den alten Herrn gefragt, welche Schliche Don Rodrigo sonst noch anwenden könnte, doch Don Pedro hatte immer nur abgewiegelt: »Mach dich nicht verrückt, Junge, Rodrigo ist schließlich kein Unmensch, der uns zu ruinieren versucht, sondern der Sohn meines ältesten Freundes. Unser günstigstes Angebot, mit dem du aber bitte sehr nur im Notfall herausrücken wirst, ist weit geringer als die Preise, die sein Vater mir immer ohne zu murren gezahlt hat. Wenn er damit nicht einverstanden ist, soll er sich seine Schiffe meinetwegen selber bauen!«

Während Pablo noch im Stillen Zwiesprache mit Don Pedro hielt, flog am anderen Ende der Marmorhalle eine mit Silber und Juwelen geschmückte Flügeltür auf. »Don Pablo, alter Freund!« Auf der Schwelle erschien Don Rodrigo, in Samt und Seide gewandet und mit einem goldzähnigen Grinsen. »Worauf wartet Ihr, kommt her zu mir!«

Pablo durchquerte die Marmorhalle, und mit jedem Schritt, den er Don Rodrigo näher kam, schien der Kaufmann breiter und größer zu werden. Offenbar hatte er seit ihrer letzten Begegnung beträchtlich an Gewicht zugelegt, sein Raubvogelgesicht wirkte regelrecht aufgedunsen und erinnerte jetzt weniger an einen Falken als an einen Königsgeier. Aus zusammengekniffenen Augen sah er Pablo entgegen, und die Flügel seiner gewaltigen Nase erbebten, als ob er eine Beute witterte. Der Druck seiner Hand, die er Pablo entgegenstreckte, war dagegen beiläufig und weich.

»Wir werden die Tradition unserer alten Herren weiterführen – wie, Don Pablo?«

Es war Pablo unangenehm, dass Don Rodrigo ihn mehr oder weniger als Don Pedros Sohn zu betrachten schien. Aber noch unbehaglicher hätte er sich gefühlt, wenn der Handelsherr den Standesunterschied zwischen ihnen beiden hervorgekehrt und beispielsweise auf ihre erste Begegnung angespielt hätte, als Pablo noch ein kleiner Lehrling von Don Pedros Gnaden gewesen war.

Doch alle diese Bedenken waren sogleich vergessen, nachdem Don Rodrigo ihn in sein mit Mahagoni vertäfeltes Kontor gebeten und mit einem Begehren überrumpelt hatte, das weder Don Pedro noch Pablo bei ihren Besprechungen jemals in den Sinn gekommen war. »Wie schnell könnt Ihr mir«, fragte Don Rodrigo und tätschelte seine Raubvogelnase, »eine Flotte von – sagen wir fürs Erste – zwanzig Karacken liefern?«

»Aber … aber …« Pablo hatte sich so sehr vorgenommen, nicht vor Aufregung herumzustottern, wie es ihm immer noch zuweilen unterlief. Aber das war jetzt schließlich auch schon egal! Zwanzig Karacken? Er starrte Don Rodrigo an, der breitbeinig mitten in seinem protzigen Kontor stand, die Daumen in seine Samtweste eingehängt und mindestens zwanzig Goldzähne fletschend. »Aber Don Pedro und ich dachten«, brachte Pablo endlich hervor, »dass Ihr zwei oder allenfalls drei Karacken benötigt.«

»Zwei oder drei lächerliche Schiffe? Das ist nicht Euer Ernst, mein Freund.« Don Rodrigo begann aufs Neue seine Nase zu tätscheln. »Ihr scheint nicht zu wissen, wie weltumspannend unsere Handelsbeziehungen sind. Es gibt kaum etwas auf der Welt, womit unsere Kompanie nicht handeln würde, ob Salz oder Safran, Gold oder Juwelen, Damast oder

Seide. Unsere Gesellschaft ist eine der größten des Landes, und niemand außer uns ist imstande, die gewaltigen Herausforderungen zu meistern, die durch die Entdeckung der neuen Länder entstanden sind.« Er hielt inne und sah Pablo bedeutungsvoll an. »Ich will, dass mein Unternehmen so schnell wie irgend möglich einen regelmäßigen Handelsverkehr mit den neuen Ländern jenseits des Ozeans aufnimmt. Hierfür benötige ich eine Flotte von mindestens zwanzig Karacken, wahrscheinlich eher dreißig, jede davon mit achtzig Bronzekanonen und Euren vortrefflichen Geschützpforten ausgestattet.« Er fuhr sich noch einmal mit dem Zeigefinger den langen Rücken seiner Nase entlang, aber nun sprach er nicht mehr weiter, sondern blickte Pablo nur unverwandt und voller Erwartung an.

Pablo machte unwillkürlich einen Schritt zur Seite, um dem drängenden Blick auszuweichen. Was sollte er Don Rodrigo nur antworten? Welche Strategie sollte er anwenden? Auf diese Situation war er durch Don Pedro nicht im Entferntesten vorbereitet worden. Wären sie überhaupt in der Lage, eine so ungeheure Menge von Schiffen zu bauen? Und wie weit durfte er sich beim Stückpreis drücken lassen, nun, da es nicht mehr um zwei oder drei Karacken, sondern buchstäblich um die zehnfache Menge ging?

»So, wie die Werft momentan ausgerüstet ist, könnten wir drei, vielleicht vier Schiffe im Jahr bauen«, sagte er schließlich zögernd. Schon diese Zahl schien ihm mehr als ehrgeizig, aber Don Rodrigo plusterte die Backen noch dicker auf und trompetete:

»Vier? Lächerlich! Soll ich vielleicht fünf Jahre lang auf meine Flotte warten?«

Pablo warf ihm einen kurzen Blick zu, aber Don Rodrigo sah ihn immer noch so brennend an, dass er sich gleich wieder abwandte. Er trat ans Fenster und blickte auf die Straße hinaus, wo in unaufhörlichem Verkehr die Kutschen vorüberjagten. Verglichen mit der Provinzhauptstadt war Puerto Nuevo ein verschlafenes Nest. Wenn wir noch weitere Zimmerleute anstellen, dachte Pablo, und den vierten Bauplatz einrichten, den ich Don Pedro schon vor einem Jahr ans Herz gelegt habe …

»Fünf«, sagte er, und im gleichen Moment stockte ihm das Herz in der Brust. Fünf Schiffe?, dachte Pablo. Ja, hatte er denn völlig den Verstand verloren? In seinem ganzen bisherigen Schiffsbauerleben hatte er mit Müh und Not acht oder neun Schiffe bauen helfen, und jetzt gelobte er aus der hohlen Hand, jährlich fünf Karacken zu bauen? Er räusperte sich, drehte sich wieder zu Don Rodrigo herum und fügte mit krächzender Stimme hinzu: »Vorausgesetzt natürlich, Don Rodrigo, dass wir uns über den Preis einig werden.«

»Und der wäre?« Sein Gegenüber sah auf einmal aus, als ob er mit Gewalt ein Grinsen unterdrücken müsste. Und Pablo fiel nun auch wieder ein, was er vor Jahren gedacht hatte, als er Don Rodrigo zum ersten Mal begegnet war. Auch Maria hatte er ja neulich erst von diesem ersten Eindruck erzählt: Mit seiner Raubvogelnase und dem allzu breiten Kinn wirkte Don Rodrigo wie ein Mann, der sich zu unbedachten Abenteuern hinreißen ließ.

Eine innere Stimme rief Pablo zu, dass er selbst im Begriff sei, sich in ein solches verrücktes Abenteuer zu stürzen, und besser gleich sagen sollte, dass sie so viele Schiffe in so kurzer Zeit nicht herstellen könnten. Aber wenn er jetzt den Rückzug antrat, dann war Don Pedros Werft rettungslos verloren. Und hatte nicht auch Maria ihm geraten, sich nicht mit der Frage herumzuquälen, was alles schief gehen könnte, sondern sich lieber ganz fest auf das Ergebnis zu konzentrieren, das er erreichen wollte? Und so griff er schließlich auf einen von Don Pedros Ratschlägen zurück, der ihm für diese Situation halbwegs passend schien, und nannte einen weit überhöhten Stückpreis – damit am Ende auch noch etwas übrig bliebe, nachdem Don Rodrigo ihn erbarmungslos heruntergehandelt hätte. »Zweitausend Gulden.«

»Zweitausend? Lächerlich!«, trompetete Don Rodrigo und blies seine Backen noch gewaltiger auf. »Mehr als achthundert kommen überhaupt nicht in Frage!«

Achthundert waren immerhin nur hundert Gulden weniger, als Don Pedro ihm als unterste Grenze genannt hatte – für einen Auftrag von zwei oder drei Karacken, während sie hier von zwanzig Schiffen sprachen. Nur undeutlich wurde Pablo bewusst, dass er mittlerweile von einer Art Jagdfieber gepackt worden war, so, als ob er ein Raubtier wäre und der Auftrag die Beute, die er an sich bringen müsste, koste es was es wolle. »Tausendfünfhundert«, verlangte er mit fester Stimme.

»Lächerlich! Aber versuchen wir es einmal anders – wie sähe die Sache denn aus, werter Don Pablo, wenn ich meine Bestellung sofort auf dreißig Schiffe erhöhen würde?« Pablo musste sich an der Fensterbank festhalten, so schwindlig war ihm mit einem Mal. »In diesem Fall«, fuhr Don Rodrigo fort, »könnte ich Euch neunhundert Gulden für jede Karacke bezahlen, vorausgesetzt, dass Ihr mir sechs Schiffe jährlich liefert.«

Schließlich einigten sie sich darauf, dass die Werft binnen sechs Jahren dreißig Karacken an Don Rodrigo liefern sollte, bei einem Stückpreis von tausend Gulden, jeweils bei Abholung zu begleichen. Geriet die Werft in Verzug, so reduzierte sich der Stückpreis für jeden Monat, um den ein Schiff später fertig wurde, um glatte fünfzig Gulden. Umgekehrt erhöhte sich der Stückpreis mit jedem Monat, um den die Kompanie in Zahlungsverzug kam, gleichfalls um fünfzig Gulden, so dass bei Pablo, als er am Abend auf sein knarrendes Gasthausbett fiel, der Eindruck überwog, dass er einen glänzenden Handel für Don Pedro abgeschlossen hatte. Falls es ihnen gelang, die wahnwitzige Stückzahl von fünf Schiffen jährlich in gleichbleibender Qualität herzustellen, und das geschlagene sechs Jahre lang. Und falls Don Rodrigos Handelskompanie in dieser Zeit nicht in Schwierigkeiten geriet, sondern für jedes gelieferte Schiff pünktlich und vollständig bezahlte. Aber warum sollte Don Rodrigos Gesellschaft, eine der größten und ältesten des Landes, urplötzlich in wirtschaftliche Not geraten? Schon der Gedanke war ja abwegig, wie sich Pablo wieder und wieder sagte.

Zur Mitternachtsstunde sah er ein, dass er in dieser Nacht kein Auge mehr zumachen würde. Er setzte sich an den kleinen Tisch, zündete die Lampe an und erstellte eine Liste der Aufgaben, die sie unverzüglich lösen mussten. Als Erstes mussten sie acht oder besser noch zwölf weitere Schiffszimmerleute einstellen, damit in einem Jahr tatsächlich die ersten fünf der bestellten Karacken in Don Pedros Werft vom Stapel liefen. Außerdem mussten sie Tonnen hochwertiger Hölzer und viele andere Baustoffe einkaufen, von Eisenwaren über Kautschuk und Holznägel bis hin zu einem halben Hektar Segeltuch für Rah-, Fock- und Lateinersegel.

Der Morgen dämmerte schon, als Pablo begann, die Kaufpreise für die einzelnen Posten überschlägig zusammenzurechnen. Dann stockte ihm der Atem, die Summe, die er mit dem Gänsekiel in seine Kladde gekritzelt und zweifach unterstrichen hatte, war furchteinflößend hoch.

Hatte er Don Pedros Werft gerettet? Oder hatte er sie Don Rodrigo, der ihm im Rückblick mehr und mehr wie ein riesiger Königsgeier erschien, zum Fraß vorgeworfen – die Werft und alle ihre Angestellten, Don Pedro und nicht zuletzt sich selbst?

Mit klopfendem Herzen und vor Übermüdung brennenden Augen sah Pablo zum Fenster, vor dem schon wieder die Kutschen vorüberjagten, dabei ging über der Provinzhauptstadt gerade erst die Sonne auf.

Die Wochen und Monate nach dieser folgenreichen Reise verlebte Pablo wie im Rausch. Er arbeitete Tag und Nacht, verhandelte mit Banken und Geldverleihern, Holzhändlern und Schmieden, Tuchmachern und Kanonenbauern, führte mit Dutzenden von Bewerbern Gespräche und stellte schließlich acht neue Zimmerleute und drei Lehrlinge ein. Er ließ die Arbeiter zwei weitere Schiffsbauplätze errichten und eine riesige neue Halle, um die gewaltigen Mengen an Baustoffen zu lagern, die er für die ersten fünf Schiffe eingekauft hatte.

Vor jeder Entscheidung besprach er sich mit Don Pedro, aber der alte Schiffsbauer war nur noch ein Schatten seines früheren Selbst. Pablo berichtete und fragte, doch Don Pedro gab ihm keine Antwort mehr. Immer öfter fragte sich Pablo, ob Don Pedro überhaupt noch verstand, was er ihm des Langen und Breiten erzählte, aber er hielt an seiner Gewohnheit fest und unterrichtete den Werftbesitzer über jeden seiner Schritte. Abends eilte er, wenn er auch nur eine Stunde erübrigen konnte, hinüber zum Hafen von Puerto Nuevo, aber für die Schiffe, die hier an der Kaimauer festmachten, hatte er in jener Zeit kaum einen Blick. Er hastete durch das Gewirr der Lagerschuppen, bis er zu der Gasse kam, wo Maria und ihr Vater Don Carlos wohnten. Nachdem er den Schneidermeister begrüßt und Maria geküsst und umhalst hatte, ging er mit ihr noch eine Weile in den Gassen spazieren und berichtete ihr alles, was an diesem Tag vorgefallen vor.

Jetzt, da Don Pedro in seinem Lehnstuhl nur noch vor sich hin dämmerte, wurde Maria zu Pablos wichtigster Ratgeberin. Don Rodrigos Auftrag barg schreckliche Gefahren, aber auch großartige Möglichkeiten, und laut Maria war Pablo gar keine andere Wahl geblieben. Denn ohne diesen Auftrag wäre Don Pedros Werft dem Untergang geweiht gewesen, und dank Don Rodrigo bekamen sie zumindest noch eine Chance. So betrachtete es jedenfalls die Schneiderstochter, und ihre nüchterne Anschauung wirkte auf Pablos aufgewühlte Seele wie Balsam. Was Maria gutgeheißen hatte, schien auch ihm gut und richtig, wenn ihr dagegen eine vorgesehene Maßnahme bedenklich schien, entdeckte auch er rasch zweifelhafte Seiten dieses Plans.

Maria war die Liebe seines Lebens, und sie empfand das Gleiche für ihn. Im Grunde hatten sie es beide schon bei ihrer ersten Begegnung gespürt, als Pablo so sehr darauf gebrannt hatte, an seinen Bauplänen zu zeichnen, und doch wie festgewurzelt unter ihrem Fenster stehen geblieben war. Ohne sie wäre ihm damals nicht die Erleuchtung gekommen, und ohne Maria hätte er gewiss auch nicht die Kraft und Zuversicht aufgebracht, die erforderlich waren, um die Werft Tag für Tag zwischen tausend Klippen hindurchzusteuern. Er begehrte sie, wie er niemals zuvor eine Frau begehrt hatte, und bald schon stand für sie beide fest, dass sie so bald wie möglich heiraten wollten. Immer öfter sprachen sie davon, wie sie sich ihre gemeinsame Zukunft vorstellten. Maria wünschte sich für sie beide fünf Kinder, zwei Jungen und drei Mädchen. Pablo stimmte ihr nur allzu gerne zu – als Kind hatte er oft davon geträumt, im Kreis von Geschwistern aufzuwachsen, und sie malten sich gemeinsam aus, wie wundervoll es sein würde, eine Familie zu gründen, ihre Kinder zu behüten, ihre Körper und Fähigkeiten wachsen zu sehen und ihre Seelen zu beschützen, während sie sich wie Blüten langsam entfalteten. Don Pedro hatte Recht, dachte Pablo mehr als einmal, seine berufliche Bestimmung zu finden rief ein großartiges Glücksgefühl hervor, aber ebenso wichtig war es, dass man auch in Liebesdingen seine Erfüllung fand, eine einfühlsame Partnerin, mit der man Lebensträume gemeinsam verwirklichen konnte, die man liebte und begehrte, mit der man Probleme und Krisen durchstehen, einen Kreis unerschütterlichen Vertrauens bilden konnte.

Wenn Pablo spätabends zurück zur Werft ging, auf seinem Mund noch den Geschmack von Marias Lippen, fühlte er sich unbesiegbar und von unerschöpflicher Kraft erfüllt. Mehr als ein paar Stunden Schlaf brauchte er in keiner Nacht, lange vor der Morgendämmerung saß er schon wieder im Kontor und zeichnete. Obwohl er sich nun von morgens früh bis abends spät um den Bau der Karacken kümmern musste, fand er zwischen Mitternacht und Morgengrauen doch immer noch ein paar Stunden Zeit, um an seinen Plänen für das größte Schiff der Welt zu zeichnen.

Die neuen Arbeiter trafen ein und wurden von Pablo eingewiesen. Kutschen und Schiffe voll bestellter Waren steuerten die Werft an, und Pablo prüfte eigenhändig die Güte der Hölzer oder debattierte lange mit dem Betreiber der Metallwerkstatt, der ihnen angeblich kaum mehr rostende »Krägen« für die Geschützpforten geliefert hatte. Nebenher bildete er persönlich die drei neuen Lehrlinge aus und erfüllte sie durch sein Vorbild mit solchem Eifer und solcher Lernbegierde, dass es eine wahre Freude war, mit diesen jungen Burschen zu arbeiten. Sie erinnerten Pablo an seine eigene Lehrlingszeit, und sie gaben ihm das Gefühl, selbst fast noch so jung wie sie zu sein, obwohl er gleichzeitig schon ihr Meister war, ein erfahrener Schiffsbauer, Geist und Seele der Werft. Währenddessen saß Don Pedro immer noch stundenweise droben am Fenster und starrte mit trüben Augen auf die Strandwerft hinunter, wo in atemberaubendem Tempo nicht weniger als fünf Karacken gleichzeitig entstanden.

Am Ende dieses turbulenten Jahres, in dem Pablo kaum jemals zu Atem kam und sich doch glücklicher und erfüllter fühlte als jemals vorher in seinem Leben – zum Jahresende geschah dreierlei.

Don Rodrigo schickte fünf Kapitäne nebst Besatzung nach Puerto Nuevo, um die ersten fünf Schiffe abholen zu lassen. Kurz darauf traf eine Kutsche, eskortiert von einem Dutzend schwer bewaffneter Büttel, bei der Werft ein und Pablo wurde eine beschlagene und dreifach verschlossene Truhe mit zweitausend Gulden ausgehändigt. Auf einem beigelegten Blatt versicherte Don Rodrigo, dass er die fehlenden dreitausend Gulden in Kürze bezahlen werde, selbstverständlich mit den vereinbarten Zinsen. Die fürs Erste erlöste Summe reichte mit knapper Not aus, um die Schulden der Werft bei den Geldverleihern zu begleichen und den mittlerweile fast vierzig Arbeitern und Lehrlingen ihre Löhne auszuzahlen. Aber Pablo machte sich keine Sorgen, bisher war alles gut gegangen, und er fühlte sich immer noch wie berauscht von den Kämpfen und Siegen, Erfahrungen und Erfolgen des zurückliegenden Jahres.

Am folgenden Sonntagabend fiel Pablo vor Maria auf die Knie und bat sie, seine Gemahlin zu werden. Maria kniete sich mit glühenden Wangen ihm gegenüber auf den Boden der Schneiderstube und bat Pablo, ihr Gemahl zu werden. Dann sagten beide gleichzeitig »Ja«, fielen einander um den

Hals und wurden erst am folgenden Morgen wieder gesehen, und zwar von einem verdutzten Schneiderlehrling, der im Tuchlager auf dem Dachboden zwei zerzauste Gestalten unter Damast- und Seidenballen hervorkriechen sah.

Und zwölf Wochen später standen Pablo und seine angetraute Frau Maria, deren Bauch sich schon sichtbar unter ihrem Trauergewand wölbte, mit rotgeweinten Augen auf dem Friedhof von Puerto Nuevo und sahen zu, wie die Totengräber Don Pedros Sarg in der sandigen Erde vergruben. Das Testament, das drei Tage vorher von einem weißhaarigen Notar feierlich eröffnet worden war, wies Pablo als Don Pedros Alleinerben aus.

8

Die Trauer über Don Pedros Tod verdüsterte alles, sie lag über der Werft wie ein riesiges schwarzes Segeltuch. Wochen- und monatelang konnte Pablo im Haupthaus keinen Schritt machen, keinen Gegenstand ansehen, ohne sich schmerzlich an Don Pedro erinnert zu fühlen, der hier mehr als ein halbes Jahrhundert lang gelebt und gewirkt hatte. Es war das erste Mal, dass Pablo die Unerbittlichkeit des Todes erfuhr, und oftmals brannten seine Augen vor Tränen, wenn ihm plötzlich wieder einmal klar wurde, dass der alte Herr nie mehr zurückkehren würde. Sein väterliches Lächeln, sein leiser Spott, seine beiläufigen Ratschläge – alles vorbei, für immer vorbei. Pablo hatte ihn geliebt wie einen Vater, ja in gewisser Weise sogar inniger als den einfachen Fischer, seinen eigenen Vater, der nie verstanden hatte, was sein Sohn sich erhoffte und wovon er träumte.

Und zur gleichen Zeit, da in der Werft alle auf Zehenspitzen gingen, die Rufe gedämpfter tönten, Scherz und Gelächter nur selten und wie versehentlich erklangen – zur gleichen Zeit wuchs in Marias Leib ein neuer kleiner Mensch heran. Wenn es ein Junge würde, sollte ihr Kind den Namen Pedro bekommen, das stand für Pablo und Maria von Anfang an fest. Maria bewegte sich in Don Pedros Haus, das nun zu ihrem neuen Heim geworden war, vom ersten Tag an mit einer ruhigen Selbstverständlichkeit, als ob sie es seit langem gewohnt wäre, ein so umfangreiches Haus zu führen. Dabei war sie als Tochter eines kleinen Schneiders, der sich aus einfachen Verhältnissen emporgearbeitet hatte, ihr Lebtag kaum jemals aus der Gasse am Hafen herausgekommen. Und doch empfand jeder, dass ihre neue Lebensrolle wie maßgeschneidert zu ihr passte.

Seit langem war sie ja Pablos wichtigste Beraterin, und nun, da Don Pedro endgültig dahingegangen war, brauchte der neue Werftbesitzer mehr denn je Marias einfühlsamen und klarsichtigen Rat. Sie half ihm im Werftkontor bei seinen Aufstellungen und Berechnungen, korrespondierte mit Holzhändlern und Kanonenbauern, empfing steif gewandete Abgesandte in Don Pedros düsterem Salon mit den altersdunklen Wandgemälden und machte allmorgendlich zusammen mit Pablo die Runde durch Lagerhallen, Werkstätten und Schiffsbauplätze. Der neue kleine Mensch in ihrem Leib wuchs und wuchs, und ebenso wuchsen freilich auch die Sorgen des jungen Ehepaars. Denn ein ganzer Monat war vergangen, seit Don Rodrigos Kapitäne die Schiffe abgeholt hatten, und der größte Batzen des überfälligen Betrages stand immer noch aus.

Anfangs hatte sich Pablo nichts Arges dabei gedacht. Don Rodrigo war ein vermögender Mann, das bestätigte ihm jeder, der den Namen seiner Kompanie jemals vernommen hatte. Schließlich, als die Wochen verstrichen, ohne dass der Bote mit der Eisentruhe vorfuhr, zog er diskrete Erkundigungen ein. Er ließ sich von den gewaltigen Unternehmungen und noch atemberaubenderen Plänen des falkennasigen Handelsherrn berichten und überlegte nachher lange hin und her, ob diese Nachrichten nun beruhigend oder im Gegenteil furchterregend klangen. Jedenfalls erklärten sie, weshalb Don Rodrigo seine Gelder ein wenig strecken musste. Nach dem Tod seines Vaters hatte er begonnen, die

Handelsbeziehungen in alle Himmelsrichtungen gleichzeitig auszudehnen, er hatte nicht nur neue Schiffe bestellt, sondern auch ein halbes Hundert Flusskähne und zweihundert sechsspännige Kutschen. Vorläufig blieb Pablo nichts anderes übrig, als aufs Neue Baustoffe einzukaufen für die nächsten fünf Karacken, die sie Don Rodrigo zum Jahresende liefern mussten.

Die Testamentseröffnung hatte allerdings auch ergeben, dass Don Pedro nicht annähernd so vermögend gewesen war, wie Pablo angenommen hatte. Außer dem Wohnhaus samt Nebengebäuden, den Werftanlagen und in den Schuppen gelagerten Hölzern umfasste sein Erbe lediglich einige hundert Gulden. Diese Summe wäre Pablo vor kurzem noch wie ein königlicher Schatz erschienen, doch jetzt reichte sie eben so aus, um die ersten Lieferungen von Mahagoniplanken und Zedernspanten, Bronzekanonen und Segeltuchen zu begleichen.

Da Don Rodrigos Bote mit der dreifach verriegelten Truhe weiterhin ausblieb, mussten sie sich neuerlich an die Geldverleiher halten. Im schwarzen, weit geschnittenen Kleid, das gleichermaßen ihrer Schwangerschaft und Trauer angemessen war, empfing Maria Geldhändler mit Backenbärten und Bankiers mit Goldringen an jedem Finger, in deren Redeweise sich Dreistigkeit und Unterwürfigkeit unentwirrbar mischten. Nachdem die Werft im letzten Jahr pünktlich alle Schulden zurückgezahlt hatte, erhielten sie ohne langes Bitten und Betteln den gewaltigen Betrag, den sie benötigten, um die Materialien für die nächsten fünf Schiffe zu kaufen. Der Zinssatz grenzte freilich an Wucher, und immer öfter lag Pablo in den Nächten schlaflos neben Maria und fragte sich, wann Don Rodrigo endlich zahlen würde.

Unterdessen wuchsen die Gerippe der fünf nächsten Karacken auf den Bauplätzen empor. Die Trauer um Don Pedro blasste um ein paar Schattierungen ab, von Tintenschwarz zu Unwettergrau, und während das Kind in Marias Bauch bereits energisch strampelte, traf endlich, endlich ein Bote von Don Rodrigo ein.

Pablo und Maria empfingen ihn im Salon der Werft, einem holzgetäfelten Raum, aus dem sie die dunklen Ölgemälde entfernt hatten. Stattdessen hingen nun gerahmte Leintücher an den Wänden, die Maria eigenhändig mit bunten, kühn geschwungenen Linien versehen hatte, so dass der Salon viel heller und freundlicher als früher wirkte. Umso finsterer wurde allerdings Pablo und Maria zumute, als der Bote seine verdächtig schmale Schatulle auf den Tisch warf und vor ihren Augen umständlich aufschloss. Sie enthielt keinen einzigen Gulden, ja nicht mal einen kupfernen Heller, sondern lediglich einen knappen Brief von Don Rodrigos Sekretär. Die Handelskompanie sei derzeit nicht imstande, ihren Verpflichtungen nachzukommen, und ersuche daher die Gesamtheit ihrer Geschäftspartner höflichst, alle begonnenen Arbeiten einzustellen und alle aufgelaufenen Forderungen zu stunden.

Don Rodrigo war ruiniert. Und mit dem falkennasigen Handelsherrn, dessen Marmorhalle in der Provinzhauptstadt größer war als das Kirchenschiff, in dem Pablo und Maria sich das Jawort gegeben hatten – mit Don Rodrigos Zusammenbruch würden auch sie unweigerlich untergehen. Diese Botschaft las Pablo in den gleichgültigen Augen des Abgesandten und in der entsetzensstarren Miene Marias, die ihre Hände vor ihrem Leib verschränkt hielt, wie um das ungeborene Kind vor dem Unglück zu schützen, das er, Pablo, über sie gebracht hatte.

Marias und Pablos Tochter kam im Frühjahr zur Welt. Sie nannten sie Elisa, und beide waren so entzückt über die Ankunft des vollkommenen, wunderschönen winzigen Mädchens, dass auch Pablo, wenn er Elisa im Arm hielt und auf ihr pausbäckiges Gesicht hinablächelte, für ein paar Augenblicke seinen Kummer vergaß.

Doch bald schon packte ihn wieder die Unruhe, er sprang auf, reichte Maria das strampelnde Bündel und lief aus dem Haus. Stundenlang streunte er durch die Höfe, Hallen und Werkstätten seiner Werft, in der sich kein Hammer oder Hobel mehr rührte, kein Lachen oder Rufen mehr zu hören war.

Das Schreckliche war Wirklichkeit geworden. Er hatte alle Zimmerleute, alle Arbeiter und Lehrlinge nach Hause schicken müssen, denn auf der Werft gab es nichts mehr für sie zu tun. Schlimmer noch, er hatte sie bitten müssen, ihm ein wenig Zeit zu geben, natürlich werde er auf Gulden und Heller die ausstehenden Löhne bezahlen, nur jetzt im Moment könne er keinen Groschen aufbringen. Schmach und Schande über mich, dachte Pablo, niemals würde er die Angst und Enttäuschung in den Gesichtern der Männer vergessen, deren Wohl oder Wehe seit jeher in der Hand des Werftbesitzers lag. Doch während Don Pedro die Werft ein Leben lang durch alle Wirrungen gesteuert hatte, hatte Pablo das Unternehmensschiff schon beim allerersten Hindernis auf Grund gesetzt.

Er ging zwischen zwei Schiffsbauplätzen hindurch, auf denen die Gerippe der Karacken wie Skelette riesiger Ungeheuer in den Himmel ragten, und blieb am Strand stehen, die Arme vor der Brust verschränkt. Ich bin ein erbärmlicher Narr, dachte er, ich habe mich selbst getäuscht und ich habe alle enttäuscht, auch Maria – ich spüre es ja, auch wenn sie sich nicht anmerken lässt, wie sehr sie unter diesem Zusammenbruch leidet. Er starrte aufs Meer hinaus, ohne etwas zu sehen, blinzelte nur ab und zu gegen die Tränen, die ihm in den Augen brannten, Tränen der Wut, der Scham, des Selbstmitleids.

Anfangs hatte er ja geglaubt, dass es nicht so schwer sein könne, einen Käufer für die Karacken zu finden, die auf seinen fünf Bauplätzen nebeneinander emporwuchsen. Aber es war wie verhext. An welche Reeder Maria und er sich auch wandten, jedes Mal erhielten sie die kühle Antwort, derzeit bestehe kein Bedarf. Und man dankte ihm verbindlichst für ein Angebot, das allerdings nur allzu deutlich zeigte, wie übel es um die Werft von Puerto Nuevo bestellt war. Zu Don Pedros Zeiten wäre es ganz unvorstellbar gewesen, dass vom Kontor aus flehentliche Briefe in aller Herren Länder verschickt wurden. Sie hatten das Lager voll wertvoller Materialien und auf den Bauplätzen fünf Schiffsgerippe, aber keinen Auftraggeber und in der Kasse keinen versilberten Knopf mehr. Die Arbeiter saßen mit ihren Familien zu Hause in ihren Hütten und kauten am vorletzten Kanten Schwarzbrot, während die Geldhändler mit den Backenbärten und die Bankiers mit Goldringen an jedem Finger bereits unruhig wurden, weil die monatlichen Raten ausblieben.

Pablo ließ die Arme sinken, wandte sich zur Seite und wollte den Strand entlanglaufen, wie er das früher gern gemacht hatte, um das Durcheinander in seinem Kopf zu klären. Doch er war kaum ein paar Dutzend Schritte gegangen, als er mit dem Fuß gegen einen harten Gegenstand prallte, der in den Sand eingewühlt lag. Er kauerte sich hin, scharrte das Ding gänzlich frei, und da war es tatsächlich wieder genau so eine silberfarbene Kugel, wie er sie bereits an den verschiedensten Orten gefunden hatte. Er zog sie aus ihrer

Mulde hervor, wischte sie am Ärmel blank und sah sie aufmerksam an. Zu seinem Erstaunen erblickte er ein Gesicht, das seinem eigenen aufs Haar glich, ein hageres Antlitz, das in den sorgenvollen Monaten, die hinter ihm lagen, alle jugendliche Weichheit verloren hatte und schroff und kantig geworden war.

»Was ist denn mit dir los?«, fragte ihn der Mann in der Kugel. »Du siehst ja schrecklich aus.«

Da brach aller Kummer, aller Jammer mit einem heißen Schwall aus Pablo heraus. »Mir geht es auch furchtbar schlecht«, sagte er, und ein Schluchzer stieg aus seiner Kehle auf. »Ich habe geglaubt, dass ich dazu bestimmt wäre, ein Schiffsbauer zu werden, aber ich habe alles falsch gemacht. Und jetzt ist die Werft ruiniert! Besser wäre ich ein einfacher Zimmermann wie José geworden, dann hätte ich zumindest nur mich selbst in den Abgrund gerissen und nicht vierzig Männer und ihre Familien, die alle an mich geglaubt haben, noch dazu! Und was das Allerschlimmste ist – ich habe Maria geheiratet, und sie hat ein Kind bekommen, aber jetzt sind wir bettelarm! Die Werft ist an die Geldverleiher verpfändet. Wir werden vor der Kirche von Puerto Nuevo, in der wir uns das Jawort gegeben haben, auf den Knien liegen und die Leute anflehen, uns ein paar Heller hinzuwerfen, damit unser kleines Mädchen nicht vor Hunger sterben muss! Ach, was für eine Schande ich über Maria und mich selbst gebracht habe, was für ein Prahlhans und Narr ich doch war – der größte Schiffsbauer auf der ganzen Welt wollte ich werden und habe in einem einzigen Jahr alles zerstört, was Don Pedro in fünfzig Jahren aufgebaut hat! Ach, wäre ich doch in meinem Fischerdorf geblieben! Als ich damals aufgebrochen bin, hätte ich nie geglaubt, dass es mir jemals so schlecht gehen könnte, dass ich so weit absinken könnte wie jetzt!«

»Also glaubst du, dass du dich auf dem falschen Weg befindest – dass es dir gar nicht bestimmt war, Schiffsbauer zu werden?«

Tränen quollen aus seinen Augen hervor, so heiß und strömend, dass er das Gesicht in der Kugel kaum mehr erkennen konnte. »Nein, nein, es ist mein Weg«, schluchzte er, »ich will Schiffe bauen, nichts auf der ganzen Welt macht mich glücklicher. Es ist der Traum meines Lebens, und er schien zum Greifen nah, er schien sich ja schon zu erfüllen – doch jetzt ist er wieder unerreichbar fern!«

»Warum kämpfst du dann nicht wie früher, um deinen Traum zu verwirklichen?«

»Nichts würde ich ja lieber tun als kämpfen – wenn ich nur wüsste, um welche Kehle ich meine Hände legen müsste, ich würde nicht zögern zuzudrücken, den Schurken niederzuringen, der mich von meinem Weg abgedrängt hat!« Und Pablo schloss in wildem Zorn seine Hand um die Kugel, als ob sie der Gegner wäre, den es zu zerquetschen galt. Doch als seine Finger sich wieder öffneten, erblickte er im silbrigen Spiegel wieder nur das seinem eigenen so ähnliche Gesicht, das ihm mit forschendem Ausdruck entgegensah.

»Das nennst du kämpfen? Wenn du so sicher bist, auf dem dir bestimmten Weg zu sein – warum setzt du dann nicht deine ganze Kraft ein, um deine Lage zu verbessern, das Hindernis niederzukämpfen, auf deinem Weg weiter voranzukommen, allen Widrigkeiten zum Trotz?«

»Aber ich überlege ja Tag und Nacht, was ich tun könnte, doch es fällt mir einfach nichts Rettendes ein!«

»Dann wird dir wohl nichts übrig bleiben, als dich mit deinem Elend abzufinden.«

Pablo wischte sich mit dem Handrücken über die Augen und sah die Kugel zornig an. »Niemals!«, rief er aus. »Und wenn ich alle Reeder auf der ganzen Welt aufsuchen muss, ich werde schon jemanden finden, der mir die verdammten fünf Karacken abkauft.«

»Und das soll die Lösung sein?«

»Ja, was denn sonst!« Pablo war jetzt so wütend auf diesen hartnäckigen Frager, dass er sein Selbstmitleid ganz vergessen hatte. Auch seine Tränen waren versiegt, stattdessen kochte in seinem Innern der Zorn. »Wenn der Käufer der Schiffe Pleite gegangen ist, muss ich eben einen anderen Abnehmer finden, das liegt doch auf der Hand!«

»Aber war das denn dein Traum – ungeheure Mengen der immer gleichen Schiffe zu bauen und zu verkaufen?«

»Nein, natürlich nicht! Darauf habe ich mich ja nur eingelassen, weil … weil … na, weil es eben gerade keine andere Möglichkeit gab!«

»Und jetzt?«

»Und jetzt, und jetzt! Was soll das heißen – und jetzt? Jetzt sitze ich eben hier auf dem Trockenen, mit den fünf Karacken, von denen kaum erst ein paar Spanten verarbeitet sind, und mit riesigen Mengen von Baumaterialien in meinen Lagern! Und meine Arbeiter sitzen zu Hause und …«

»Ja, eben, es ist alles vorhanden«, sagte der Mann in der Kugel.

Pablo lag schon eine heftige Entgegnung auf der Zunge, doch als er den Eisenball hin und her wendete, war es abermals nur eine gewöhnliche Kugel mit einer silbrigen Oberfläche, die verschwommen sein Gesicht zurückspiegelte. Er erhob sich und starrte die Kugel an. Wieder begann sein Herz unvermittelt so heftig zu schlagen wie damals, als er drüben am Strand von Puerto Nuevo die dritte Kugel gefunden hatte. Jetzt sind es also vier solcher Silberkugeln, dachte Pablo. Was hat das nur zu bedeuten? Und kann es denn etwas anderes als schicksalhafte Fügung sein, dass ich nun gerade vier solcher Kugeln besitze – ebenso viele, wie ich als Jongleur in der Luft zu halten vermag? Nein, es kann kein Zufall sein, dachte Pablo, es muss mit dem Geheimnis der fünften Kugel zu tun haben, von dem Pepe mir damals immer wieder erzählt hat.

»Es ist alles vorhanden«, der Satz hallte in ihm nach, während er von der Strandwerft zurück zum Haupthaus ging, vorbei an den Lagern voll allerbester Baumaterialien, und ins Kontor trat, wo seine Kladden sorgsam auf dem Haupttisch gestapelt lagen, gefüllt mit Hunderten Skizzen und Berechnungen zum größten und gewaltigsten Schiff der Welt. In der Lade darunter ruhten die drei anderen Kugeln, die er hier sorgsam verwahrt hielt, auch wenn er in den letzten Monaten kaum mehr an sie gedacht hatte. Pablo nahm sie heraus, zog die vierte Kugel aus der Tasche und begann zu jonglieren.

Das Kind lag in seiner Wiege und schlief. Ab und an ließ es einen leisen Seufzer hören, so, als ob es mit seinen Eltern litte, die neben ihm am Salontisch saßen, in sorgenvollem Gespräch.

»Es tut mir so Leid, Maria«, sagte Pablo und ließ den Kopf hängen. »Ich schäme mich so sehr, weil ich ein schlechter Ehemann und Familienvater bin – anstatt dir und Elisa ein sicheres, beschützendes Heim zu bieten, habe ich uns alle ins Elend gestürzt!« Er wollte schon wieder anfangen zu jammern, doch Maria schnitt ihm mit einer Handbewegung die Rede ab.

»Das sehe ich anders, Liebster«, sagte sie ganz ruhig und nahm seine Hand in ihre beiden Hände. »Ich habe dich nicht nur geheiratet, weil ich dich liebe, sondern ebenso, weil ich schon bei unserer ersten Begegnung gespürt habe, dass etwas ganz Besonderes in dir steckt.« Ein Lächeln ließ ihre Augen blitzen. »Aber noch sehr viel deutlicher habe ich damals schon gesehen, dass du allein auf deinem Weg keine fünf Schritte weit vorankommen würdest, weil du eben ein Träumer bist, mein lieber Pablo, der über seinen prächtigen Schiffsbauplänen zuweilen die nahe liegendsten Dinge übersieht.«

Sie erhob sich und zog Pablo mit sich empor. »Wenn du mir jemals Grund zu der Befürchtung gegeben hättest, dass du mich und unsere Kinder wie ein gewöhnlicher Ehemann und Familienvater behandeln wolltest, dann hätte ich dir nie das Jawort gegeben.« Pablo öffnete den Mund und wollte etwas entgegnen, aber sie ließ ihn immer noch nicht zu Wort gekommen. »Vom ersten Moment an, als ich beinahe das Wasser auf deinen Kopf geschüttet hätte«, fuhr Maria fort, »wusste ich, dass du eine Ehefrau brauchen würdest, die dir mit Rat und Tat zur Seite steht und die dir notfalls einen kräftigen Schubs versetzen kann, wenn es einmal nicht so vorangeht, wie du dir das ausgemalt hast, und Selbstmitleid oder Selbstzweifel dich niederdrücken wollen.« Sie legte ihm die Hände um den Nacken und zog seinen Kopf zu sich herab. »Und jetzt küss mich, Pablo, gib mir einen langen, liebevollen Kuss, wie du es immer machst, bevor du dich für den Rest der Nacht zu der heimlichen Geliebten schleichst, mit der du mich meistens zwischen Mitternacht und Morgengrauen betrügst.« Pablo staunte sie nur an, mit großen Augen. »Ja, glaubst du denn im Ernst, dass du irgendein Geheimnis vor mir bewahren könntest?«, fragte Maria mit einem zärtlichen Lächeln.

»Du … du meinst also auch«, stotterte Pablo, »dass ich versuchen soll, das Schiff aller Schiffe zu bauen?«

»Wieso auch – wer sagt das denn sonst noch?«

»Na ja – niemand, es ist nur so, dass ich vorhin, als ich unten am Strand war, den gleichen Gedanken hatte.«

»Ja, worauf wartest du dann noch?«, fragte Maria. »Küss mich, du Traum von einem Ehemann, und dann sieh zu, dass du mit den Zeichnungen vorankommst. Und wenn du so weit bist, lass uns zusammen mit den Werftarbeitern reden.«

Der Geldverleiher strich sich über seinen Bart, während Pablo ihm eine Zeichnung nach der anderen vorlegte und stotternd vor Eifer und Aufregung seinen Plan erklärte. Er würde das größte, mächtigste und prächtigste Schiff bauen, das jemals auf den Meeren gefahren war. Einen wahren Ozeangiganten, achtzig Schritte lang und fast zweitausend Tonnen schwer. Mit seinen drei Masten und einer ganz neuartigen Takelung würde es schneller fahren als der schnittigste Kraweel. Dank seines runden Hecks wäre das Riesenschiff so wendig, dass es nicht einmal ein Bonaventurasegel bräuchte. In seinem ungeheuren Bauch ließen sich schwerere Lasten als auf drei Karacken zusammen verstauen, und mit einer Bewaffnung von nicht weniger als hundertvierzig Kanonen auf vier Decks wäre es eine schwimmende Festung, für Piraten und selbst für feindliche Kriegsflotten uneinnehmbar. Mit diesem Schiff könnte man also die entlegensten Häfen ansteuern und …

»Und Ihr erwartet allen Ernstes von mir, dass ich Euch für diesen Fiebertraum fünftausend Gulden leihe?« Der Geldverleiher ordnete mit einer abschließenden Bewegung seinen Bart und erhob sich. »Obwohl Ihr mir von Eurem letzten Kredit noch keine einzige Münze zurückgezahlt habt?« Er streckte Pablo die Hand zum Abschied hin.

Pablo blieb nichts anderes übrig, als auf seiner Seite de

mit Pfandbriefen und Münzsäcken überhäuften Schreibtischs gleichfalls aufzustehen. »Aber es ist kein Fiebertraum«, sagte er, »ich habe alles genau berechnet, und glaubt mir, ich weiß, wovon ich spreche: Dieses Schiff wird schwimmen, und es wird das beste Schiff auf der ganzen Welt sein.«

Der Geldverleiher lächelte dünn. »Und wer wird es kaufen? Vielleicht der König höchstpersönlich?«

»Warum nicht?«, gab Pablo zurück, doch der Geldverleiher wollte nichts weiter hören. Er warf Pablos Skizzen und Berechnungen zu einem Haufen zusammen und schob sie ihm über den Tisch.

»Wenn Ihr einen Käufer gefunden habt, sprecht wieder vor. Aber jetzt empfehlt Euch, Meister Pablo, ich habe zu tun.«

Maria hatte im Vorzimmer auf ihn gewartet. Als er aus der Tür trat, konnte sie schon von seinem Gesicht ablesen, wie die Verhandlung ausgegangen war. Sie erhob sich, die kleine Elisa im Arm, und lächelte ihm tröstend zu. »Auf zum nächsten Geldsack«, sagte sie, »wir haben noch einige auf unserer Liste.«

Pablo ließ sich von Maria aus dem Haus des Geldverleihers schieben, doch von ihrer gespielten Zuversicht ließ er sich nicht mehr täuschen. Bei nicht weniger als sieben Bankiers und Geldverleihern hatten sie schon vorgesprochen, und keiner von ihnen war bereit, ihnen auch nur hundert Gulden für den Bau des gigantischen Schiffes zu leihen. Dabei hatten sie den größten Teil der benötigten Werkstoffe schon auf der Werft! Doch wegen der ungeheuren Ausmaße und neuartigen Bauweise des geplanten Schiffes mussten sie ihre Vorräte noch um einige kostspielige Materialien ergänzen. Außerdem mussten sie den Zimmerleuten und Sägearbeitern zumindest einen Teil des versprochenen Lohnes bezahlen, sonst würden die Leute ganz einfach Hungers sterben, ehe auch nur das Gerippe des riesigen Schiffes fertig war.

Aber kein Geldverleiher und kein Bankier in ganz Puerto Nuevo, dachte Pablo, würde ihnen die benötigte Summe vorstrecken, solange sie keinen Auftraggeber vorweisen konnten. Und solange das Schiff nur in seinen Skizzen und Träumen existierte, würde ihnen eben auch niemand den Auftrag geben, einen solchen Meeresgiganten zu bauen, dessen Größe und Konstruktionsweise allen Traditionen Hohn sprach.

Auf der Straße wartete der alte Antonio mit ihrem Zweispänner. Eben wollte Pablo hinter Maria in die Kutschkabine steigen, da erschallte ein Trompetenstoß, und auf einem prächtigen Rappen ritt ein königlicher Herold die Straße entlang. Hinter ihm rollte eine riesige mit vergoldetem Schnitzwerk verzierte Kutsche, gezogen von vier Schimmelhengsten und mit der königlichen Fahne auf dem Dach.

Pablo sah dem funkelnden Fahrzeug hinterher. »Ein Gesandter aus der Hauptstadt«, sagte er zu Maria, als er neben ihr in der Droschke saß. »Anstatt von einem Bankier zum nächsten zu laufen, wäre es vielleicht gescheiter, unsere Pläne gleich dem Vertrauten des Königs vorzulegen.«

Maria warf ihm einen überraschten Blick zu. »Wie kommst du auf diese Idee?«

Pablo hob die Schultern und ließ sie wieder fallen. »Der Geldverleiher eben hat gehöhnt, dass ja der König persönlich das Schiff kaufen könnte. Aber vielleicht ist es wirklich einen Versuch wert.«

Maria beugte sich vor und klopfte gegen das Holzfenster hinter dem Kutschbock. »Antonio? Unsere Pläne haben sich geändert. Fahr zum Palast des Provinzgouverneurs.«

Dort wartete allerdings schon die nächste Enttäuschung auf sie. Zwei grimmige Wächter standen vor dem verschlossenen Palasttor, die Vorderlader geschultert. Maria und Pablo rangen die Hände, schauten flehentlich drein, redeten beschwörend auf sie ein, doch die Wächter waren durch kein Bitten und kein Betteln zu erweichen. Selbst als die kleine Elisa erwachte und zum Erbarmen winselte und greinte, blieben die Männer in der königlichen Uniform hart. Nein, sie durften niemanden einlassen. Nein, der königliche Gesandte und der Provinzgouverneur waren durchaus für niemanden zu sprechen. Nein, auch eine Ausnahme durften sie nicht machen, nicht einmal wegen einer Angelegenheit auf Leben und Tod. Nein, auch wenn die junge Frau ihnen weiter schöne Augen machte, würde das an ihrer Entscheidung nichts ändern. Und wenn sich die beiden Individuen nebst quäkendem Säugling nun nicht schleunigst entfernten, würden sie Gelegenheit erhalten, ihr Begehren einer Zuhörerschaft vorzutragen, die noch weit schwerer zu erweichen sei als das Herz eines königlichen Palastwächters – nämlich den Kerkerwänden unter dem Gouverneurspalast!

»Aber wir haben dem königlichen Gesandten einen Brief zu übergeben«, sagte Maria und wiegte gleichzeitig die kleine Elisa, »das muss doch irgendwie zu machen sein?«

»Einen Brief?«, wiederholte einer der Wächter. »Warum sagt Ihr das nicht gleich? Immer her damit, wir werden schon dafür sorgen, dass er in die richtigen Hände gelangt.«

Pablo und Maria baten um einen letzten Aufschub, sprangen in ihre Kutsche und richteten mit fliegenden Fingern den Brief her. Von den wichtigsten Blättern mit Schiffszeichnungen und Berechnungen hatten sie ohnehin mehrere Abschriften angefertigt, damit Pablo sie den Geldverleihern über den Tisch schieben konnte, diese ein paar Eselsohren hineinpraktizierten und den Stapel wieder auf die Seite des Bittstellers fegten.

Während Pablo Skizzen und Listen zu einem säuberlichen Häuflein fügte, warf Maria einige Zeilen aufs Papier. In ihrem Brief an den königlichen Gesandten bezeichnete sich Pablo als Besitzer der angesehensten Werft von Puerto Nuevo und herausragenden Schiffsbauer, dessen Ruf gewiss schon bis zum Königspalast vorgedrungen sei. Denn er, Meister Pablo, habe die vortrefflichen Geschützpforten ersonnen, durch die es zum allerersten Mal möglich geworden sei, die Plage der Piraterie wirkungsvoll zu bekämpfen. Nun aber habe er eine noch sehr viel großartigere Neuerung auf dem Gebiet des Schiffsbaus erfunden, nichts Geringeres als das größte und schnellste, mächtigste und wendigste Schiff der Welt. Diese »Königin der Meere« trage ihren Namen zu Recht, wovon sich der Gesandte durch einen Blick auf die beigefügten Zeichnungen leicht überzeugen könne, und er, Meister Pablo, bitte nun untertänigst darum, dass der edle Gesandte der allergnädigsten Majestät die Schiffspläne bald einmal vorlege. Die »Königin der Meere« sei eine schwimmende Festung, ein windschnell über die Ozeane gleitender Palast, kurzum wie ersonnen und geschaffen für Seine Majestät. Falls also aus der Reichshauptstadt eine Unterstützung von beiläufig fünftausend Gulden in die Kasse des Schiffsbauers flösse, so wäre es ihm, Meister Pablo, eine Ehre und Freude, dem Königshaus binnen Jahresfrist das erste und prächtigste Schiff dieser neuartigen Reihe zu einem Vorzugspreis zu liefern. Gezeichnet, Meister Pablo von Puerto Nuevo.

»Du bist wunderbar«, sagte Pablo, nachdem er den Brief gelesen hatte. »Was würde ich ohne dich nur anfangen?«

»Das weiß ich wahrhaftig auch nicht«, gab Maria zurück.

»Aber es scheint mir auch nicht gerade das dringlichste unserer Probleme zu sein.« Sie versiegelte den Brief, streichelte der kleinen Elisa, die am Boden der Kutsche lag und im Schlaf mit ihrem winzigen Mund leise Schmatzlaute erzeugte, mit zwei Fingern über das Köpfchen und sprang aus der Kutsche, um den Torwächtern den wichtigsten Brief ihres Lebens zu übergeben.

9

Ich habe euch zusammengerufen, um euch meinen Plan vorzustellen, wie wir die Werft doch noch retten können, die Werft und jeden einzelnen eurer Arbeitsplätze – aber dafür brauche ich eure Zustimmung und Unterstützung.«

Pablo hielt kurz inne und sah auf die Menge der versammelten Arbeiter hinab. Er war auf eines der Gerüste an den Schiffsgerippen geklettert, die seit Monaten auf den Bauplätzen versandeten und in der Sonne verblichen. Wochenlang hatten Maria und er auf eine Antwort aus dem Königspalast gewartet, nun endlich war sie eingetroffen. Der König hatte lediglich die Hälfte der erbetenen fünftausend Gulden bewilligt, viel zu wenig, um alle Löcher zu stopfen, alle Gläubiger zu befriedigen, doch immerhin, mit diesen königlichen Geldern konnten sie das große Werk beginnen. Falls die Zimmerleute und Holzarbeiter sie nicht im Stich ließen.

Pablo ließ seinen Blick über die Gesichter schweifen, die meisten Männer kannte er seit vielen Jahren, und in ihren Mienen las er, dass sie ihm immer noch vertrauten. Auch wenn er dieses Vertrauen schon einmal furchtbar enttäuscht hatte, als er sie alle nach Hause schicken und bitten musste, ihm die Begleichung ihres Lohns bis auf Weiteres zu stunden.

»Die meisten von euch kennen mich seit langem«, fuhr er fort, »ich habe ja als Lehrling bei Don Pedro angefangen und mit vielen von euch hier auf der Strandwerft, im Lager und in den Werkstätten zusammengearbeitet. Ihr wisst also, Männer, dass ich mich mit dem Schiffsbau auskenne – so, wie ich meinerseits weiß, dass ich ohne euch, ohne eure Erfahrung, euer Wissen und eure Zuverlässigkeit, nicht einmal das kleinste Schiff zusammenzimmern könnte. Wir brauchen uns gegenseitig, gerade in dieser schwierigen Lage, in der es für uns alle ums Überleben geht – ja, auch für mich und meine Familie geht es ums Überleben«, wiederholte Pablo, da er gesehen hatte, dass einige Arbeiter zweifelnde Blicke wechselten. »Unser Haus ist an die Banken verpfändet«, fuhr er fort »ich besitze in dieser Werft nur noch die Werkzeuge und die Baumaterialien in den Lagern – und ich besitze allerding auch die Pläne für das großartigste Schiff aller Zeiten, die ich in den zurückliegenden Monaten ausgearbeitet habe.«

Wieder hielt Pablo inne und sah von einem zum andern versuchte ihre Blicke festzuhalten, ihre Mienen zu erforschen. Würden sie ihm zur Seite stehen, oder würden sie ihn verfluchen und verwünschen, wenn sie erst hörten, welche weitere Opfer er von ihnen verlangte?

»Wenn Ihr Arbeit für uns habt, Meister Pablo«, rief einer »dann lasst uns ans Werk gehen! Wozu so viele Worte?« Beifallsrufe wurden laut, und ein anderer Arbeiter rief: »Zahl uns den Lohn aus, den Ihr uns seit drei Monaten schuldet – dann bauen wir Euch jedes Schiff auf der Welt, das Ihr haben wollt!«

Pablo hob beide Arme, damit die Leute ihm weiter zuhör ten. Denn nun riefen alle durcheinander, einige pfiffen au den Fingern oder machten ihrem Unmut durch Schmähre den Luft. »Bitte lasst mich weiterreden«, sagte er, »ich verste he sehr wohl, dass ihr auf mich nicht allzu gut zu sprechen seid. Ich habe Fehler gemacht, für die wir alle büßen müssen und ich schäme mich sehr dafür. Ich bitte euch alle um Ver zeihung – dich, Emilio, dich, Alfredo, jeden Einzelnen von euch bitte ich um Verzeihung, weil ich die Werft schlecht geführt und uns alle dadurch in Schwierigkeiten gestürzt habe. Aber jetzt gebt mir die Gelegenheit, meinen Fehler wieder gutzumachen. Wenn ihr mir folgt, wenn ihr mir noch einmal vertraut, werden wir in einem halben Jahr alle mit Stolz auf diese Zeit der Prüfung zurückschauen. Denn dann können wir uns sagen, dass wir zwar Schiffbruch erlitten haben, aber nicht untergegangen sind, sondern aus den Trümmern etwas noch viel Besseres, etwas ganz und gar Neuartiges geschaffen haben: das größte und prächtigste, sicherste und wendigste Schiff, das jemals die Meere befahren hat!«

Als Pablo jetzt zu den Leuten hinuntersah, glaubte er in den Gesichtern schon ein wenig neue Zuversicht zu erkennen. Sie sahen einander an, hier und dort wurden zweifelnd die Schultern gehoben, aber die Mienen der meisten schienen zu besagen: »Na, einen Versuch ist es vielleicht wert.« Die schlimmste Botschaft stand ihnen allerdings noch bevor.

»Und für wen sollen wir dieses Schiff bauen?«, rief nun einer der älteren Schiffszimmerleute. »Doch hoffentlich nicht wieder für den Prahlhans Don Rodrigo?«

Pablo atmete tief ein und wieder aus. »Für den König«, sagte er, »das heißt …«

Die Leute brachen in Beifallsrufe aus, der Tumult wurde so laut, dass Pablo nicht weitersprechen konnte. »Pablo, du bist der Größte!«, rief jemand.

Pablo hob beide Hände. »Das heißt, wenn ihm das Ergebnis gefällt«, fuhr er fort, »wenn den König das fertige Schiff so sehr überzeugt, wie das bisher nur für meine Zeichnungen und Berechnungen zutrifft.«

»Was soll das heißen?«, riefen nun die Leute. »Wenn ihm

das Schiff nicht gefällt, musst du dir dann einen anderen Käufer suchen?« Wieder wurde gepfiffen und aufgeregt durcheinander geschrien. »Ja, habt Ihr denn noch nicht genug Schiffe hier herumstehen, Meister Pablo, für die Ihr keinen Abnehmer findet?«

Pablo hatte plötzlich das Gefühl, dass ihm die Dinge entglitten. So schwierig hatte er es sich nicht vorgestellt, die Leute von seinem Plan zu überzeugen. Sein Blick flog über die Menge hinweg, zu einem der Lagerschuppen hinüber. Dort saß Maria im Schatten einer Segeltuchplane, auf ihrem Schoß die kleine Elisa, die neugierig zu der lärmenden und pfeifenden Menge herüberspähte. Der Anblick kräftigte ihn so sehr, dass ihm mit einem Mal die überzeugenden Worte nur so zuströmten.

»Ich bin gleich fertig«, rief er, »aber hört mich noch zu Ende an. Die Sache ist ganz einfach. Ich habe hier die Pläne für ein Schiff, wie es auf der Welt noch keines gegeben hat.« Er zog einige Blätter aus seinem Gewand und schwenkte sie über den Köpfen der Arbeiter. »Alles ist bis in die kleinste Einzelheit ausgearbeitet. Das Schiff soll ›Königin der Meere‹ heißen, denn es wird in jeder Hinsicht den höchsten Rang unter den Schiffen einnehmen. Wenn wir erst einmal ein Exemplar fertig gestellt haben, werden wir uns vor Aufträgen überhaupt nicht mehr retten können. Alle Handelskompanien in der ganzen Welt werden unser Schiff besitzen wollen, mit dem man mehr Güter transportieren kann als mit drei dieser Karacken hier zusammen. Auch die Kriegsflotten werden mit unserem Schiff jedem Gegner himmelweit überlegen sein, denn die ›Königin der Meere‹ wird nicht weniger als hundertvierzig Kanonen an Bord haben, und sie wird gleichzeitig das schnellste Schiff sein, das je über die Ozeane gefahren ist. Und schließlich werden auch die Herrscher häuser unsere ›Königin der Meere‹ besitzen wollen, denn es ist ein schwimmender Palast, so groß und prächtig, dass die Könige ihren ganzen Hofstaat, Thronsaal, Ministerkabinette und Schatzkammern mit sich führen können.«

Während Pablo mit Feuereifer die »Königin der Meere« pries, war es auf der Werft immer stiller geworden. Die Leute hörten ihm jetzt stumm, mit großen Augen zu, und manche lächelten ergriffen, so, als ob sie die herrlichen Bilder, die Pablo heraufbeschwor, deutlich vor sich sähen.

»Unser König«, sprach Pablo weiter, »hat sich schon bereit erklärt, die Entstehung des Schiffes mit einer gewissen Summe zu unterstützen. Es ist allerdings bei weitem nicht genug, um alle Kosten zu decken. Ich bin überzeugt davon, dass der König uns die erste ›Königin der Meere‹ abkaufen wird, aber damit dieses erste Schiff eines Tages vom Stapel laufen kann, müssen wir alle, ihr und eure Familien genauso wie meine Frau Maria und unsere kleine Elisa, die da drüben neben dem Schuppen sitzen, noch einmal ein halbes Jahr lang auf alles verzichten, was wir nicht unbedingt zum Leben brauchen.«

Jetzt war es heraus. Pablo atmete tief durch und wischte sich über die Stirn. Er war nassgeschwitzt, aber er hatte jetzt das Gefühl, dass nur noch ein allerletzter Anstoß fehlte, damit die Leute ihm noch einmal vertrauen und folgen würden. »Um es klar und deutlich zu sagen«, schloss er, »ich kann euch von dem Lohn, den ich euch schulde, fürs Erste nur die Hälfte zahlen, und auch bis zum Herbst muss ich Euch noch Monat für Monat die Hälfte eures Lohns schuldig bleiben. Aber ich schwöre euch hiermit, bevor der Winter kommt, werden wir die erste ›Königin der Meere‹ zu einem stattlichen Preis verkauft haben, und dann zahle ich alles, was ich euch schulde, auf Gulden und Heller zurück – und jedem von euch drei

Monatslöhne zusätzlich als Dank für eure Treue, euer Vertrauen und eure Geduld.«

Wieder sah er über die Menge hinweg, suchte und fand den Blick von Maria, die ihm mit hochgezogenen Brauen zunickte. »Gut gemacht«, schien ihr Gesichtsausdruck zu besagen.

»Die Hälfte ist besser als nichts«, meldete sich ein erfahrener Zimmermann namens Andrejo zu Wort. »Und ich persönlich bin ja bereit, Euch noch einmal zu folgen, Meister Pablo, denn ich weiß, dass Ihr ein guter Schiffsbauer seid und es redlich mit uns meint. Aber ich weiß wirklich nicht, ob wir noch weitere sechs Monate mit dem halben Lohn überleben können. Fast jeder von uns hat mittlerweile beim Geldverleiher Schulden gemacht, und es reicht trotzdem hinten und vorne nicht. Unsere Kinder können vor Hunger nicht mehr schlafen, sie wachsen aus ihren Kleidern heraus, und wir haben nicht mal die nötigen Heller für ein paar Ellen einfaches Tuch, um ihnen neue Hosen und Röcke zu nähen. Wie sollen wir da noch ein halbes Jahr durchhalten?«

Während Pablo noch überlegte, was er hierauf antworten könnte, bemerkte er in den Augenwinkeln, dass sich Maria dort hinten beim Lagerschuppen erhob. Die kleine Elisa auf dem Arm, kam sie mit raschen Schritten zu ihnen herüber und mischte sich unter die Zimmerleute und Arbeiter. »Oben hinter dem Haupthaus«, sagte sie mit lauter Stimme, »ist eine große Brachfläche, die zur Werft gehört. Ich habe zusammen mit Antonio schon vor einigen Monaten begonnen, dort Getreide zu säen und Gemüse anzupflanzen. Alle Frauen, deren Männer auf der Werft mit an der ›Königin der Meere‹ bauen, sollen das Recht haben, im Werftgarten für ihren eigenen Bedarf zu ernten.«

Nach diesen Worten wurde so laut geklatscht und Bravo

gerufen, dass Elisa im Arm ihrer Mutter zusammenfuhr und mit weit aufgerissenen Augen um sich sah. Maria wiegte die Kleine vor ihrer Brust und rief: »Einige von euch wissen vielleicht, dass mein Vater Don Carlos drüben im Hafenviertel eine Schneiderei besitzt. Er selbst hat mich zur Schneiderin ausgebildet, und wenn ich ihn darum bitte, wird er mir gewiss einige Ballen Leintuch schenken.« Sie wiegte die kleine Elisa hin und her und lächelte ihr zu. »Bringt nur alle eure Kinder zu mir, schickt sie nach oben ins Haupthaus – ich werde ihnen neue Röcke und Hosen schneidern.«

»Bravo, Meisterin!«, wurde nun gerufen. »Das ist ein Wort, Donna Maria!« Pablo sah in die Gesichter hinab, Andrejo grinste ihn an, Alfredo spie in hohem Bogen aus, Emilio nickte ihm mit großen Augen zu. »Wenn alle mit anpacken, können wir's schaffen!« Hände reckten sich zu ihm empor, und Pablo ließ sich hinunterziehen zu seinen Leuten, die ihm auf die Schultern schlugen, seine Hand schüttelten, ihn umarmten.

»Und was meinst du dazu, José?«

Pablos Gefährte aus Lehrlingstagen riss die Augen auf, seine Kiefer mahlten, als ob ihm die Antwort auf der Zunge läge. »Na klar bauen wir die ›Königin‹«, stieß er endlich hervor, »ja was denn sonst?«

Der Bau der »Königin der Meere« wurde für sie alle zum Abenteuer ihres Lebens. Als Erstes mussten die Gerippe der Karacken wieder zerlegt werden, denn sie würden jedes einzelne Holzstück für die »Königin« brauchen. Sodann mussten die Gerüste der alten Bauplätze abgebrochen werden, da sie für das Riesenschiff eine weit größere Anlage benötigten. Und als sie endlich alle Vorbereitungen beendet hatten und damit beginnen konnten, die ersten Spanten für den Rumpf der »Königin« zusammenzufügen, gingen die Schwierigkeiten erst richtig los.

Was auf Pablos Zeichnungen einfach und überzeugend aussah, stellte die Zimmerleute auf dem Bauplatz vor tausend vertrackte Rätsel. Jeden Tag mussten sie dutzendweise Lösungen für Probleme finden, die sie vor kurzem noch für völlig unlösbar gehalten hätten. Ständig fehlte es an allem, nichts passte, jede einzelne Planke, jede Spante, jede Metallschiene musste umgeändert werden, denn die Bauhölzer und Metalle, die in den Hallen lagerten, waren für den Bau von Karacken, nicht für die viel größere »Königin« ausgewählt und zugeschnitten worden. Und doch kamen sie mit atemberaubender Geschwindigkeit voran.

Die Bankiers mit den Goldringen und die Geldverleiher mit den Backenbärten schlichen ums Haupthaus herum und mussten von Maria immer wieder beruhigt und vertröstet werden. Der königliche Brief wirkte täglich kleine und größere Wunder, aber je länger sich die Arbeiten hinzogen, desto ungeduldiger wurden die Geldhändler. Dass der König persönlich Meister Pablo seine huldvolle Unterstützung zugesagt hatte, war ja schön und gut, aber noch weitaus besser wäre es, wenn der Schiffsbauer endlich einmal begänne, seine Schulden zurückzuzahlen. Doch dazu war Pablo nicht imstande, nicht im ersten oder zweiten und schon gar nicht im dritten oder vierten Monat fieberhafter Arbeit auf der Werft.

Binnen kurzem hatte sich das Gelände in ein Nomadenlager verwandelt. Die Frauen der Zimmerleute und Holzarbeiter gingen in der Werft ein und aus, säten, jäteten und pflückten im Garten, während ihre unzähligen Kinder im Salon auf Tischen oder Schemeln stillstehen mussten, damit Donna Maria die Länge ihrer Beine und den Umfang ihrer Hälse ausmessen und ihnen neue Röcke, Hemden und

Hosen schneidern konnte. Da Don Carlos die Gelegenheit genutzt hatte, zwei Ballen mit rot-weißem Würfelmuster abzustoßen, die sich schon vor Jahren als unverkäuflich erwiesen hatten, erhielten nun alle Zimmermannskinder gewürfelte Gewänder. Die Werft wimmelte bald schon von Harlekinen aller Altersklassen und Größen. Winzige Harlekine klaubten Kartoffeln im Garten, etwas größere Harlekine halfen den Frauen in der Werftküche beim Gemüseputzen, halbwüchsige Harlekine drückten sich bei der Strandwerft herum und lauerten auf eine Gelegenheit, ihren Vätern und großen Brüdern zur Hand zu gehen. Denn schon nach wenigen Wochen war offenkundig, dass allen Schwierigkeiten zum Trotz auf Meister Pablos Strandwerft ein Wunderwerk entstand, wie die Menschheit noch keines erblickt hatte.

Während dieser ganzen sechs Monate befand sich Pablo in einem Zustand fiebriger Erregung. Er war überall gleichzeitig, alle kamen mit ihren Problemen zu ihm, er beantwortete zwanzig Fragen auf einmal, und meistens musste er nicht einmal nachdenken – die Lösungen flogen ihm nur so zu. Wenn er überhaupt einmal für ein paar Stunden Schlaf fand, dann arbeitete er im Traum weiter an der »Königin«, und nicht selten fielen ihm Lösungen, über die er tagsüber gegrübelt hatte, mitten im Schlaf ein. Dann schreckte er hoch, kritzelte etwas in seine Kladde, die er immer neben sich liegen hatte, und war im Morgengrauen schon wieder unten auf dem Bauplatz.

Vor seinem inneren Auge sah er die »Königin« in allen Einzelheiten vor sich, mit einer fast schmerzhaften Deutlichkeit. So viele Tage und Nächte hatte er über seinen Skizzen und Berechnungen gesessen und sich lebhaft vorgestellt, wie das neuartige runde Heck beschaffen sein sollte, wie die ungeheure Kanonenzahl auf den vier Unterdecks anzuordnen war, wo die Kajüten des Kapitäns, der Steuerleute, der vornehmen und weniger edelblütigen Passagiere unterzubringen waren, dass für ihn ganz und gar wahr geworden war, was er vor vielen Jahren, als Lehrling, einmal vorausahnend behauptet hatte. Er nahm ein Stück Holz zur Hand und sah deutlich die Stelle im Rumpf, an einer Innenwand, einer Luke oder Treppe vor sich, wo dieses Brett sich in den kolossalen Körper der »Königin« einfügen würde. Er schaute vom Kontor zur Strandwerft hinunter und sah kein Gerippe, nicht lose Spanten, Stapel hingeworfener Planken, Segeltuchballen, Metallschienen, geschälte Baumstämme, aus denen einmal Masten werden sollten – oder vielmehr, er sah natürlich auch all diese Einzelteile, aber vor allem und zur gleichen Zeit sah er immer auch das vollständige Schiff, die »Königin der Meere«, wie sie sich an jedem Tag, in jeder Stunde ein wenig klarer und grandioser aus diesem Wirrwarr zusammensetzte und erhob.

Er hatte das Gefühl, dass die Grenzen zwischen Traum und Wirklichkeit, zwischen seinen Vorstellungen und der Arbeit auf der Werft, wenn nicht aufgehoben, so doch durchlässig geworden waren. Alle Männer, die an der »Königin« arbeiteten, bildeten zusammen einen geschickten und unermüdlichen Körper, der mit hundert Händen zum gemeinsamen Werk beitrug, und er, Meister Pablo, war das Gehirn dieses Körpers, aber er war auch selbst dieser Körper, die hundertarmige Maschine, und er war auch das Schiff, die »Königin«, die bei Tag und Nacht, auf dem Bauplatz und in seinen Träumen, in seinen Gedanken und in der Wirklichkeit immer vollkommener emporwuchs.

Abends aßen und tranken sie alle zusammen an langen Bänken im Hof vor dem Haupthaus, Pablo und Maria mit den Zimmerleuten und Holzarbeitern, deren Frauen und Kinder sich fast alle von morgens bis abends auf dem Gelände aufhielten. Es war, als ob sie alle eine riesige Familie geworden wären, mit vierzig Männern, fünfunddreißig Frauen, über hundert Harlekin-Kindern, die einträchtig die Suppe löffelten und das Brot brachen, die Maria und die anderen Frauen gekocht und gebacken hatten. Eher noch als einer Familie glichen sie einem eigentümlichen Hofstaat, einer Versammlung unterschiedlichster Leute, die sich zusammengefunden hatten, um der »Königin der Meere« zu dienen.

Im Mai hatten sie mit den Arbeiten begonnen, und bereits im Oktober war der gigantische Rumpf der »Königin« vollständig errichtet und beplankt. Unter Pablos Anleitung setzten sie die Geschützpforten ein, während vor der Werft endlose Kolonnen von Lastkarren vorfuhren, die hundertvierzig Bronzekanonen lieferten.

Im November erschienen gleich vier Geldverleiher und stießen Drohungen aus, die Pablo das Blut in den Adern gefrieren ließen. Zusammen mit Maria empfing er sie im einstigen Salon, der längst einer Mischung aus Schneider- und Kinderstube glich. Die Geldhändler strichen sich erregt über ihre Bärte und drohten Meister Pablo die städtischen Büttel auf den Hals zu hetzen. »Wir lassen das Haus räumen und Euer verrücktes Riesenschiff pfänden und wieder in seine Einzelteile zerlegen«, kündigten sie an. »Vom Erlös der Baustoffe können wir zumindest einen Teil unserer Forderungen begleichen, denn der monströse Kasten dort unten auf Eurer Werft wird niemals schwimmen.«

Maria und Pablo beschworen die Geldverleiher, ihnen eine letzte Frist einzuräumen. »Das Schiff ist fast fertig«, rief Pablo aus, »und ich versichere Euch, dass es schwimmen wird.« Vor Monaten hatte er ein maßstabsgetreues Modell der »Königin« angefertigt, und in seiner Not entschloss er sich nun, den Geldverleihern zu demonstrieren, wie die Modell-»Königin«

im Gartenteich hinter dem Haupthaus umhersegelte, ohne umzukippen oder gar unterzugehen. Das Modell war kaum größer als die Wiege, in der Elisa während ihrer ersten Monate geschlafen hatte. »Kein Wunder, dass es nicht untergeht!«, ereiferten sich die Geldverleiher. »Es ist ja auch viel kleiner als das Riesending unten am Strand!«

Pablo öffnete den Mund, um den Geldhändlern zu erklären, dass ein Modell genau die gleichen Eigenschaften wie das Original besaß. Aber Maria machte ihm ein Zeichen, und so klappte er den Mund wieder zu, während sie mit ihrer süßesten Stimme zu den aufgeregten Gästen sagte: »Gebt uns noch vier Wochen, werte Herren, dann werden wir Euch beweisen, dass auch die große ›Königin‹ schwimmt.«

»In vier Wochen läuft sie vom Stapel?«, fragte einer der Herren nach.

Maria und Pablo wechselten einen Blick, und Pablo musste wieder einmal tief durchatmen. »Spätestens am zehnten Dezember«, sagte er dann, »in genau vier Wochen, sticht die ›Königin‹ beim ersten Tageslicht zu ihrer Jungfernfahrt in See. Ich habe schon einen Kapitän, Steuerleute und Mannschaft angeheuert. Am frühen Nachmittag des zwölften Dezember werden wir den Hafen der Hauptstadt erreichen, schneller, als jedes andere Schiff diese Strecke zurücklegen könnte. Und dort wird der König mir das Schiff abkaufen.«

Die Geldhändler erhoben sich mit einem dünnen Lächeln. »Wir werden Euch am Kai erwarten. Wenn der König das Schiff nicht kauft, geht es unmittelbar in unseren Besitz über. Das Schiff und alles, was an und in dieser Werft nicht ohnehin schon uns gehört.«

Bereits am achten Dezember, zwei Tage vor Ablauf der Frist, die sie den Geldverleihern abgetrotzt hatten, lief die »Königin der Meere« vom Stapel. Um ein Schiff von achtzig Schritt Länge, einem Tiefgang von acht Schritt und einem Gewicht von fast zweitausend Tonnen überhaupt zu Wasser lassen zu können, hatten sie den neuen Bauplatz in spitzem Winkel zur Wasserlinie errichtet, nicht rechtwinklig, wie es seit jeher der Brauch gewesen war. Während mehr als hundert Harlekin-Kinder die Augen aufrissen und fünfunddreißig Frauen den Atem anhielten, zogen Pablo und seine Männer das knarrende und knirschende Riesenschiff Zoll um Zoll zum Meer hinab.

Der Bug erreichte die Wasserlinie und tauchte in die Bucht ein, voran die riesige Galionsfigur, ein silberfarbener Reiter auf seinem sich aufbäumenden Streithengst. Unter rasendem Applaus und Begeisterungsrufen ihres gesamten Hofstaats glitt die »Königin der Meere« rasch und immer rascher in die türkisgrünen Fluten vor der Werft. Sicher und ruhig lag sie im Wasser, das größte, prächtigste Schiff, das jemals in der Bucht von Puerto Nuevo oder irgendwo auf dieser Erde gesehen worden war.

Pablo stand am Strand, wie er so häufig hier unten gestanden hatte, mal glücklich, mal verzweifelt, mal voller Hoffnung, dann wieder am Boden zerstört. Er blickte auf sein Schiff, das sich in der Dünung wiegte, und er war froh, dass er seinen Arm um Marias Schultern gelegt hatte, so schwindlig fühlte er sich mit einem Mal. Es ist vollbracht, dachte er, die »Königin« schwimmt! Mit ihrem riesigen und doch anmutig wirkenden Leib, den Verzierungen an den Geschützpforten, der gigantischen Galionsfigur, den Schnitzereien an Bug und Heck, den drei gewaltigen Masten, die wie Tempelsäulen vor dem orangeroten Morgenhimmel aufragten, sah sie einfach überwältigend aus. Und Pablo wandte sich um, er zog Maria mit sich herum, sah die Männer, Frauen und Kinder, die ihn nun alle erwartungsvoll anblickten. Sicher glaubten sie, dass er wieder eine Rede halten würde, aber Pablo brachte nur einen einzigen kurzen Satz heraus. »Danke«, sagte er, »ich danke euch allen von Herzen«, dann versagte seine Stimme, und sein Blick verschwamm in heißen Tränen. Stumm beobachtete er, wie einige seiner Leute sich drüben auf dem Schiff zu schaffen machten, die »Königin« ein paar Dutzend Schritte weit in die Bucht hinaussteuerten, den Anker auswarfen, ein Beiboot zu Wasser ließen und zur Werft zurückkehrten.

Von allen Seiten kamen nun die Leute auf ihn zu, beglückwünschten ihn, und er dankte jedem Einzelnen von ihnen, drückte Hände, klopfte auf Schultern, umarmte und ließ sich selbst umarmen. Für heute war alle Arbeit verrichtet, zum ersten Mal seit langer Zeit würden die Zimmerleute wieder mit ihren Familien nach Hause gehen, leichten Herzens und rechtschaffen müde. Zur Abendstunde würden sie alle noch einmal im Hof vor dem Haupthaus der Werft zusammenkommen, um gemeinsam mit Maria und Pablo zu essen, zu trinken und zu scherzen, wie es ihnen in diesen Monaten zur Gewohnheit geworden war.

Pablo sah zu, wie die Leute nach und nach den Strand verließen, als Letzte gingen er und Maria zum Haus zurück. Im Gehen drehten sich alle immer wieder nach der Bucht um, schauten zur »Königin« hinaus, die sich majestätisch auf den Wellen wiegte, und lachten oder klatschten in die Hände, aus reiner, noch immer halb ungläubiger Freude, dass ihnen das Wunder wirklich gelungen war.

»Sieh dir diese Kugeln an«, sagte Pablo, »ich habe dir nie erzählt, woher sie stammen und warum ich sie alle vier aufgehoben habe.«

Er saß mit Maria am Tisch des einstigen Salons. Überall

lagen Tücher mit Harlekin-Muster herum, und Elisa krabbelte auf dem Boden umher, offenbar zufrieden, dass endlich einmal die ganze kleine Familie in Ruhe beisammen war.

Pablo rollte die vier Eisenkugeln auf dem Tisch hin und her. »Diese hier habe ich vor meinem Heimatdorf aus dem Meer gefischt«, sagte er. »Die zweite habe ich am Strand vor der Stadt gefunden, in der ich es als Heringsjongleur zu glitschigem Ansehen gebracht hatte. Über diese hier, die dritte, bin ich gleichfalls an einem Strand gestolpert, aber das war drüben in der Bucht neben dem Hafen – am gleichen Tag, an dem wir uns kennen gelernt haben.«

»Du meinst, an dem ich dir beinahe den Eimer Wasser über den Kopf geschüttet hätte?«

»Ja, zum Glück«, sagte Pablo und musste lachen. »Zum Glück hast du mich nicht getroffen, aber ein noch größeres Glück war es, dass du da überhaupt das Wasser ausgeschüttet hast, gerade als ich vorbeigekommen bin.«

»Weil es dich auf die Idee mit den Geschützpforten gebracht hat?«

»Ach woher«, sagte Pablo und musste noch heftiger lachen, »weil ich dich sonst vielleicht niemals kennen gelernt hätte!«

»Das glaube ich nicht, Liebster.« Maria rückte ihren Sessel näher zu ihm heran und schmiegte sich an seine Schulter. »Wir sind füreinander bestimmt, und das Schicksal hätte mit Leichtigkeit noch eine andere Möglichkeit gefunden, wie du mir vor die Füße stolpern könntest. Was hat es übrigens mit der vierten Kugel auf sich?«

Da erzählte ihr Pablo, wie er nach der Nachricht, dass Don Rodrigo ruiniert sei, hinunter zum Strand gelaufen und nicht weit von den Schiffsbauplätzen über die vierte Kugel gestolpert war. »Aber es sind keine gewöhnlichen Kugeln«, sagte er. »Immer wenn ich das Gefühl hatte, nicht weiterzuwissen, oder wenn ich zu einer Kreuzung auf meinem Lebensweg kam und nicht wusste, in welche Richtung ich weitergehen sollte, ist mir eine solche Kugel vor die Füße gerollt.« Er druckste ein wenig herum, dann gestand er Maria schließlich auch noch, dass er in den Kugeln jedes Mal ein Gesicht erblickt hatte, das Gesicht eines Mannes, der ihm seltsame Fragen gestellt und ihm auf diese Weise geholfen hatte, das Durcheinander in seinem Innern zu ordnen.

Maria schaute zweifelnd drein, nahm eine der Kugeln in die Hand und betrachtete ihr Spiegelbild. »Kann es sein, dass du einfach dich selbst gesehen hast?«

Erstaunt sah Pablo sie an. »Ja, das stimmt«, sagte er, »mehr als einmal hatte ich den Eindruck, dass das Gesicht in der Kugel mir ähnlich sieht.« Also hatte er jedes Mal Zwiesprache mit seinem Innersten gehalten, wenn er auf einen der Eisenbälle gestoßen war? Und der Mann in der Kugel war letztlich niemand anderes als sein inneres Ich, jene weisere Seite unseres Selbst, die sich uns sonst meist nur in Träumen oder Intuitionen offenbart? Ja, dachte Pablo, so musste es wohl sein.

Aber ehe er Maria erklären konnte, was ihm gerade durch den Kopf gegangen war, legte sie die Kugel wieder auf den Tisch und ließ sie auf seine Seite zurückrollen. »Tja, da siehst du's – jeder ist seines Glückes Schmied«, sagte sie mit einem Lächeln.

»Ja, du hast Recht – jeder ist seines …« Pablo sprang auf und sammelte die Eisenbälle ein. Zwei steckte er in seine Hosentaschen, die beiden anderen nahm er in die Hände.

»Was hast du denn plötzlich, Liebster?«, fragte Maria. »Wo willst du denn hin?«

»Obwohl mir das Schicksal viermal eine solche Kugel vor die Füße gerollt hat«, gab Pablo zurück, »fange ich erst heute an zu verstehen, was es mit diesen Silberbällen auf sich hat. Entschuldige mich, Maria, ich muss sehen, dass ich Tommaso noch in seiner Schmiede erwische.«

Damit eilte er aus der Tür.

Am Nachmittag desselben Tages stand Pablo wieder unten am Strand und schaute hinaus auf die Bucht, wo die »Königin der Meere« sich sanft und majestätisch in den Wellen wiegte. Am Morgen hatte er den Schmied tatsächlich noch in seiner Werkstatt angetroffen, und Tommaso hatte erklärt, dass es eine Kleinigkeit für ihn sei, nach dem Vorbild der vier Eisenbälle eine fünfte Kugel zu schmieden.

Nun warf Pablo die Kugeln in die Luft und fing sie wieder auf, erst zwei und drei, um sich an das Gewicht der Eisenbälle zu gewöhnen, dann vier, mit jeder Hand zwei, wie er es seit vielen Jahren gewöhnt war. »Wenn du mit vier Bällen jonglierst, arbeitet jede deiner Hände für sich«, hatte Pepe immer gesagt, »die linke Hand kontrolliert zwei Bälle, die rechte Hand kontrolliert auch zwei, aber wenn du mit fünf Bällen jonglierst, dann ist es, als ob du zwischen deinen beiden Hälften unaufhörlich Brücken schlagen würdest. Wer fünf Bälle in der Luft halten kann, der lebt mit Geist, Seele und Körper, mit allen Sinnen und von ganzem Herzen, der ist auch bei allem anderen, was er unternimmt, mit jeder Faser seines Wesens beteiligt.«

Und Pablo schob seine Fußspitze unter den fünften Eisenball, der vor ihm im Sand lag, lupfte ihn empor und versuchte mit fünf Kugeln zu jonglieren. Das ging anfangs nicht sonderlich gut, immer wieder fielen ihm die Kugeln zu Boden, und er musste sie aufsammeln und von Neuem anfangen. Aber vor ihm in der Bucht wiegte sich die »Königin der Meere«, und bald schon bewegten sich die fünf Kugeln im gleichen

Rhythmus, sie stiegen aus seiner einen Hand empor und fielen in die andere hinab, sie flogen in einem vollkommenen Bogen, so makellos wie das runde Heck der »Königin«. Pablo spürte den milden Wind auf seiner Haut und schmeckte den salzigen Geschmack des Meeres, er roch die vielfältigen Holzgerüche von der Werft und hörte, wie die Kugeln durch die Luft rauschten, mit leisem Klatschen in seinen Händen aufkamen, um aufs Neue emporzuschnellen. Alles geschah wie von selbst und völlig mühelos. Niemals vorher hatte er so intensiv und mit allen Sinnen die Welt, in der er lebte, wahrgenommen, und niemals vorher hatte er sich so vollkommen mit sich selbst und seiner Welt im Einklang gefühlt. Es war, als ob er selbst und das ganze Universum in perfekter Harmonie schwingen würden, im Rhythmus der fünf Kugeln, die in seinen Händen auf und nieder flogen.

Eine Weile kostete Pablo diesen Glücksmoment aus, doch schließlich fing er die Kugeln wieder auf und legte sie neben sich in den Sand. Wie kommt es nur, fragte er sich, dass gerade das Jonglieren mit fünf Bällen ein solches Glücksgefühl erzeugen und alle Sinne derart schärfen kann? Er dachte darüber nach und erkannte, dass seine Frage einen Teil der Antwort bereits enthielt. Die Zahl Fünf bedeutete ja nichts anderes als diese vollkommene Entfaltung und Harmonie. Fünf Finger haben wir an jeder Hand, dachte er, und mit ebenso vielen Sinnen können wir unsere Welt wahrnehmen. Nur wenn wir alle fünf Kugeln gleichzeitig in Bewegung halten, nutzen wir alle unsere Möglichkeiten, und nur dann leben wir mit uns selbst in Harmonie.

Wieder dachte er einen Augenblick lang nach, und sein Blick ging zur »Königin« hinüber, die in der leichten Dünung der Mole schaukelte. Als ich noch in meinem Heimatdorf lebte, dachte er, als ich jeden Morgen mit dem Fischerboot hinausfuhr und glaubte, dass ich mein Leben an der Seite von Olivia verbringen sollte – das war genauso, wie wenn man mit drei Kugeln jongliert. Es war nicht das Leben, von dem ich geträumt hatte, aber es war auch bei weitem nicht so schrecklich, dass man es leichten Herzens aufgeben würde.

Pablo schaute zu den Kugeln hinab, die neben seinem Fuß im Sand aufgereiht lagen. Ging es nicht vielen Leuten, denen er auf seinem Weg begegnet war, ganz genauso – waren sie nicht alle in einem Leben gefangen, das einem Spiel mit drei Kugeln glich? Viele der Händler auf dem Marktplatz in der Hafenstadt, sagte sich Pablo, hatten auf ihn diesen Eindruck gemacht. Mürrisch waren sie ihrem Tagwerk nachgegangen, das ihnen wenig bedeutete, nicht zufrieden mit ihrem Schicksal, aber auch nicht so unzufrieden, dass sie hieraus die nötige Kraft schöpfen könnten, um sich loszureißen und einen neuen Anfang zu wagen.

Wie viel leichter war es dagegen, dachte Pablo dann, sich aus Verhältnissen zu befreien, deren Enge und Mängel man tagtäglich aufs Neue spürte. Als ich im Hafen unter den Augen des hartherzigen Verwalters Säcke schleppen musste, sagte er sich – das war genauso, als ob ich mit einer einzigen Kugel jongliert hätte. Es erforderte wirklich nicht mehr als ein wenig körperliche Zähigkeit und Geschicklichkeit. Solange man nicht alle seine Sinne abgetötet, sich das Denken verboten und das Träumen abgewöhnt hatte, konnte man eine solche stumpfsinnige Plackerei nicht lange ertragen. Und deshalb war es ihm auch viel leichter gefallen, von dort wieder fortzukommen, als sich aus dem bequemen Leben in seinem Heimatdorf herauszuziehen. Auch seine ersten Wochen als Schiffsjunge hatte er ja nur deshalb durchgestanden, weil er immer sein großes Ziel im Auge hatte. Wenn man so sehr beschimpft wurde und bei Tag und Nacht derart niedere Arbeiten verrichten musste wie der Schiffsjunge der »Santa Cruz«, dann blieb einem kaum etwas anderes übrig, als bei der ersten sich bietenden Gelegenheit aus diesem Kerker zu entfliehen.

Aber für mich, sagte sich Pablo dann, war die erste Zeit auf dem Schiff dennoch besser und befriedigender als die Tage, an denen ich mich als Lastenschlepper durchgebracht habe – trotz aller Beschimpfungen und Entbehrungen und obwohl ich ständig die stumpfsinnigsten Arbeiten ausführen musste. Denn zumindest war es ein Leben, das ich mir selbst gewählt hatte, und ich habe in dieser Zeit schon vieles gelernt, was mir später sehr nützlich geworden ist. Diese Anfangszeit als Schiffsjunge, dachte er, das war so, als ob ich mit zwei Kugeln jongliert hätte.

Pablo kauerte sich neben seinen Bällen in den Sand und fuhr mit der Hand über das runde Metall. Es erstaunte ihn, wie vollkommen das Jonglieren mit einem, zwei oder drei Bällen den verschiedenen Stationen seines bisherigen Lebenswegs entsprach. Aber mehr noch wunderte er sich darüber, dass er erst heute erkannt hatte, was das Spiel mit den fünf Kugeln letzten Endes war: ein Gleichnis des menschlichen Lebens, der in jedem von uns verborgenen Fähigkeiten und des möglichen Gleichklangs zwischen uns und unserer Welt.

Denn es war ja gewiss kein Zufall, dass er als Heringsjongleur in der Hafenstadt gerade mit vier Fischen jongliert hatte – nicht mit drei, aber ebenso wenig mit fünf. Als ich bei Miguel und Juanita lebte, sagte sich Pablo, das war tatsächlich so, wie wenn man mit vier Kugeln spielt. Es war ein recht befriedigendes Leben, mit einem einträglichen Beruf, der ihm auch noch Spaß gemacht hatte, und einer jungen Frau an seiner Seite, die ihn ebenso mochte, wie er ihr zugetan war. Aber es war dennoch nicht das Leben, das meiner Bestimmung entsprochen hätte, dachte Pablo, so, wie auch Juanita nicht meine große Liebe war.

Erst als Schiffsbauer und erst durch seine Verbindung mit Maria hatte er sich ein Leben geschaffen, das dem Jonglieren mit allen fünf Kugeln entsprach. Erst mit dem Schiffsbau hatte er seine Bestimmung gefunden, dachte Pablo, und seitdem hatte er gelernt, mit allen Sinnen zu leben, alle in ihm schlummernden Begabungen zu entfalten. Nur so war es ihm auch möglich gewesen, selbst die größten Schwierigkeiten und Krisen zu meistern. Als ich damals an der Schiffswand der »Santa Cruz« hing, sagte sich Pablo, den ohnmächtigen Diego zu meinen Füßen, neben mir das riesige Leck und unter mir das heulende Meer – damals habe ich schon einmal für eine kurze Zeit erlebt, wie es ist, in vollkommener Harmonie mit sich selbst und seiner Umgebung zu sein. Als ich damals das Leck geschlossen habe, als ich die Delphine unter mir in der See gesehen und ganz intuitiv gearbeitet habe, ohne zu zweifeln oder auch nur zu überlegen – das war bereits so, als ob ich mit fünf Kugeln jongliert hätte, auch wenn mir das dort überhaupt noch nicht bewusst war.

Durch seine Liebe zu Maria war diese Harmonie und Erfüllung für ihn zu etwas Dauerhaftem geworden, zum Fundament ihres gemeinsamen Lebens. Maria zu verlieren, dachte Pablo – das wäre, als ob er plötzlich wieder verlernen oder sich selbst verbieten würde, mit allen fünf Kugeln zu spielen, es wäre, als ob er auf einmal wieder nur mit drei oder vier Kugeln jonglieren würde.

Pablo sammelte die Eisenbälle aus dem Sand und erhob sich. Das Geheimnis der fünften Kugel, sagte er sich, ist nichts anderes als das Geheimnis des Lebensglücks.

Die Sonne versank bereits wieder im Meer, als er sich auf den Weg zu Maria machte. Ich habe meine berufliche

Bestimmung gefunden, dachte er, und ich habe die Liebe meines Lebens gefunden, meine Frau Maria, meine Tochter Elisa, und ich bin von Freunden und Kollegen umgeben, ohne deren Beistand die »Königin« niemals entstanden wäre. Alles hat sich zu einem idealen Ganzen gefügt, zu vollkommener Schönheit und Harmonie.

Und auf einmal war ihm wieder, als ob er in seinem Innern die Stimme des alten Pepe hörte: »Nun bist du so weit, Pablo, nun hast du verstanden. Man muss sein Leben selbst in die Hand nehmen, nicht zaudern und warten – man muss mit an seinem eigenen Schicksal schmieden. Wenn du das Lebensglück mit vollen Zügen auskosten willst, dann mach es dir zur Gewohnheit, mit allen fünf Kugeln zu jonglieren. Fünf ist die Zahl der Vollkommenheit, die Fünf wird auf der ganzen Welt als heilige Zahl verehrt, die Fünf bedeutet ganz einfach das richtige Leben.«

Majestätisch glitt das Schiff dahin, ein riesiger, reich verzierter Leib, der durch den Ozean eilte, schneller, sicherer und wendiger als jedes andere Schiff, das jemals gebaut worden war. Pablo stand hoch oben auf der Kapitänsbrücke, an seiner Seite Maria mit der kleinen Elisa im Arm. Ein Offizier reichte ihm ein Fernrohr, er hob es vor sein Auge und erblickte den Landstrich, der weit voraus aus den Fluten ragte. Der Himmel war mit einem dünnen Wolkenschleier bedeckt, gleichwohl funkelte und glitzerte dort drüben alles, als ob es aus purem Gold wäre. Eine gewaltige Stadt erhob sich hinter der Bucht, mit phantastischen Türmen, Kuppeln und Zinnen.

In Windeseile schoss die »Königin der Meere« durch die Wellen, schon waren sie so nahe heran, dass Pablo mit bloßem Auge die wundervollen Einzelheiten unterscheiden konnte. Hinter dem Strand begann ein weitläufiger Park, mit grünen Bäumen, blühenden Hecken und kühnen Wasserspielen. Inmitten des Parks erhob sich der Palast, die königliche Fahne wehte auf dem Dach zum Zeichen, dass Seine Majestät zugegen war.

Pablo reichte das Fernrohr an Maria weiter. »Puerto Nuevo sieht bei Sonnenaufgang so aus, als ob es aus purem Gold wäre«, sagte sie und kniff die Augen zusammen. »Die Stadt des Königs aber ist es wirklich.«

»Ja«, antwortete Pablo. Diesmal hatte er sie wirklich gefunden, die Stadt aus seinem Traum. Er beugte sich über die Reling, und als er hinab in die Wellen sah, fiel ihm auch wieder ein, wie er in der Hütte seiner Eltern erwacht war, nachdem er von der goldenen Stadt geträumt hatte. Das Herz hatte ihm vor Aufregung geklopft, und er hatte zum ersten Mal ganz deutlich gefühlt, dass er aufbrechen, die Enge seines Heimatdorfes hinter sich lassen musste, weil es ihm so bestimmt war.

Eines Tages, dachte Pablo, würde er mit einem Schiff wie diesem in die Bucht seines Heimatdorfs einfahren und seinen lieben alten Eltern erzählen, was aus ihm geworden war. Dann würden sie verstehen, dass er sie damals verlassen musste und dass alles so hatte kommen müssen, wie es gekommen war.

Die »Königin der Meere« landete im Hafen der Hauptstadt, unter den fünf goldenen Kuppeln des Königspalastes. Von allen Seiten liefen die Leute auf die Kaimauer zu, deuteten schon von weitem auf das Schiff, machten einander aufgeregte Zeichen, und Pablo dachte: Ob der König oder jemand anderes mir dieses Schiff abkauft, ist letzten Endes gleich. Ich habe meinen Traum verwirklicht, meinen Weg gefunden, das Geheimnis der fünften Kugel hat sich mir offenbart.

Dank

Mein besonderer Dank gilt Mirja Lang, die mich von der ersten Idee bis zur Fertigstellung bei der Arbeit an diesem Buch begleitet hat und mit ihrer intuitiven Kraft, ihrer unerschöpflichen Kreativität und ihrer großartigen Unterstützung wesentlichen Anteil an der Entstehung dieses Buches hat; Andreas Gößling, ohne dessen virtuosen Umgang mit Wort und Sprache und ohne dessen poetische Fähigkeiten und grenzenlosen Ideenreichtum dieses Buch niemals entstanden wäre; Roman Hocke, der die Idee zu diesem Buch von Anfang an mitgetragen und mit seiner Überzeugungskraft und Beharrlichkeit den Weg zur Veröffentlichung bereitet hat; dem Lektor des Knaur Verlags, der dieses Buchprojekt mit Begeisterung und Engagement unterstützt und mit seiner enormen Fachkenntnis dafür gesorgt hat, dass Pablos Geschichte auf den richtigen Weg gekommen ist; und schließlich auch all denen, die auf der Suche nach ihrer Bestimmung sind oder sich auf dem Weg zur Erfüllung ihrer Bestimmung befinden und mich so zu diesem Buch inspiriert haben.